Virginia Woolf

Orlando

Orlando quando menino

Virginia Woolf

Orlando

Tradução
Carol Colffield

TORDSILHAS

ORLANDO

Tordesilhas é um selo da Alaúde Editora Ltda, empresa do Grupo Editorial Alta Books (Starlin Alta Editora e Consultoria LTDA)

ISBN: 978-65-5568-141-3

Translated from original Orlando: A Biography, Copyright by Virginia Woolf. *PORTUGUESE language edition published by Alaúde,*
Copyright © 2025 by STARLIN ALTA EDITORA E CONSULTORIA LTDA.

Impresso no Brasil – 1ª Edição, 2025 – Edição revisada conforme o Acordo Ortográfico da Língua Portuguesa de 2009.

Dados Internacionais de Catalogação na Publicação (CIP)

W913O
1.ed. Woolf, Virginia
Orlando / Viriginia Woolf; tradução Carol Colffield. - 1.ed. - Rio de Janeiro: Tordesilhas, 2025.
240 p.; 15,7 x 23 cm.

Título original: Orlando: A biography.
ISBN 978-65-5568-141-3

1. Literatura inglesa. I. Colffield, Carol. II. Título.

CDD 823

Índice para catálogo sistemático:
1. Romances : Literatura inglesa 823

Produção Editorial: Grupo Editorial Alta Books
Diretor Editorial: Anderson Vieira
Vendas Governamentais: Cristiane Mutüs
Coordenadora Editorial: Mariana Portugal
Produtora Editorial: Andreza Moraes

Tradução: Carol Colffield
Copidesque: Nathalia Marques
Revisão: Fernanda Lutfi
Paratexto: Ana Clara Mattoso
Diagramação: Tatiana Lopes

ALTA BOOKS
GRUPO EDITORIAL

Rua Viúva Cláudio, 291 – Bairro Industrial do Jacaré
CEP: 20.970-031 – Rio de Janeiro (RJ)
Tels.: (21) 3278-8069 / 3278-8419
www.altabooks.com.br – altabooks@altabooks.com.br
Ouvidoria: ouvidoria@altabooks.com.br

Editora **afiliada à:**

ASSOCIADO

Para V. Sackville-West

Prefácio

Muitos amigos me ajudaram a escrever este livro. Alguns já faleceram e são tão ilustres que mal ouso citá-los; porém, ninguém pode ler ou escrever sem estar perpetuamente em dívida com Defoe, Sir Thomas Browne, Sterne, Sir Walter Scott, Lord Macaulay, Emily Brontë, De Quincey e Walter Pater — para citar os primeiros que me vêm à mente. Outros estão vivos e, embora talvez sejam tão ilustres a seu próprio modo, são menos formidáveis pelo mesmo motivo. Tenho uma dívida especial com o sr. C. P. Sanger, sem cujo conhecimento da lei de propriedade imobiliária este livro jamais poderia ter sido escrito. A vasta e peculiar erudição do sr. Sydney-Turner me poupou, espero, de alguns lamentáveis equívocos. Tive o benefício — cuja grandeza só eu posso estimar — do conhecimento de chinês do sr. Arthur Waley. Madame Lopokova (sra. J. M. Keynes) esteve sempre à disposição para corrigir meu russo. Devo à inigualável sensibilidade e à imaginação do sr. Roger Fry todo o conhecimento que possuo sobre arte e pintura. Espero ter tirado proveito, em outro campo, da crítica singularmente penetrante, embora severa, de meu sobrinho, sr. Julian Bell. As incansáveis pesquisas da srta. M. K. Snowdon nos arquivos de Harrogate e Cheltenham não foram menos árduas por terem sido infrutíferas. Outros amigos me ajudaram de maneiras muito diversas para serem especificados. Devo me contentar em mencionar o sr. Angus Davidson; a sra. Cartwright; a srta. Janet Case; Lorde Berners (cujo conhecimento de música elisabetana provou ser inestimável); sr. Francis Birrell; meu irmão, dr.

Adrian Stephen; sr. F. L. Lucas; sr. e sra. Desmond Maccarthy; o mais inspirador dos críticos, meu cunhado, sr. Clive Bell; sr. G. H. Rylands; Lady Colefax; Nellie Boxall; sr. J. M. Keynes; srta. Violet Dickinson; exmo. sr. Edward Sackville-West; sr. e sra. St. John Hutchinson; sr. Duncan Grant; sr. e sra. Stephen Tomlin; sr. e sra. Ottoline Morrell; minha sogra, sra. Sidney Woolf; sr. Osbert Sitwell; Madame Jacques Raverat; Coronel Cory Bell; srta. Valerie Taylor; sr. J. T. Sheppard; sr. e sra. T. S. Eliot; srta. Ethel Sands; srta. Nan Hudson; meu sobrinho, sr. Quentin Bell (antigo e valioso colaborador na ficção); sr. Raymond Mortimer; srta. Emphie Case; Lady Gerald Wellesley; sr. Lytton Strachey; Viscondessa Cecil; srta. Hope Mirrlees; sr. E. M. Forster; exmo. Harold Nicolson; minha irmã, Vanessa Bell — mas a lista corre o risco de ficar longa demais e já é excessivamente distinta. Pois, embora suscite em mim lembranças das mais aprazíveis, inevitavelmente despertará no leitor expectativas que o próprio livro só poderá defraudar. Portanto, encerrarei agradecendo aos funcionários do British Museum e do Record Office pela cortesia de sempre; à minha sobrinha, srta. Angelica Bell, por um trabalho que ninguém além dela teria realizado; e ao meu marido, pela paciência com que sempre me auxilia em minhas pesquisas e pelo profundo conhecimento histórico ao qual estas páginas devem qualquer que seja o grau de precisão que possam atingir. Finalmente, eu agradeceria, se não tivesse perdido seu nome e seu endereço, a um cavalheiro nos Estados Unidos que generosa e gratuitamente corrigiu a pontuação, a botânica, a entomologia, a geografia e a cronologia de meus trabalhos anteriores e que, espero, não deixará de prestar seus serviços nesta ocasião.

V. W.

Sumário

Ilustrações

Orlando – entre anjos e deusas, escolhemos a metamorfose

O que é uma mulher? Em 1931, Virginia Woolf, atendendo a um convite da Sociedade Nacional de Auxílio às Mulheres[1] para falar sobre suas experiências profissionais, decide formular não apenas um relato, ou elaborar algum tipo de conselho; em vez disso, instaura um estado de reconhecimento, depois, de dúvida. O primeiro se cria a partir de uma imagem: o Anjo do Lar,[2] um fantasma que se impunha entre ela, escritora, e o papel. O fantasma é uma mulher simpática, encantadora, passiva, conciliadora e, acima de tudo, *pura*. Todas as mulheres são capazes de reconhecê-lo, de senti-lo sussurrando para se conterem quando tentam se arriscar — mesmo aquelas que já não vivem em um tempo no qual o Anjo é a norma, e o lar é a única morada para uma mulher se expressar.

Uma vez que a imagem do Anjo foi introduzida à plateia, Woolf demonstra como subvertê-la; para acabar com o tormento e finalmente escrever as palavras que verdadeiramente gostaria, precisou olhar no fundo dos olhos desse fantasma e matá-lo. Tarefa que não cabia apenas a ela, mas a todas as escritoras de seu tempo, e quiçá, de todos os tempos. No entanto, mesmo com o Anjo morto, sua sombra permanece, e com ela surge a

---

[1] O texto conhecido como "Profissões para mulheres" foi lido em 21 de janeiro de 1931 e publicado postumamente em *A Morte da Mariposa*, 1942.

[2] Poema de Coventry Patmore que ressaltava as qualidades da vida doméstica experienciada por mulheres.

pergunta: o que resta quando já matamos aquilo que nos assombrava? Sem aquela camada que atormenta toda jovem escritora, sobra apenas a mulher. E o que seria "uma mulher"?

A pergunta de Woolf não foi feita para ser respondida. Ao contrário, sua formulação exige que permaneça ali, pairando no ar até que alguém se arrisque a capturá-la, atribuindo-lhe um contorno provisório, jamais definitivo. Isso porque a autora assume, logo de saída, não saber a resposta para sua própria indagação — declara ainda duvidar que alguma outra mulher possa respondê-la; assim, a partir da hesitação, propõe uma mudança de perspectiva: se o status quo masculino e patriarcal nos diz que precisamos saber de tudo, Virginia Woolf nos diz que *precisamos pensar.*[3] E a dúvida é justamente o campo de potência pelo qual a capacidade criativa antes confinada aos assuntos domésticos pode se manifestar de outros modos, em espirais de pensamento que não se conformam às soluções imediatas, às atribuições meritocráticas ou simplesmente a ocupar lugares de poder que continuam sendo instituídos pelas mesmas entidades.

Já que não sabemos o que é uma mulher, também não sabemos quais são os limites para ela. Em vez de solucionar, Virginia Woolf insiste em caminhar ao lado da dúvida. Agarre essa pergunta, ela parece nos dizer, e elabore quantas teses estiverem ao seu alcance, com apenas uma condição: todas elas devem estar aptas à quebra, a serem atualizadas conforme os novos tempos, desejos e corpos. É, portanto, o caráter fluido da formulação que solicita sua importância. Não se trata de definir, ou melhor, de decidir,

---

[3] Em 1938, em meio à iminência de uma Segunda Guerra Mundial, Virginia Woolf recebe três cartas de um "homem instruído", que lhe perguntava como a guerra poderia ser evitada, fazendo ainda um convite para que assinasse um manifesto pela "proteção da cultura e da liberdade intelectual". Sua resposta é o longo e complexo ensaio chamado *Três Guinéus*. Nele, a autora decide realizar outro convite, desta vez às mulheres, filhas e irmãs desses homens educados, que, assim como ela, estavam sendo convocadas a defender os ideais e a manutenção do mundo concebido e instituído por eles – homens representantes da racionalidade e do conhecimento objetivo intrínseco ao *homo modernus*. "Pensar, é isso o que devemos fazer". A frase, lançada por Woolf em *Três Guinéus* e endereçada às mulheres relacionava-se, portanto, à necessidade de pensar sobre as estruturas de poder nas quais a nossa civilização se constituiu e de estabelecer outras agências e lugares de legitimação para as mulheres.

mas de se ater à multiplicidade do que é ser, de algum modo, mulher.

Em 1928, três anos antes de lançar tal pergunta e matar o Anjo do Lar, Woolf publicava um de seus maiores clássicos, *Orlando – uma Biografia*, livro que desde o seu lançamento foi traduzido em diversos idiomas e continuamente reeditado — ganhando agora uma nova edição —, além das variadas adaptações para o cinema, teatro e outras manifestações artísticas, percurso que o consagra como um dos cânones mais populares da história literária. Frequentemente lembrado por satirizar o formato tradicional das biografias através de transgressões de forma e tema ficcionais, entre elas, a escolha por uma personagem que muda de sexo durante a narrativa, *Orlando* se adensa ao friccionar, também, as atribuições dos papeis de gênero nas sociedades ocidentais.

Pois a pergunta sobre o que é ser uma mulher guarda também o pressuposto de não essencialismo dessa categoria, algo que se materializa no corpo de Orlando, protagonista do romance, um nobre aristocrata da época elisabetana que nasce menino, e que, durante sonos longos e profundos, atravessa os séculos até chegar ao século XIX, incarnado em um corpo feminino. Durante suas transformações, Orlando aprende que tanto a feminilidade quanto a masculinidade são construídas a partir de práticas violentas de formatação às normas de um tempo.

Como barro moldado por um propósito, a fruição e a liberdade para exercer os próprios desejos permaneciam, àquela época, resignados ao obscuro mundo da noite, ao avesso da nobreza, aos segredos e às fugas — espaços onde Orlando habita como cão selvagem, faminto por qualquer coisa que o tire do eixo. Então, finalmente, algo acontece. Um corte. Uma paixão em meio ao gélido inverno londrino. Quando o molde se rompe, o que sobra? Fragmentos quebradiços se espalham sem uma identidade fixa — ou com identidades múltiplas. Se há uma tentativa de encaixá-los novamente, refazendo assim uma obra única, *pura*, eles ainda guardarão as marcas da quebra. São esses caquinhos que Orlando parece recolher em sua jornada — não para inventar um novo ser uno, mas para experimentar as infinitas possibilidades de rearranjo.

A metamorfose de Orlando é um espelho da metamorfose de um mundo sempre transicionando, sempre em movimento, cujo sono lembra a morte, mas é vivo em sonhos ativos, regenerantes. Com o despertar, uma nova era embalsamada por extremos irradia, entre eles, tudo o que está no meio pulsa querendo escapar. Em Woolf, não apenas em *Orlando*, como em *Ao Farol* ou outras de suas obras, as ruínas se impõem do mesmo modo que a aurora, e todas elas parecem querer alertar sobre a efemeridade da vida, as zonas de fronteiras nebulosas onda as bordas se fundem e se confundem.

Paul B. Preciado, filósofo e realizador transgênero, em sua recente adaptação da obra de Virginia Woolf para o cinema, *Orlando, Minha Biografia Política* (2023), aponta para a compreensão de que a metamorfose de Orlando não é apenas sexual, mas subjetiva. Orlando, portanto, começa a transicionar em sua paixão pela poesia — o primeiro lugar em que os nomes do mundo podem ser trocados; ao transformar o sentido transforma-se a matéria —, pelos incessantes processos de escrita e reescrita, de indecisões com as sentenças que provocavam mudanças em seu próprio corpo físico, em seu ânimo e espírito à procura de descanso sob os pés de um carvalho.

Preciado, que experienciou em sua carne a metamorfose de sexo e gênero, compartilhando em seus escritos os relatos das transformações hormonais e políticas que atravessava, sabe que a transição não acontece de um dia para o outro, muito menos durante o espaço passivo do sono. É no sonho que o desejo se manifesta. E os sonhos de Orlando, que permanecem no vazio da especulação biográfica, sem rastros ou indícios, o conduzem aos diferentes estágios de metamorfose travados ao longo dos capítulos e de seu amadurecimento: aquela subjetiva, poética, na qual seu mundo foi lapidado; a do amor, que o rasgou e o lançou às sombras; a do exílio e de uma certa *marronização* ou *crioulização*, e finalmente, a de gênero, que não se encerra. Ao falar em como Orlando foi arrebatado[4] e profundamente alterado pelo amor, Preciado evoca o paralelismo entre esse momento da narrativa e a maior geada vivida na Inglaterra: o rio completamente congelado, os ricos que se divertiam em feiras enquanto os pobres morriam sem ter como se abrigar, e, finalmente, a grande chuva, o derretimento, a desilusão.

---

[4] Ao longo do texto, vario entre o pronome masculino e feminino, de acordo com o momento da narrativa ao qual me refiro.

Nesse sentido, prestar atenção aos processos de transformação dos seres e seus mundos, sejam eles sutis ou grandiosos, demonstra o desejo de ativar um outro tempo, o tempo de uma metamorfose que é também perene e constante, em oposição ao radicalismo binário em que só se pode ser uma coisa, e não outra; no tempo imaginado por Virginia Woolf, os séculos passam, mas Orlando permanece jovem, variando a idade apenas na faixa dos 30 anos. A criação de tal atmosfera leva também ao estabelecimento de regras menos rígidas e definidas sobre os seres que habitam a terra. Poderíamos falar de transição, para aludir de forma mais literal à mudança de gênero experienciada por Orlando, mas talvez, pelo menos aqui, seja preferível abordar o assunto através da própria passagem do tempo, um dos temas mais caros de Virginia Woolf, desenvolvido na maior parte de suas obras ficcionais.

Quando o tempo escorre enquanto duração e não como sucessão, para evocar o conceito filosófico bergsoniano[5] que atravessou, assim como Woolf, o final do século XVIII e o início do século XIX, momento em que a modernidade se via diante da Revolução Industrial e do aceleramento da percepção temporal, ele flui profundamente dentro de nossos corpos, convocando um estado presentificado de inscrição no mundo desatrelado do espaço físico. Nesse sentido, o tempo cronológico assume uma rota paralela, mas independente. A mesura temporal incarnada, isto é, corporificada, não pode ser quantificada, espremida para caber nas definições de horas que formam um dia, de dias que formam um ano, dos anos que formam uma década, e das décadas que formam um século.

Orlando, do mesmo modo que desconhece as fronteiras de um tempo domesticado e quantificável, desconhece igualmente as fronteiras de gênero, fluindo entre os dois polos da binaridade sem distinção. Esta retirada, contudo, não é propriamente tematizada pela autora, ela simplesmente acontece, simplesmente escorre conforme a personagem dorme e o tempo passa sem que possa ser apreendido. Ao habitar a duração, Orlando se exime das regras sociais, apesar de sofrer as consequências delas e precisar, vez ou outra, se posicionar, encontrando estratégias e respondendo ao *espírito do tempo* que a atormenta. Contudo, mesmo adaptável, Orlando não se

---

5 Henri Bergson (1859-1941), filósofo francês.

conforma às expectativas, prefere aderir, mais uma vez, à metamorfose e à fuga como princípios de vida — seja atendendo aos pedidos de uma rainha apaixonada, se exilando em sua casa de campo, devorando livros ou queimando-os, dedicando-se à vida política, à vida nômade ou à vida doméstica e literária.

Diante da fluidez de Orlando, Virginia Woolf demonstra também seu desinteresse naquele ser puro instituído pelo Anjo do Lar. O conceito de pureza, muito caro às artes plásticas modernas em sua conquista pela harmonia da forma estética e da expressão artística integral, é alojado às mulheres como um fator distintivo — fosse de sua sexualidade, de seus modos ou de sua linhagem. Uma mulher pueril representava um símbolo de status na hierarquia social, sendo estimada como atributo de valor tanto ao pai, que a criou, quanto ao marido, que deverá assumir o papel de provedor na manutenção das famílias heteronormativas nobres e burguesas. Mas há, ainda, a pureza de gênero, a feminilidade de recorte patriarcal que define os parâmetros do que é ser uma mulher: o rosto que enrubesce, as pernas sempre cerradas, a mão que segura delicadamente a taça, a voz baixa e suave que não se excede.

Erradicar o Anjo é duvidar da legitimidade dessas atribuições, é, no mínimo, sabotá-las, apresentando seu caráter artificial com deboche sagaz e palavras afiadas. Quando Virginia Woolf encena essa morte, ela o faz em um gesto ousado, em uma convocação de futuro que se corresponde não apenas às mulheres do porvir, mas àquelas de seu próprio tempo. Tal correspondência acontece de modo explícito, uma vez que *Orlando* é uma biografia ficcional de Vita Sackville-West, escritora contemporânea à Woolf, sua amiga de longa data e amante por um breve período. O livro dedicado à Vita foi considerado por muitos, inclusive por Nigel, seu filho, uma extensa carta de amor à mãe, um experimento literário que comunicava o fascínio de Virginia Woolf por aquele corpo dissidente, que não se conformava aos ideais de pureza constituídos nos séculos em que viveram.

Vita Sackville-West, casada com um homem bissexual, o diplomata Harold Nicolson, foi amante de muitas mulheres, fato conhecido publicamente, e na relação com Woolf, o elo íntimo, por mais visceral que aparentasse ser, se diluiu conforme Vita se aventurava em novas paixões. Alguns sugerem ter sido esse o motivo da escrita de *Orlando* — um suposto coração partido, um desejo de elaboração, uma pequena vingança —, já que o livro foi escrito logo após o rompimento amoroso das duas. No entanto, essa é uma sugestão que talvez ignore a complexidade de um envolvimento que transbordava a arena afetiva.

A admiração sentida por Woolf era ambígua, permeada pelo arrebatamento à presença forte e complexa de Vita e pelo encantamento quase platônico. Nas cartas trocadas entre as duas, e nos escritos em seus *Diários*, Woolf declara a intensa atração e o domínio da amiga sobre os seus pensamentos. Vita a estimulava a questionar os limites entre os sexos, gêneros, suas imposições e consequências sobre as propriedades — Vita havia perdido o direito à Knole House[6], propriedade de sua família, por ser uma herdeira mulher — e o pleno exercício de profissões ou atos cívicos.

Em uma das declarações de Woolf, escrita em 1925 em um de seus diários, a escritora define Vita como uma *mulher de verdade*, algo que ela própria nunca fora. No entanto, nenhuma das descrições de Vita Sackville-West feita por sua admiradora continham qualquer traço daquele Anjo do Lar. Eram, na verdade, o seu oposto: tomar a palavra em qualquer ambiente, representar seu país, controlar todas as esferas da vida doméstica e ainda ser mãe, mesmo que não atendesse às expectativas da maternidade exemplar. Em outro momento, porém, "masculina" é a palavra que escolhe para defini-la, numa indecidibilidade sobre suas impressões que confirma como aquela figura provocou em Woolf uma nova compreensão a respeito do próprio gênero e de sua sexualidade. Essas características, evidentemente, estão em Orlando. O que nos leva à primeira pergunta, à dúvida-tese que não abandona Virginia Woolf: o que, afinal, é ser uma mulher? Parece que a descoberta de Orlando, e também a de Woolf, inspirada em Vita, é a de que existe uma multiplicidade de formas de assumir esse papel e responder a essa questão.

Diante do múltiplo, da vida infinita de Orlando que cruza os séculos para experimentar gêneros, sexos e sexualidades, da vida de Vita Sackville-West e da própria Virginia Woolf, de Paul B. Preciado e outras dissidências de gênero, outros Orlandos que povoam nossa história, como

---

6 Em *Orlando*, a grande propriedade de campo em que a personagem se refugia em diversas passagens do livro.

se ater a uma definição precisa sobre a feminilidade ou a masculinidade? Seria mesmo a fronteira entre os gêneros tão explícita, óbvia e coerente? Quem a estabeleceu? Ela é biológica, evolutiva ou cultural? Assim, talvez, a pergunta sobre o que é ser uma mulher não atravesse apenas os corpos femininos, mas todos os corpos que não confiam na instauração do gênero como um limite definitivo. Isto é, um parâmetro de definição sobre os sentimentos, comportamentos, espaços e atividades atribuídos arbitrariamente, e separadamente, a um homem e a uma mulher.

Virginia Woolf interrogava-se sobre essas instituições, e em seu trabalho dedicava-se a ultrapassá-las, a apresentar suas fragilidades, a denunciar suas artificialidades, e sobretudo, a provocar sua corrosão. Em *Orlando*, contudo, mesmo que a inquietação acerca das imposições sociais exista ao longo de todo o texto, há uma vontade de se divertir com uma história que transgrida não apenas as fronteiras entre os gêneros masculino e feminino, mas entre os gêneros literários. Parece haver um desejo de abraçar a estranheza *queerness*, também na forma — *queer* enquanto conceito que ultrapassa a normatividade e se embrenha pelo escape do tradicional, pela experimentação de formas alternativas de habitar um tempo-espaço.

Para isso, Woolf constrói uma narrativa de errâncias, em oposição a jornada épica do herói. Em uma das passagens de seu diário de 1927, declara que *Orlando* seria escrito quase como uma brincadeira, oscilando entre fatos e ficção, no intuito de revolucionar o gênero biográfico — usando uma linguagem acessível, que todos pudessem compreender. A poção mágica de Virginia Woolf em formato de romance incorpora as contradições, os avessos, as ambiguidades que Vita Sackville-West incarnava tão bem em si mesma e acrescenta paixão, o amor que sentia pela companheira. Faz eclodir a charlatã, a poeta, a amante — de homens, mulheres, cachorros, árvores, prataria. E o tempo todo o corte, a mudança, a fenda que se abre e as deusas que se apresentam para resgatar Orlando e lhe conceder mais vida, mais sonho, mais séculos para atingir o ápice de seu próprio poema — que é sua própria metamorfose.

"Quando escrevemos sobre uma mulher, tudo está fora do lugar". Uma mulher seria, quem sabe, essa eterna indecisão, um desarranjo que pode compor uma obra-prima, se houver real interesse em deixar-se contaminar por suas variações, pela multiplicidade de corpos que habitam àquele único corpo. A potência de *Orlando*, diríamos, está aí, na sua coragem de despertar para um novo mundo e de se metamorfosear no que o seu desejo sussurrar. Dessa vez, não atendendo ao sussurro fantasmático de um Anjo do Lar, mas o matando mais uma vez, para que a pergunta sobre o que é ser uma mulher continue sem resposta.

1

Ele — pois não poderia haver dúvida quanto ao seu sexo, embora a moda da época contribuísse a disfarçá-lo — estava prestes a lançar-se contra a cabeça de um mouro que pendia das vigas. Ela tinha a cor de uma bola de futebol antiga e era mais ou menos do formato de uma, exceto pelo rosto encovado e um ou dois fios de cabelo grosso e seco, como os pelos de um coco. O pai de Orlando, ou talvez seu avô, a havia arrancado dos ombros de um enorme pagão que se erguera sob a lua nos campos bárbaros da África; e agora ela balançava, suavemente, perpetuamente, sob a brisa que nunca deixava de soprar pelas salas do sótão da gigantesca casa do lorde que o havia abatido.

Os ancestrais de Orlando haviam cavalgado por campos de asfódelos, campos pedregosos e campos banhados por rios estranhos, e haviam arrancado muitas cabeças de muitas cores de muitos ombros e as trazido de volta para serem penduradas nas vigas. Também Orlando o faria, jurou. Mas, como tinha apenas dezesseis anos e era jovem demais para cavalgar com eles na África ou na França, escapava de sua mãe e dos pavões no jardim e ia para seu quarto no sótão, onde estocava, mergulhava e cortava o ar com sua lâmina. Às vezes, ele cortava a corda, fazendo com que a caveira caísse no chão, e precisava amarrá-la novamente, fixando-a com certo cavalheirismo, quase fora do alcance, de modo que seu inimigo sorrisse triunfante para ele através dos lábios encolhidos e escuros. A caveira balançava de um lado para o outro, pois a casa, em cuja parte superior ele morava, era tão imensa que parecia ter aprisionado o próprio vento, soprando para cá, soprando para lá, no inverno ou no verão. A tapeçaria verde com a cena dos caçadores se movia perpetuamente. Seus ancestrais eram nobres desde que passaram a existir. Vieram das brumas do norte já usando coroas em suas cabeças. Por acaso não eram as listras de escuridão na sala, e as poças amarelas que pintavam o chão, feitas pelo sol que atravessava o vitral de um vasto brasão na janela? Orlando estava agora posicionado em meio ao corpo amarelo de um leopardo heráldico. Quando ele colocou a mão no peitoril da janela para abri-la, este imediatamente se coloriu de vermelho, azul e amarelo, como a asa de uma borboleta. Assim, aqueles que gostam de símbolos e têm talento para decifrá-los podem observar que, embora as pernas bem torneadas, o corpo elegante e os ombros bem definidos estivessem todos decorados com vários tons de luz heráldica, o rosto de Orlando, ao abrir a janela, estava iluminado apenas pelo próprio sol. Seria impossível encontrar um rosto mais ingênuo e taciturno. Feliz a mãe que dá à luz, mais feliz ainda o biógrafo que registra a vida de tal ser! Ela nunca precisará se preocupar, nem ele precisará invocar a ajuda de um romancista ou poeta. De feito em feito, de glória em glória, de cargo em cargo, ele terá de ir, e seu escriba o seguirá, até que cheguem a qualquer lugar que seja o auge de seu desejo. Orlando, ao que parece, foi talhado exatamente para uma carreira como essa. O vermelho das bochechas era coberto com uma pele aveludada como pêssego; a penugem dos lábios era apenas um pouco mais grossa do que a das bochechas. Os lábios em si eram finos e ligeiramente retraídos sobre dentes de uma brancura requintada e sutil como a amêndoa. Nada atrapalhava o nariz arqueado em sua trajetória curta e tensa; o cabelo era escuro, as orelhas pequenas e bem próximas à cabeça. Entretanto, como não poderia deixar de ser, esses catálogos de beleza juvenil não podem terminar sem mencionar a testa e os olhos. E, também como não poderia deixar de ser, é raro que as pessoas nasçam desprovidas dos três; pois, quando olhamos para Orlando, em pé, junto à janela, devemos admitir que ele tinha olhos como violetas encharcadas, tão grandes que a água parecia estar enchendo-os e alargando-os; e a fronte como a protuberância de uma cúpula de mármore pressionada entre os dois medalhões em branco que eram suas têmporas. Assim que olhamos para seus olhos e sua testa, ficamos maravilhados. Assim que olhamos para seus olhos e sua testa, temos de admitir mil incômodos, que é o objetivo de todo bom biógrafo ignorar. Certas vistas o perturbavam, tais como a de sua mãe, uma senhora muito bonita, vestida de verde, saindo para alimentar os pavões, com Twitchett, sua criada, atrás dela; certas vistas o exaltavam — os pássaros e as árvores; e o faziam se apaixonar pela morte — o céu ao entardecer, as gralhas; e assim, subindo pela escada em espiral até seu cérebro — que era espaçoso —, todas essas vistas, assim como os sons do jardim, o bater do martelo, o cortar da madeira, deram início àquele tumulto e à confusão de paixões e emoções que todo bom biógrafo detesta. Mas prosseguindo — Orlando inclinou lentamente a cabeça, sentou-se à mesa e, com o ar meio consciente de quem faz o que faz todos os dias de sua vida a essa mesma hora, pegou um caderno de anotações com o título *Æthelbert: Uma tragédia em cinco atos* e mergulhou na tinta uma pena de ganso velha e manchada.

Em pouco tempo, havia preenchido dez páginas ou mais com poesia. Era fluente, sem dúvida, mas era abstrato. Vício, Crime e Sofrimento eram os personagens de seu drama; havia Reis e Rainhas de territórios impossíveis; tramas horríveis os confundiam; sentimentos nobres os impregnavam; nunca havia uma palavra dita como ele mesmo a teria dito, mas tudo se desenrolava com uma fluidez e uma doçura que, considerando sua idade — ele ainda não tinha dezessete anos — e que o século XVI ainda tinha alguns anos pela frente, eram suficientemente notáveis. Contudo, por fim, ele parou. Estava descrevendo, como todos os jovens poetas estão sempre descrevendo, a natureza e, para encontrar o tom exato de verde, ele olhou (e aqui mostrou mais audácia do que a maioria) para a coisa em si, que por acaso era um arbusto de louro que crescia sob a janela. Depois disso, é claro, não conseguiu mais escrever. Verde na natureza é uma coisa, verde na literatura é outra. A natureza e as letras parecem ter uma antipatia natural; reúna-as e elas se destroem mutuamente. O tom de verde que Orlando via agora estragou sua rima e quebrou sua métrica. Mais ainda, a natureza tem seus próprios truques. Uma vez que se olha pela janela para as abelhas entre as flores, para um cão bocejando, para o sol se pondo, uma vez que se pensa "quantos sóis mais verei se pôr etc. etc." (esse pensamento é conhecido demais para merecer ser escrito), deixa-se cair a caneta, pega-se uma capa, caminha-se rapidamente para fora da sala e, ao fazê-lo, esbarra-se com o pé em um baú envernizado. Pois Orlando era um pouco desajeitado.

Ele tomou cuidado para não cruzar com ninguém. Stubbs, o jardineiro, vinha pelo caminho. Escondeu-se atrás de uma árvore até que ele tivesse passado. Saiu por um pequeno portão no muro do jardim. Contornou todos os estábulos, canis, cervejarias, carpintarias, lavanderias, locais onde se fazem velas de sebo, matam-se bois, forjam-se ferraduras, costuram-se coletes — pois a casa era uma cidade repleta de homens trabalhando em seus vários ofícios — e entrou sem ser visto na trilha de samambaias que subia a colina pelo parque. Talvez haja uma afinidade entre as qualidades; uma atrai a outra com ela; e o biógrafo deveria aqui chamar a atenção para o fato de que essa falta de destreza muitas vezes está associada ao amor pela solidão. Tendo tropeçado em um baú, era natural que Orlando amasse lugares solitários, vastas paisagens e que se sentisse sempre e eternamente sozinho.

Então, depois de um longo silêncio, ele suspirou finalmente, abrindo os lábios pela primeira vez neste relato:

— Estou sozinho.

Havia subido rapidamente a colina, passando por samambaias e arbustos de espinheiro, espantando cervos e pássaros selvagens, até chegar a um lugar coroado por um único carvalho. Estava muito alto, tão alto que podiam ver-se dezenove condados ingleses abaixo dele; e, em dias claros, trinta, ou talvez quarenta, se o tempo estivesse muito bom. Às vezes, era possível ver o Canal da Mancha, onda após onda. Viam-se rios e barcos de recreio deslizando sobre elas; e galeões lançando-se ao mar; e armadas com baforadas de fumaça das quais vinha o baque monótono de tiros de canhão; e fortes na costa; e castelos entre os prados; e aqui uma torre de vigia; e ali uma fortaleza; e, novamente, alguma vasta mansão como a do pai de Orlando, aglomerada como uma cidade no vale cercada por muralhas. A leste, havia os pináculos de Londres e a fumaça da cidade; e quem sabe, na linha exata do horizonte, quando o vento estava na direção certa, o topo escarpado e as bordas serrilhadas da própria Snowdon se mostravam montanhosas entre as nuvens. Por um momento, Orlando ficou contando, olhando, reconhecendo. Aquela era a casa de seu pai; aquela, a de seu tio. Sua tia

era dona daquelas três grandes torres entre as árvores. A pradaria e a floresta eram deles; o faisão e o cervo, a raposa, o texugo e a borboleta.

Ele suspirou profundamente e se atirou — havia uma paixão em seus movimentos que merece tal palavra — sobre a terra ao pé do carvalho. Adorava, por trás de toda essa transitoriedade do verão, sentir a espinha dorsal da terra sob si; pois era assim que ele acreditava ser a raiz dura do carvalho; ou, já que imagem seguia imagem, era o dorso de um grande cavalo que ele montava; ou o convés de um navio oscilante — era qualquer coisa, de fato, desde que fosse firme, pois ele sentia a necessidade de algo a que pudesse fixar seu coração flutuante; o coração que parecia puxá-lo; o coração que parecia encher-se de rajadas de vento temperadas e amorosas, por volta daquela hora, quando ele saía. Amarrou-o ao carvalho e, enquanto estava deitado ali, aos poucos a agitação dentro de si e à sua volta foi se acalmando; as folhinhas se aquietaram; os cervos pararam; as nuvens pálidas de verão se detiveram; seus membros foram tornando-se pesados junto ao chão; e ele ficou tão quieto que, aos poucos, os cervos se aproximaram, as gralhas rodopiaram ao seu redor, as andorinhas mergulharam e circularam, e as libélulas passaram voando, como se toda a fertilidade e a atividade amorosa de uma noite de verão estivessem sendo tecidas como uma teia em torno de seu corpo.

Depois de mais ou menos uma hora — o sol estava se pondo rapidamente, as nuvens brancas haviam se tornado vermelhas, as colinas estavam violetas, os bosques roxos, os vales pretos — uma trombeta soou. Orlando se levantou. O som estridente vinha do vale. Vinha de um local escuro lá embaixo; um local compacto e mapeado; um labirinto; uma cidade, mas cercada de muros; vinha do coração de sua própria grande casa no vale, que, antes escura, ainda enquanto ele olhava e a única trombeta se duplicava e se reduplicava com outros sons mais estridentes, perdia a escuridão e se tornava repleta de luzes. Algumas eram pequenas luzes apressadas, como se os criados corressem pelos corredores para atender às ordens; outras eram luzes altas e brilhantes, como se estivessem acesas em salões de banquetes vazios, prontos para receber convidados que ainda não haviam chegado; e outras mergulhavam e ondulavam, afundavam e subiam, como se estivessem nas mãos de tropas de criados, curvando-se, ajoelhando-se, levantando-se, recebendo, guardando e escoltando para dentro com toda a dignidade uma grandiosa princesa que descia de sua carruagem. As carruagens davam voltas e mais voltas no pátio. Os cavalos balançavam seus penachos. A Rainha havia chegado.

Orlando não olhou mais. Lançou-se colina abaixo. Entrou por um portão de entrada. Subiu a escada sinuosa. Chegou ao seu quarto. Jogou as meias para um lado do cômodo, o colete para o outro. Molhou a cabeça. Lavou bem as mãos. Cortou as unhas. Com não mais do que seis polegadas de espelho e algumas velas velhas para ajudá-lo, vestiu calções vermelhos, gola de renda, colete de tafetá e sapatos com rosetas tão grandes quanto dálias duplas, tudo em menos de dez minutos pelo relógio do estábulo. Estava pronto. Estava radiante. Estava entusiasmado. Mas estava terrivelmente atrasado.

Por atalhos que conhecia, percorreu os vastos conglomerados de cômodos e escadas até o salão de banquetes, a cinco acres de distância, do outro lado da casa. Entretanto, no meio do caminho, nos aposentos dos fundos, onde moravam os criados, ele parou. A porta da sala de estar da sra. Stewkley estava aberta — ela havia saído, sem dúvida, com todas as suas chaves para esperar a senhora. Porém, ali, sentado à mesa de jantar dos criados, com uma caneca ao lado e uma folha de papel à sua frente, estava um homem um tanto gordo e maltrapilho, com a gorjeira suja e roupas marrons e encardidas. Segurava uma pena na mão, mas não escrevia. Parecia estar no ato de revirar algum pensamento para cima e para baixo, de um lado para o outro na mente, até fazê-lo ganhar um formato ou um impulso que lhe agradasse. Seus olhos, globosos e turvos como uma pedra verde de textura curiosa, estavam fixos. Não viu Orlando. Apesar de toda a pressa, Orlando parou abruptamente. Seria aquele um poeta? Estaria ele escrevendo poesia? "Conte-me", queria dizer-lhe, "tudo o que há no mundo inteiro" — pois ele tinha as ideias mais ousadas, absurdas e extravagantes sobre poetas e poesia — mas como falar com um homem que não o vê? Que vê ogros, sátiros, talvez as profundezas do mar em vez disso? Portanto, Orlando permaneceu parado, observando enquanto o homem girava a pena entre os dedos, para um lado e para o outro; olhava fixamente e refletia; e então, muito rapidamente, escreveu meia dúzia de linhas e ergueu os olhos. Então, Orlando, tomado pela timidez, saiu correndo e chegou ao salão de banquetes bem a tempo de dobrar-se de joelhos em reverência e, pendendo a cabeça embaraçado, oferecer uma tigela de água de rosas à própria grandiosa Rainha.

Sua timidez era tanta que ele não viu nada além de sua mão repleta de anéis na água, mas foi o suficiente. Era uma mão memorável; uma mão delgada, com dedos longos sempre curvando-se como se estivessem em volta de um globo ou cetro; uma mão nervosa, carrancuda e doentia; uma mão de comando; uma mão que bastava ser erguida para que uma cabeça rolasse; uma mão, ele imaginou, ligada a um corpo envelhecido que cheirava como um armário no qual peles são guardadas em cânfora; corpo esse que ainda estava enfeitado com todos os tipos de brocados e pedras preciosas; e que se mantinha muito ereto, embora talvez sofresse de dor ciática; e que nunca vacilava, embora estivesse dominado por milhares de medos; e os olhos da Rainha eram amarelo-claros. Tudo isso ele sentiu quando os grandes anéis brilharam na água e, em seguida, algo pressionou seu cabelo — o que, talvez, explique o fato de ele não ter visto nada que pudesse ser útil para um historiador. E, na verdade, sua mente era tamanha confusão de opostos — da noite e das velas acesas, do poeta esfarrapado e da grandiosa Rainha, dos campos silenciosos e do barulho dos serviçais — que não conseguiu ver nada; a não ser a mão.

Do mesmo modo, a Rainha só pode ter visto apenas uma cabeça. No entanto, se é possível deduzir um corpo a partir de uma das mãos, com todos os atributos de uma grandiosa Rainha, sua frieza, coragem, fragilidade e terror, decerto uma cabeça pode ser igualmente fértil, vista de um trono por uma dama cujos olhos estavam, se os trabalhos em cera na Abadia eram confiáveis, sempre bem abertos. Os cabelos longos e encaracolados, a cabeça escura inclinada com tanta reverência e inocência diante dela, implicavam um par das melhores pernas sobre as quais um jovem nobre já se ergueu; e olhos violetas; e um coração de ouro; e lealdade e charme viril — todas aquelas qualidades que a velha senhora tanto mais amava quanto mais lhe faltavam. Pois ela já estava se tornando velha, esgotada e curvada antes do tempo. O som do canhão estava sempre em seus ouvidos. Sempre via a reluzente gota de veneno e o longo punhal. Quando se sentava à mesa, ficava atenta; ouvia os canhões no Canal da Mancha; temia que fosse uma maldição, será que era um sussurro? A inocência e a simplicidade lhe eram ainda mais caras devido ao cenário sombrio em que se encontravam. E foi naquela mesma noite, como diz a tradição, quando Orlando estava dormindo profundamente, que ela formalizou, pondo por fim a assinatura e o selo no pergaminho, a doação do grande complexo monástico que havia sido do Arcebispo e depois do Rei para o pai de Orlando.

Orlando dormiu a noite toda na ignorância. Ele havia sido beijado por uma rainha sem saber. E talvez, como os corações das mulheres são intrincados, tenha sido essa ignorância e sua reação quando os lábios dela o tocaram que mantiveram fresca em sua mente a lembrança de seu jovem primo (pois eles tinham sangue em comum). De qualquer forma, ainda não haviam se passado dois anos daquela vida tranquila no campo, e Orlando não havia escrito mais do que vinte tragédias e uma dezena de histórias e uma vintena de sonetos, quando chegou a mensagem de que ele deveria se apresentar à Rainha em Whitehall.

— Aqui — disse ela, observando-o avançar pela longa galeria em sua direção —, vem meu inocente!

(Havia uma serenidade em sua pessoa que sempre tinha a aparência de inocência quando, tecnicamente, a palavra não era mais aplicável.)

— Venha! — disse ela.

Estava sentada bem ereta ao lado da lareira. Ela o deteve a um palmo

de distância e o olhou de cima a baixo. Estaria ela comparando suas especulações da outra noite com a verdade agora visível? Acreditaria que suas suposições eram justificadas? Olhos, boca, nariz, peito, quadris, mãos — ela os examinou; seus lábios se contorciam visivelmente enquanto olhava; mas, quando observou as pernas dele, gargalhou. Ele era a própria imagem de um nobre cavalheiro. E por dentro? Ela lançou seus olhos amarelos de falcão sobre ele, como se quisesse lhe perfurar a alma. O jovem resistiu a esse olhar, corando apenas em um tom de rosa damasco como era de seu feitio. Força, graça, romance, loucura, poesia, juventude — ela o lia como a uma página. Imediatamente, ela tirou um anel de seu dedo (a articulação estava um tanto inchada) e, enquanto o ajustava ao dele, nomeou-o seu Tesoureiro e Mordomo-Mor; em seguida, pendurou nele o colar do cargo; e, ordenando-lhe que dobrasse o joelho, amarrou ao redor da parte mais fina a joia da Ordem da Jarreteira. Depois disso, nada lhe foi negado. Quando ela circulava a serviço do Estado, ele cavalgava ao lado da porta de sua carruagem. Enviou-o à Escócia em uma triste missão para a desafortunada Rainha. Estava prestes a embarcar para as guerras polonesas quando ela o chamou. Como poderia suportar a ideia daquela carne macia sendo rasgada e daquela cabeça de cabelos cacheados rolando na poeira? Manteve-o ao seu lado. No auge de seu triunfo, quando os canhões ressoavam na Torre e o ar estava suficientemente denso de pólvora para fazer alguém espirrar, e os vivas das pessoas ecoavam sob as janelas, ela o puxou para baixo entre as almofadas onde suas damas a haviam deitado (ela estava tão desgastada e velha) e o fez afundar o rosto naquela composição surpreendente — fazia um mês que ela não trocava de vestido — que cheirava igual, pensou ele, evocando as lembranças de menino, ao velho armário de sua casa onde as peles de sua mãe eram guardadas. Levantou-se, meio sufocado pelo abraço. E, no exato momento em que um foguete subia aos céus e tingia suas bochechas de uma cor escarlate, a Rainha disse:

— Esta — suspirou ela —, é a minha vitória!

Pois a velha senhora o amava. E a Rainha, que sabia reconhecer um homem quando o via, embora, segundo consta, não da maneira usual, planejou para ele uma carreira esplêndida e ambiciosa. Terras lhe foram dadas, casas lhe foram concedidas. Ele deveria ser o filho de sua velhice; o rebento de sua enfermidade; o carvalho no qual ela apoiaria sua degradação. Ela recitava essas promessas e estranhas ternuras dominadoras (estavam em Richmond agora) sentada em seus brocados rígidos junto ao fogo que, por mais lenha que empilhassem, não conseguia aquecê-la.

Enquanto isso, os longos meses de inverno se arrastavam. Todas as árvores do parque estavam cobertas de gelo. O rio corria lentamente. Um dia, quando a neve cobria o chão e os quartos revestidos de painéis escuros estavam cheios de sombras e os cervos berravam no parque, ela viu no espelho, que, por medo de espiões, mantinha sempre ao seu lado, através da porta, que, por medo de assassinos, mantinha sempre aberta, um rapaz — seria Orlando? — beijando uma moça — quem, em nome do Diabo, era aquela descarada? Empunhando sua espada com cabo de ouro, ela golpeou violentamente o espelho. O vidro se espatifou; pessoas vieram correndo; levantaram-na e colocaram-na em sua cadeira novamente; no entanto, depois disso, ficou abalada e resmungava muito, conforme seus dias chegavam ao fim, a respeito da traição dos homens.

Talvez a culpa tenha sido de Orlando, mas, afinal de contas, podemos culpá-lo? Estavam na era elisabetana; a moral de então não era a nossa; nem seus poetas; nem seu clima; nem mesmo suas hortaliças. Tudo era diferente. O clima em si, o calor e o frio do verão e do inverno, era, podemos acreditar, de outro tipo. O dia brilhante e amoroso era separado da noite tão nitidamente quanto a terra da água. Os entardeceres eram mais vermelhos e mais intensos; os amanheceres eram mais brancos e mais luminosos. De nossas meias-luzes crepusculares e lusco-fuscos demorados, eles nada sabiam. A chuva caía com veemência ou não caía. O sol brilhava intensamente ou havia escuridão. Traduzindo isso para as regiões espirituais, como é seu costume, os poetas cantavam lindamente sobre como as rosas se desvanecem e as pétalas caem. O momento é breve, eles cantavam; o momento se acaba; e então uma longa noite, a ser dormida por todos. Quanto a usar os artifícios da estufa ou do jardim de inverno para prolongar ou preservar frescas essas rosas, não era assim que faziam. Desconheciam os meandros e as ambiguidades de nossa era, mais gradual e duvidosa. A violência era tudo. A flor desabrochava e murchava. O sol nascia e se punha. O amante amava e partia. E o que os poetas diziam em rimas, os jovens traduziam na prática. As meninas eram rosas, e suas estações eram tão breves quanto as das flores. Elas deviam ser colhidas antes

do anoitecer; porque o dia era fugaz e o dia era tudo. Portanto, se Orlando seguiu a orientação do clima, dos poetas, da própria época, e colheu sua flor no assento junto à janela, mesmo com a neve no chão e a Rainha vigilante na galeria, dificilmente poderíamos censurá-lo. Ele era jovem; era um rapazola; fazia apenas o que a natureza lhe ordenava. Quanto à moça, não sabemos mais do que a própria Rainha Elisabete sobre seu nome. Pode ter sido Doris, Chloris, Delia ou Diana, pois ele fazia rimas com todos eles; de igual modo, ela pode ter sido uma dama da corte ou alguma criada. Pois o gosto de Orlando era vasto; não era amante apenas das flores do jardim; as plantas selvagens e as ervas daninhas sempre o fascinaram.

Aqui, de fato, revelamos grosseiramente, como um biógrafo pode fazer, um traço curioso nele, que pode ser explicado, talvez, pelo fato de que uma de suas ascendentes usava um avental e carregava baldes de leite. Alguns grãos de terra de Kent ou Sussex foram misturados ao fluido fino e delicado que chegou até ele vindo da Normandia. Ele acreditava que a mistura de terra marrom e sangue azul era boa. É certo que ele sempre gostou de companhias modestas, especialmente as de pessoas letradas, cuja inteligência muitas vezes as mantém sob controle, como se houvesse afi-

nidade de sangue entre eles. Naquela época de sua vida, em que a cabeça transbordava de rimas e ele nunca ia para a cama sem criar algum conceito poético, a face da filha de um taberneiro parecia mais fresca e a inteligência da sobrinha de um guarda-caça lhe parecia mais afiada do que a das damas da Corte. Por isso, ele começou a frequentar as antigas escadas que desciam até o rio, em Wapping, e outros lugares à noite; envolto em um manto cinza para esconder a estrela no pescoço e a jarreteira no joelho. Lá, com uma caneca diante de si, entre as vielas arenosas e as áreas de boliche e toda a arquitetura simples desses lugares, ele ouvia as histórias dos marinheiros sobre as dificuldades, os horrores e a crueldade nas águas sob domínio espanhol; como alguns haviam perdido os dedos dos pés, outros os narizes — pois a história falada nunca era tão articulada ou tão bem matizada quanto a escrita. Ele gostava especialmente de ouvi-los cantar as canções dos Açores, enquanto os periquitos, que haviam trazido daquelas paragens, mordiscavam os aros de suas orelhas, cutucavam com seus bicos duros e ávidos os rubis de seus dedos e praguejavam tão vilmente quanto seus senhores. As mulheres não eram menos ousadas em suas falas nem menos livres em seus modos do que os pássaros. Elas se empoleiravam sobre seu
joelho, envolviam os braços em seu pescoço e, adivinhando que algo fora do comum estava escondido sob seu manto de lã grossa, ficavam tão ansiosas para descobrir a verdade sobre o assunto quanto o próprio Orlando.

E não faltava oportunidade. O rio estava cheio de botes, balsas e embarcações de todos os tipos, desde cedo até tarde. Todos os dias partia para o mar um belo navio com destino às Índias; de vez em quando, outro, escurecido e surrado, com homens cabeludos desconhecidos a bordo, arrastava-se penosamente para ancorar. Ninguém sentia falta de um menino ou menina que brincasse um pouco na água após o pôr do sol; nem levantava uma sobrancelha se algum fofoqueiro os visse dormindo profundamente entre os sacos de tesouro, seguros um nos braços do outro. Essa foi, de fato, a aventura que sobreveio a Orlando, Sukey e o conde de Cumberland. O dia estava quente; os amores intensos; e haviam adormecido entre os rubis. Naquela noite, tarde da noite, o conde, cuja fortuna estava bastante vinculada aos empreendimentos espanhóis, veio verificar o butim sozinho com uma lanterna. Apontou a luz para um barril. Recuou com um palavrão. Envolvendo o tonel, dois espíritos dormiam. Supersticioso por natureza, com a consciência pesada por seus muitos crimes, o conde acreditou que o casal — estavam cobertos por um manto vermelho, e o peito de Sukey estava quase tão branco quanto as neves eternas da poesia de Orlando — era um fantasma que surgira dos túmulos de marinheiros afogados para repreendê-lo. Fez o sinal da cruz. Jurou arrependimento. A fileira de casas de caridade ainda existentes na Sheen Road é o fruto visível do pânico daquele momento. Doze idosas pobres da paróquia hoje tomam chá e à noite abençoam a Sua Senhoria por terem um teto sobre suas cabeças; assim, daquele amor ilícito em um navio do tesouro... Mas não nos aprofundemos na moral.

Logo, porém, Orlando se cansou, não apenas do desconforto desse estilo de vida e das ruas esburacadas do bairro, mas também dos modos primitivos do povo. Pois é preciso lembrar que o crime e a pobreza não exerciam sobre os elisabetanos a mesma atração que exercem sobre nós. Eles não tinham nada da nossa vergonha moderna de aprender com os livros; nada da nossa crença de que nascer filho de açougueiro é uma bênção e que não saber ler é uma virtude; nenhuma fantasia de que o que chamamos

de "vida" e "realidade" está de alguma forma ligado à ignorância e à brutalidade; nem, de fato, qualquer equivalente para essas duas palavras. Não foi em busca da "vida" que Orlando foi para o meio deles; não foi em busca da "realidade" que ele os deixou. Contudo, depois de ouvir pela vigésima vez como Jakes havia perdido o nariz e Sukey a honra — e eles contavam as histórias de forma admirável —, é preciso admitir que ele começou a se sentir um pouco farto da repetição, pois um nariz só pode ser cortado de uma forma e a honra de solteira só pode ser perdida de outra — ou assim lhe parecia —, enquanto as artes e as ciências apresentavam uma diversidade que despertava profundamente sua curiosidade. Assim, sempre os mantendo como uma alegre lembrança, deixou de frequentar as cervejarias e os becos de boliche, pendurou seu manto cinza no guarda-roupa, deixou que sua estrela brilhasse no pescoço e que sua jarreteira cintilasse no joelho, e apareceu mais uma vez na Corte do Rei Jaime. Ele era jovem, rico e bonito. Ninguém poderia ter sido recebido com mais aclamação do que ele.

É certo, de fato, que muitas damas estavam prontas para lhe mostrar seus favores. Os nomes de três delas, pelo menos, foram livremente associados ao seu em propostas de casamento — Clorinda, Favilla, Euphrosyne

— para dar-lhes os nomes pelos quais ele as chamava em seus sonetos.

Seguindo a ordem; Clorinda era uma dama gentil e bem-educada; de fato, Orlando esteve bastante envolvido com ela durante seis meses e meio; mas ela tinha cílios brancos e não suportava ver sangue. Uma lebre assada na mesa de seu pai a fez desmaiar. Ela também era muito influenciada por sacerdotes e economizava em suas roupas íntimas para poder doar aos pobres. Ela se encarregou de reformar Orlando de seus pecados, o que o deixava enjoado, de modo que ele desistiu do casamento e não lamentou muito quando ela morreu logo depois, de varíola.

Favilla, que vem a seguir, era de um tipo completamente diferente. Era filha de um cavalheiro pobre de Somersetshire, que, por pura dedicação e por saber usar seus encantos, havia conquistado seu espaço na Corte, onde sua habilidade com cavalos, seu belo peito do pé e sua graça na dança conquistaram a admiração de todos. Certa vez, todavia, ela foi tão imprudente a ponto de chicotear um spaniel que havia rasgado uma de suas meias de seda (e é preciso dizer com justiça que Favilla tinha poucas meias e, na maioria das vezes, eram de algodão) até quase deixá-lo sem vida, bem embaixo da janela de Orlando. Orlando, que era um apaixonado por animais, notou então que ela tinha os dentes tortos e que os dois da frente estavam virados para dentro, o que, segundo ele, é um sinal claro de disposição perversa e cruel na mulher, e assim rompeu o noivado naquela mesma noite, para sempre.

A terceira, Euphrosyne, foi de longe a mais séria de suas paixões. Nascida entre os Desmond irlandeses, ela tinha, portanto, uma árvore genealógica tão antiga e profundamente enraizada quanto a do próprio Orlando. Era clara, de rosto rosado e um pouco fleumática. Falava bem italiano, tinha uma dentição perfeita na arcada superior, embora a inferior fosse ligeiramente descolorida. Nunca estava sem um whippet ou um spaniel ao seu lado; alimentava-os com pão branco de seu próprio prato; cantava docemente ao som do virginal; e nunca estava completamente arrumada antes do meio-dia, devido ao extremo cuidado que tinha com sua aparência. Em suma, ela teria sido a esposa perfeita para um nobre como Orlando, e as coisas já tinham ido tão longe que os advogados de ambos os lados já estavam ocupados com pactos, acordos matrimoniais, arranjos financeiros, casas, propriedades e tudo o que é necessário para que uma grande fortuna possa se unir à outra quando, com a rapidez e a severidade que marcavam o clima inglês na época, veio a Grande Geada.

A Grande Geada foi, segundo os historiadores, a mais severa já registrada nas ilhas. Os pássaros congelavam em pleno voo e despencavam como pedras ao chão. Em Norwich, uma jovem camponesa começou a atravessar a rua com sua robusta saúde habitual e foi vista pelos transeuntes desfazer-se em pó, sendo soprada como poeira sobre os telhados, ao ser atingida por uma lufada gélida quando chegava à esquina. A mortalidade entre os ovinos e os bovinos era enorme. Cadáveres ficavam congelados e não podiam ser retirados dos lençóis. Não era raro encontrar um rebanho inteiro de suínos congelado e imóvel no meio da estrada. Os campos estavam cheios de pastores, lavradores, tropas de cavalos e meninos que espantavam pássaros, todos eles atingidos no exato momento, um com a mão no nariz, outro com a garrafa nos lábios, um terceiro com uma pedra erguida para atirar no corvo que estava sentado, como se estivesse empalhado, na cerca a um metro dele. A severidade da geada era tão extraordinária que,

às vezes, ocorria uma espécie de petrificação; e era comum supor que o grande aumento de rochas em algumas partes de Derbyshire não se devia a uma erupção, pois não houve nenhuma, mas sim à solidificação de infelizes andarilhos que haviam sido transformados literalmente em pedra onde estavam. A Igreja não pôde ajudar muito nessa questão e, embora alguns proprietários de terras tenham mandado benzer aquelas relíquias, a maioria preferiu usá-las como pontos de referência, como postes onde as ovelhas podiam coçar-se ou, quando a forma da pedra permitia, como bebedouros para o gado, finalidades que elas cumprem admiravelmente até hoje.

No entanto, enquanto a população do interior passava por necessidades extremas e o comércio do país estava paralisado, Londres desfrutava de um festival de altíssimo brilho. A Corte estava em Greenwich, e o novo Rei aproveitou a oportunidade que sua coroação lhe proporcionou para conquistar a simpatia dos cidadãos. Ele ordenou que o rio, que estava congelado a uma profundidade de vinte pés ou mais por seis ou sete milhas em ambos os lados, fosse varrido, decorado e tivesse toda a aparência de um parque ou área de lazer, com caramanchões, labirintos, becos, barracas de bebidas etc., à sua custa. Para si mesmo e para os cortesãos, ele reservou um determinado espaço imediatamente em frente aos portões do Palácio, que, isolado do público apenas por uma corda de seda, tornou-se imediatamente o centro da sociedade mais brilhante da Inglaterra. Grandes estadistas, com suas barbas e gorjeiras, tratavam de assuntos de Estado sob o toldo carmesim da Pagoda Régia. Os soldados planejavam a conquista dos mouros e a queda dos turcos em caramanchões listrados coroados por flâmulas com penas de avestruz. Almirantes andavam para cima e para baixo nos caminhos estreitos, com lunetas na mão, perscrutando o horizonte e contando histórias sobre a Passagem do Noroeste e a Armada Espanhola. Amantes se refestelavam em divãs cobertos de peles. Rosas congeladas choviam quando a Rainha e suas damas passeavam. Balões coloridos pairavam imobilizados no ar. Aqui e ali ardiam grandes fogueiras de cedro e carvalho, ricamente salpicadas de sal, para que as chamas fossem de fogo verde, laranja e roxo. No entanto, por mais que queimassem ferozmente, o calor não era suficiente para derreter o gelo que, embora fosse de uma transparência singular, ainda era tão duro quanto o aço. Tão claro era, de fato, que se podia ver, solidificados a uma profundidade de vários metros, um golfinho aqui, um linguado ali. Cardumes de enguias jaziam imóveis em um transe, mas os filósofos não sabiam se o estado delas era de morte ou apenas de animação suspensa que seria reavivada pelo calor. Perto da Ponte de Londres, onde o rio ficara congelado a uma profundidade de cerca de vinte braças, via-se claramente uma barcaça naufragada, deitada no leito do rio onde havia afundado no outono anterior, sobrecarregada de maçãs. A velha quitandeira, que transportava suas frutas para vendê-las na margem voltada para Surrey, estava ali, sentada, com suas roupas xadrez e anáguas, o colo cheio de maçãs, como se estivesse prestes a atender um cliente, embora um certo tom azulado nos lábios indicasse a verdade. Era uma visão que o Rei Jaime gostava especialmente de admirar, e trazia uma trupe de cortesãos para contemplá-la com ele. Em suma, nada poderia exceder o brilho e a alegria da cena durante o dia. Era à noite, no entanto, que a festa se tornava mais alegre. Pois a geada continuava ininterrupta; as noites eram de perfeita quietude; a lua e as estrelas brilhavam com a firmeza de diamantes, e os cortesãos dançavam ao som da bela música da flauta e do trompete.

Orlando, é verdade, não era daqueles que dançavam o coranto e a lavolta com leveza; era desajeitado; e um tanto distraído. Preferia muito mais as danças simples de sua terra, que praticara quando criança, do que aqueles fantásticos ritmos estrangeiros. De fato, ele acabara de juntar os pés, por volta das seis da tarde do dia sete de janeiro, ao final de uma quadrilha ou minueto, quando avistou, vindo do pavilhão da embaixada moscovita, uma figura que, fosse ela de menino ou de mulher, já que a túnica e as calças largas à moda russa serviam para disfarçar o sexo, encheu-o da maior curiosidade. A pessoa, qualquer que fosse o nome ou o sexo, era de estatura mediana, muito esguia e estava inteiramente vestida de veludo cor de ostra, enfeitado com uma espécie de pele esverdeada pouco comum. Esses detalhes, porém, foram ofuscados pela extraordinária força de sedução que emanava da pessoa como um todo. Imagens e metáforas das mais extremas e extravagantes entrelaçavam-se e retorciam-se em sua mente. Chamou-a de melão, abacaxi, oliveira, esmeralda e raposa na neve, tudo isso no espaço de três segundos; não sabia se a tinha ouvido, provado, visto ou as três coisas juntas. (Embora não devamos fazer uma pausa na narrativa, podemos observar aqui, rapidamente, que todas as imagens que ele tinha naquele momento eram extremamente simples para combinar com seus sentidos e eram, em sua maioria, extraídas de coisas que ele gostara de saborear quando menino. Mas, se seus sentidos eram simples, eram também extremamente fortes. Portanto, fazer uma pausa e buscar as explicações possíveis está fora de questão.) ... Um melão, uma esmeralda, uma raposa na neve — assim ele delirava, assim ele a chamava. Quando o rapaz — lamentavelmente, devia ser um rapaz, pois nenhuma mulher poderia patinar com tanta velocidade e vigor — deslizou quase na ponta dos pés por ele, Orlando estava prestes arrancar os cabelos de raiva pelo fato de tratar-se de alguém de seu próprio sexo e, portanto, qualquer abraço estaria fora de questão. Entretanto, o patinador se aproximou mais. As pernas, as mãos e o porte eram de um menino, mas nenhum menino teve jamais uma boca como aquela; nenhum menino teve aqueles seios; nenhum menino teve aqueles olhos que pareciam ter sido pescados do fundo do mar. Finalmente, parando e fazendo uma reverência com a maior graça para o Rei, que passava lentamente de braço dado com algum Lorde-à-espera, o patinador desconhecido parou. Não estava nem a um palmo de distância. Era uma mulher. Orlando fixou o olhar sobre ela; tremeu; ardeu de calor; sentiu frio; desejou arremessar-se pelo ar do verão; esmagar bolotas sob seus pés; lançar seus braços contra as faias e os carvalhos. Assim, puxou os lábios para cima expondo seus pequenos dentes brancos; abriu-os talvez meia polegada, como se fosse morder, e fechou-os como se tivesse mordido. Lady Euphrosyne pendia em seu braço.

Ele descobriu que o nome da desconhecida era Princesa Marousha Stanilovska Dagmar Natasha Iliana Romanovitch, e que ela viera na comitiva do embaixador moscovita, que talvez fosse seu tio, ou talvez seu pai, para assistir à coroação. Muito pouco se sabia sobre os moscovitas. Com suas grandes barbas e chapéus de pele, estavam sentados quase em silêncio; bebiam um líquido preto que cuspiam de vez em quando no gelo. Nenhum deles falava inglês, e o francês, com o qual ao menos alguns deles estavam familiarizados, era pouco falado na corte inglesa na época.

Foi devido a esse acidente que Orlando e a Princesa se conheceram. Eles estavam sentados um em frente ao outro na grande mesa estendida sob um enorme toldo destinado a receber os notáveis. A Princesa foi acomodada entre dois jovens lordes, um deles, Lorde Francis Vere, o outro, o jovem conde de Moray. Foi engraçado ver a situação difícil em que ela logo os colocou, pois, embora ambos fossem bons rapazes, um bebê ainda não nascido tinha tanto conhecimento da língua francesa quanto eles. Quando, no início do jantar, a princesa se voltou para o conde e disse, com uma graça que arrebatou seu coração, "*Je crois avoir fait la connaissance d'un gentilhomme qui vous était apparenté en Pologne l'été dernier*", ou "*La beauté des dames de la cour d'Angleterre me met dans le ravissement. On ne peut voir une dame plus gracieuse que votre reine, ni une coiffure plus belle que la sienne*", tanto Lorde Francis quanto o conde demonstraram o maior constrangimento. Um deles serviu-lhe generosamente o molho de rabanete, o outro assobiou para seu cachorro e o fez implorar por um osso de tutano. Diante disso, a Princesa não conseguiu mais conter o riso e Orlando, passando os olhos pelas cabeças de javali e os pavões recheados, riu também. Ele riu, mas o riso em seus lábios se congelou em admiração. A quem ele amara, o que ele amara até agora, perguntou-se, em meio a um turbilhão de emoções. A uma mulher velha, apenas pele e osso, respondeu. A meretrizes de bochechas rosadas, tantas que não valeria a pena mencionar. A uma freira resmungona. A uma aventureira de feição cruel e boca ríspida. A uma massa de rendas e cerimônias sempre balançando a cabeça. O amor não havia significado para ele nada além de serragem e cinzas. As alegrias que tivera com ele foram extremamente insípidas. Ficou admirado com o fato de ter conseguido passar por tudo aquilo sem bocejar. Pois, enquanto olhava, a densidade de seu sangue diminuía; o gelo se transformava em vinho em suas veias; ouvia as águas fluindo e os pássaros cantando; a primavera surgia na dura paisagem invernal; sua masculinidade despertou; segurou uma espada na mão; atacou um inimigo mais ousado do que o polonês ou o mouro; mergulhou em águas profundas; viu a flor do perigo crescendo em uma fenda; esticou a mão — aliás, estava recitando um de seus sonetos mais apaixonados quando a Princesa se dirigiu a ele:

— Teria a bondade de passar o sal?

Ele corou intensamente.

— Com todo o prazer do mundo, Madame — respondeu ele, falando francês com um sotaque perfeito. Pois, Deus seja louvado, ele falava a língua como se fosse sua; a empregada de sua mãe lhe havia ensinado. No entanto, talvez tivesse sido melhor para ele se nunca tivesse aprendido aquela língua; nunca respondido àquela voz; nunca seguido a luz daqueles olhos...

A Princesa prosseguiu. Quem eram aqueles simplórios que estavam sentados ao lado dela com modos de cavalariços? O que era aquela mistura nauseabunda que haviam despejado em seu prato? Os cães comiam na mesma mesa que as pessoas na Inglaterra? Aquela figura divertida na ponta da mesa, com o cabelo arrumado como um mastro de maio (*une grande perche mal fagotée*), era realmente a Rainha? E o Rei sempre babava daquele jeito? E qual daqueles pavões era George Villiers? Embora essas perguntas tenham deixado Orlando um pouco desconcertado no início, elas foram feitas com tanta argúcia e humor que ele não pôde deixar de rir; e como percebeu, pelos rostos indiferentes dos presentes, que ninguém entendia uma palavra, respondeu tão livremente quanto ela perguntava, falando, como ela, em perfeito francês.

Assim começou uma intimidade entre os dois que logo se tornou o escândalo da Corte.

Logo se observou que Orlando dava à moscovita muito mais atenção do que a mera civilidade exigia. Raramente se afastava dela, e a conversa entre os dois, embora ininteligível para os demais, era conduzida com tanta animação, provocando tantos rubores e risos, que até os mais tolos conseguiam adivinhar o assunto. Além disso, a mudança no próprio Orlando foi extraordinária. Ninguém jamais o havia visto tão animado. Em uma noite, ele se livrou de sua falta de jeito de menino; passou de um rapaz mal-humorado, que não conseguia entrar em um salão feminino sem antes derrubar metade dos enfeites da mesa, a um nobre, cheio de graça e cortesia masculina. Vê-lo conduzir a moscovita (como era chamada) ao seu trenó, ou oferecer-lhe a mão para a dança, ou recolher o lenço manchado que ela havia deixado cair, ou cumprir qualquer outro desses múltiplos deveres que a dama suprema exige e o amante se apressa em antecipar, era uma visão que acendia os olhos embotados da idade e que fazia o pulso rápido da juventude bater mais forte. No entanto, sobre tudo isso pairava uma nuvem. Os velhos davam de ombros. Os jovens zombavam por entre os dedos. Todos sabiam que Orlando estava prometido a outra. Lady Margaret O'Brien O'Dare O'Reilly Tyrconnel (pois esse era o nome próprio da Euphrosyne dos Sonetos) usava a esplêndida safira de Orlando no segundo dedo da mão esquerda. Era ela quem tinha o direito supremo às atenções dele. No entanto, ela poderia deixar cair todos os lenços de seu guarda-roupa (que eram incontáveis) no gelo sem que Orlando jamais se abaixasse para pegá-los. Poderia esperar vinte minutos para que ele a levasse até seu trenó e, no final, teria que se contentar com os serviços de seu criado negro. Quando patinava, o que fazia de forma bastante desengonçada, ninguém estava ao seu lado para encorajá-la e, se ela caísse, como de fato caía com certa força, ninguém a levantava nem sacudia a neve de suas anáguas. Apesar de sua natureza fleumática, da lentidão em se ofender e de ser mais relutante do que a maioria das pessoas em acreditar que uma simples estrangeira pudesse afastá-la do afeto de Orlando, até a própria Lady Margaret começou a desconfiar que algo estava prestes a perturbar sua paz de espírito.

De fato, com o passar dos dias, Orlando passou a ter cada vez menos cuidado para esconder seus sentimentos. Com uma ou outra desculpa, ele se retirava imediatamente após o jantar, ou se afastava dos patinadores que se preparavam para uma quadrilha. No momento seguinte, percebia-se que a moscovita também havia desaparecido. Porém, o que mais escandalizava a Corte e a atingia em sua parte mais delicada, que é a vaidade, era o fato de o casal ser visto com frequência passando por baixo da corda de seda que separava o recinto real da parte pública do rio e desaparecendo em meio à multidão de pessoas comuns. Pois, de repente, a Princesa batia o pé e gritava:

— Leve-me embora. Detesto sua turba inglesa.

Ou seja, a própria Corte inglesa. Ela não conseguia mais suportar aquilo. Segundo dizia, estava cheia de velhas bisbilhoteiras, que encaravam as pessoas, e de jovens desordeiros, que pisavam nos pés de todos. Eles cheiravam mal. Seus cães corriam entre suas pernas. Era como estar em uma gaiola. Na Rússia, havia rios com dez milhas de largura, nos quais era possível galopar seis cavalos em formação, o dia inteiro, sem cruzar com uma única alma viva. Além disso, ela queria ver a Torre, os Beefeaters, as cabeças dispostas em Temple Bar e as oficinas de joalheiros da cidade. Assim, ocorreu que Orlando a acompanhou pela cidade, mostrou-lhe os Beefeaters e as cabeças dos rebeldes, e comprou para ela tudo o que lhe agradava na Royal Exchange. Isso, todavia, não era suficiente. Ambos desejavam cada vez mais a companhia um do outro com privacidade o dia inteiro, onde não houvesse ninguém para admirar-se ou observar. Em vez de pegar a estrada para Londres, portanto, faziam o caminho inverso e logo estavam para além da multidão, entre as margens congeladas do Tâmisa, onde, com exceção das aves marinhas e de alguma velha camponesa que batia no gelo na vã tentativa de puxar um balde cheio de água ou de juntar os gravetos ou folhas mortas que conseguia encontrar para fazer fogo, ninguém jamais passava por eles. Os pobres ficavam em seus casebres, e os mais abastados, que podiam pagar, iam para a cidade em busca de calor e diversão.

Assim, Orlando e Sasha, como ele a chamava, e porque esse era o nome de uma raposa russa branca que ele tivera quando menino — uma criatura macia como a neve, mas com dentes de aço, que o mordeu de forma tão selvagem que seu pai mandou matá-la —, tinham o rio só para eles. Com o calor da patinação e do amor, eles se deitaram em algum lugar isolado, onde as vimeiras amarelas margeavam o rio. Envolto em um grande manto de pele, Orlando a tomou nos braços e murmurou que, pela primeira vez, conhecia as delícias do amor. Então, quando o êxtase se esvaía e eles jaziam em um torpor sobre o gelo, ele lhe contou sobre seus outros amores e como, comparados a ela, pareciam feitos de madeira, de estopa e de cinzas. E, rindo de sua veemência, ela se virou mais uma vez em seus braços e lhe deu, por amor, mais um forte abraço. E então eles se maravilharam com o fato de o gelo não ter derretido com seu calor, e tiveram pena da pobre velhinha, que não possuía esse meio natural de descongelá-lo, tendo que cortá-lo com um cutelo de aço frio. E então, envoltos em seus mantos, falaram de tudo o que havia sob o sol; de pontos turísticos e viagens; de mouros e pagãos; da barba deste homem e da pele daquela mulher; de um rato que se alimentava da mão dela à mesa; da arara que se movia sempre no salão de casa; de um rosto; de uma pluma. Nada era pequeno demais para aquela conversa, nada era grande demais.

Então, de repente, Orlando mergulhou em um de seus estados de melancolia; a visão da anciã mancando sobre o gelo podia ser a causa disso, ou nada; e ele se jogou de bruços sobre o gelo, olhou para as águas congeladas e pensou na morte. Pois o filósofo está certo ao dizer que não há nada mais espesso do que a lâmina de uma faca a separar a felicidade da melancolia; e ele ainda opina que uma é gêmea da outra; e tira daí a conclusão de que todos os extremos de sentimentos estão aliados à loucura; e assim nos convida a nos refugiarmos na verdadeira Igreja (em sua opinião, a Anabatista), que é o único porto, ancoradouro etc., segundo ele, para aqueles que são arremessados neste mar.

— Tudo acaba em morte — dizia Orlando, sentando-se ereto, com o rosto nublado pela tristeza.

(Pois era assim que sua mente funcionava agora, em violentos vaivéns da vida para a morte, sem parar em nada no meio, de modo que o biógrafo também não deve parar, mas sim voar o mais rápido que puder e, assim, acompanhar o ritmo das ações impensadas, apaixonadas e tolas, e das palavras repentinas e extravagantes às quais, não há como negar, Orlando, nessa época de sua vida, se entregava).

— Tudo acaba em morte — dizia Orlando, sentando-se ereto no gelo.

Entretanto, Sasha, que, afinal de contas, não tinha sangue inglês, mas era da Rússia, onde os entardeceres são mais longos, os amanheceres menos repentinos e as frases muitas vezes ficam inacabadas pela dúvida sobre a melhor maneira de terminá-las — Sasha o observava, talvez tenha zombado dele, pois ele devia lhe parecer uma criança, e não disse nada. Porém o gelo acabou esfriando debaixo deles, o que ela não gostou, então, puxando-o para ficar de pé novamente, falou de forma tão encantadora, tão espirituosa, tão sábia (mas, infelizmente, sempre em francês, idioma que notoriamente perde seu sabor na tradução) que ele se esqueceu das águas congeladas ou da noite que se aproximava ou da anciã ou do que quer que fosse, e tentou dizer a ela — mergulhando e debatendo-se entre mil imagens que haviam se tornado tão obsoletas quanto as mulheres que as inspiraram — como ela era. Neve, creme, mármore, cerejas, alabastro, fio de ouro? Nada disso. Ela era como uma raposa ou uma oliveira; como as ondas do mar vistas de certa altura; como uma esmeralda; como o sol em uma colina verde ainda encoberta — como nada que ele tivesse visto ou conhecido na Inglaterra. Por mais que vasculhasse o idioma, as palavras lhe escapavam. Ele queria outra paisagem e outra língua. O inglês era um idioma demasiado direto, demasiado franco, demasiado meloso para Sasha. Pois em tudo o que ela dizia, por mais aberta e voluptuosa que parecesse, havia algo oculto; em tudo o que ela fazia, por mais ousado que fosse, havia algo escondido. Como a chama verde parece oculta na esmeralda, ou o sol aprisionado em uma colina. A claridade era apenas externa; dentro dela havia uma chama errante. Vinha; e ia; nunca brilhava com o feixe constante de uma mulher inglesa — aqui, no entanto, lembrando-se de Lady Margaret e suas anáguas, Orlando deixava-se levar em seus devaneios e a arrastava sobre o gelo, mais rápido, mais rápido, jurando que perseguiria a chama, mergulharia em busca da gema, e assim por diante, as palavras escapando em sua respiração acelerada com a paixão de um poeta cuja poesia é praticamente arrancada de dentro dele pela dor.

Porém Sasha permanecia em silêncio. Quando Orlando tinha acabado de lhe dizer que ela era uma raposa, uma oliveira ou o cume de uma colina verde, e lhe contara toda a história da sua família; como a sua casa era uma das mais antigas da Grã-Bretanha; como havia chegado de Roma com os Césares e tinha o direito de passear pelo Corso (que é a rua principal de Roma) sob um palanquim com borlas, o que ele dizia ser um privilégio reservado apenas aos de sangue imperial (pois havia nele uma credulidade altiva que era bastante agradável), ele fez uma pausa e lhe perguntou: onde era a casa dela? O que fazia o pai dela? Tinha irmãos? Por que ela estava aqui sozinha com o tio? Depois, de alguma forma, ainda que ela respondesse prontamente, surgia um constrangimento entre ambos. A princípio, ele suspeitou que sua posição social não era tão elevada quanto ela gostaria, ou que a envergonhavam os modos selvagens de seu povo, pois ele tinha ouvido falar que as mulheres em Moscóvia usavam barbas e os homens se cobriam de peles da cintura para baixo; que ambos os sexos se untavam com sebo para proteger-se do frio, rasgavam a carne com os dedos e viviam em cabanas onde um nobre inglês dificilmente manteria seu gado; por isso evitava pressioná-la. Refletindo, no entanto, concluiu que o silêncio dela não poderia ser por esse motivo; ela mesma não tinha pelos no queixo; vestia-se de veludo e pérolas, e suas maneiras certamente não eram as de uma mulher criada em um curral de gado.

O que, então, ela escondia dele? A dúvida subjacente à tremenda força de seus sentimentos era como areia movediça sob um monumento que se desloca repentinamente e faz tremer toda a estrutura. A agonia o tomava de repente. Em seguida, ele explodia em tal fúria que ela não sabia como acalmá-lo. Talvez não fosse sua intenção acalmá-lo; talvez a raiva dele lhe agradasse e, por isso, ela a instigava deliberadamente — essa é a curiosa obliquidade do temperamento ao estilo moscovita.

Para continuar a história — patinando mais do que o habitual naquele dia, chegaram à parte do rio onde os navios haviam ancorado e estavam agora imobilizados pelo gelo em meio à corrente. Entre eles, estava o navio da embaixada de Moscóvia, com sua águia preta de duas cabeças hasteada no mastro principal, que estava repleto de pingentes de gelo multicoloridos de vários metros de comprimento. Sasha havia deixado algumas de suas roupas a bordo e, supondo que o navio estivesse vazio, subiram ao convés e foram procurá-las. Lembrando-se de certas passagens de seu próprio passado, Orlando não teria ficado surpreso se alguns bons cidadãos tivessem buscado este refúgio antes deles; e assim fora. Não haviam adentrado muito, quando um belo jovem deixou seus afazeres detrás de um rolo de corda e disse, aparentemente, pois falava russo, que era um dos tripulantes e que ajudaria a Princesa a encontrar o que queria, acendeu uma vela e desapareceu com ela em direção à parte inferior do navio.

O tempo passava, e Orlando, envolvido em seus próprios sonhos, pensava apenas nos prazeres da vida; em sua gema; na raridade dela; nos meios de torná-la irrevogável e indissoluvelmente sua. Havia obstáculos e dificuldades a serem superados. Ela estava determinada a viver na Rússia, onde havia rios congelados, cavalos selvagens e homens que, segundo ela, cortavam a garganta uns dos outros. É verdade que uma paisagem de pinheiros e neve, hábitos de luxúria e matança, não o atraíam. Tampouco estava ansioso para interromper seus agradáveis costumes campestres de esportes e plantio de árvores; abandonar seu cargo; arruinar sua carreira; atirar na rena em vez de no coelho; beber vodca em vez de vinho *canary* e carregar uma faca na manga — com que propósito, ele não sabia. Ainda assim, tudo isso e muito mais ele faria por ela. Quanto ao seu casamento com Lady Margaret, apesar de ter sido arranjado para acontecer dali a uma semana, a coisa era tão palpavelmente absurda que ele mal pensava nisso. Os familiares dela o insultariam por abandonar uma grande dama; seus amigos zombariam dele por arruinar a melhor carreira do mundo por uma mulher cossaca e um deserto de neve — isso não pesava nem uma palha na balança em comparação com a própria Sasha. Na primeira noite escura, fugiriam para o norte; então, para a Rússia. Assim ele ponderava; assim planejava enquanto andava para cima e para baixo no convés.

Ao virar para o oeste, foi atraído pela visão do sol, pendurado como uma laranja na cruz da Catedral de St. Paul. Estava vermelho-sangue e afundava rapidamente. Estava quase anoitecendo. Sasha já havia desaparecido há mais de uma hora. Tomado de imediato por aqueles pressentimentos sombrios que obscureciam até mesmo seus pensamentos mais confiantes sobre ela, enveredou pelo caminho que os vira percorrer até o porão do navio; e, depois de tropeçar em baús e barris na escuridão, percebeu, por um brilho tênue em um canto, que eles estavam sentados ali. Por um segundo, teve uma imagem deles; viu Sasha sentada sobre os joelhos do marinheiro; viu-a inclinando-se sobre ele; viu-os abraçarem-se até que a luz se reduziu a uma nuvem vermelha de fúria. Ele irrompeu em um uivo de angústia tão intenso que ecoou pelo navio inteiro. Sasha se lançou entre ambos, do contrário, o marinheiro teria sido estrangulado antes que pudesse sacar o punhal. Então, um mal-estar terrível se apoderou de Orlando, e eles tiveram de deitá-lo no chão e dar-lhe conhaque para beber até que se reanimasse. E então, quando se recuperou e estava sentado sobre uma pilha de estopa no convés, Sasha ficou pairando ao redor dele, passando diante de seus olhos atordoados, suavemente, sinuosamente, como uma raposa que o tivesse mordido, ora persuadindo, ora denunciando, de modo que ele chegou a duvidar do que havia visto. Não teria a vela tremulado? Não teriam as sombras se movido? A caixa era pesada, disse ela; o homem a ajudava a movê-la. Orlando chegou a acreditar nela por um momento — pois quem poderia ter certeza de que sua raiva não havia pintado o que ele mais temia encontrar? —, em seguida o engano dela lhe causou uma reação ainda mais violenta.

Então, a própria Sasha se tornou lívida; bateu o pé no convés; disse que iria embora naquela noite e pediu a seus deuses que a destruíssem, se ela, uma Romanovitch, tivesse caído nos braços de um marinheiro comum. De fato, olhando para os dois juntos (o que ele mal conseguia fazer), Orlando ficou indignado com a imundície de sua imaginação, que pudera ter sido capaz de pintar uma criatura tão frágil entre as garras daquele bruto do mar cabeludo. O homem era enorme; tinha seis pés e quatro polegadas de altura; usava argolas de arame comuns nas orelhas; e parecia um cavalo de carga sobre o qual uma carriça ou um tordo havia pousado em seu voo. Então ele cedeu; acreditou nela; e pediu-lhe perdão. No entanto, quando estavam descendo pela lateral do navio, novamente apaixonados, Sasha se deteve com a mão na escada e respondeu àquele monstro fulvo de rosto largo com uma torrente de saudações, gracejos ou palavras carinhosas em russo, das quais Orlando não entendeu uma palavra sequer. Porém, havia algo em seu tom (talvez por culpa das consoantes russas) que fez Orlando se lembrar de uma cena ocorrida algumas noites atrás, quando a encontrara em segredo roendo, em um canto, o toco de uma vela que ela recolhera do chão. É verdade que era rosa; era dourada; e era da mesa do Rei; mas era sebo, e ela a roía. Será que não havia, pensou ele, ao conduzi-la pelo gelo, algo de repulsivo nela, algo de sabor grosseiro, algo camponês? E ele a imaginou aos quarenta anos, pesada, embora agora fosse magra como um junco, e letárgica, embora agora fosse alegre como uma cotovia. Porém, novamente, enquanto patinavam em direção a Londres, essas suspeitas se dissolveram em seu peito, e sentia-se como se tivesse sido fisgado por um grande peixe pelo nariz e puxado pelas águas a contragosto, embora com seu próprio consentimento.

Era um fim de tarde de beleza surpreendente. À medida que o sol se punha, todas as cúpulas, torres, torreões e pináculos de Londres se erguiam em uma escuridão tenebrosa contra as furiosas nuvens vermelhas do pôr do sol. Aqui estava a cruz rendilhada em Charing; ali, a cúpula da St. Paul; lá, o bloco quadrado dos edifícios da Torre; mais à frente, como um bosque de árvores despidas de todas as folhas, exceto por uma saliência na extremidade, estavam as cabeças nas estacas em Temple Bar. Agora, as janelas da

Abadia estavam iluminadas e brilhavam como um escudo celestial de muitas cores (na fantasia de Orlando); agora, todo o oeste parecia uma janela dourada com tropas de anjos (novamente na fantasia de Orlando) subindo e descendo as escadas celestiais perpetuamente. O tempo todo eles pareciam estar patinando em profundezas insondáveis de ar, de tão azul que o gelo se tornara; e tão liso e vítreo era o gelo que eles aceleravam cada vez mais rumo à cidade, com as gaivotas brancas circulando ao seu redor e traçando no ar com as asas os mesmos arcos que traçavam no gelo com seus patins.

Sasha, como se quisesse tranquilizá-lo, estava mais carinhosa do que o normal e ainda mais encantadora. Raramente ela falava sobre

seu passado, mas, naquela ocasião, ela lhe contou como, no inverno da Rússia, ouvia os lobos uivando pelas estepes e, por três vezes, para mostrar a ele, uivou como um lobo. Depois disso, ele lhe contou sobre os cervos na neve em sua casa e como eles vagavam no grande salão para se aquecer e eram alimentados com mingau de um balde por um ancião. E então ela o elogiou; por seu amor pelos animais; por sua galanteria; por suas pernas. Extasiado pelos elogios e envergonhado por pensar em como ele a havia difamado ao imaginá-la sobre os joelhos de um marinheiro comum, e gorda e letárgica aos quarenta anos, ele lhe disse que não encontrava palavras para louvá-la; no entanto, instantaneamente se lembrou de como ela era como a primavera, a grama verde e as águas correntes e, segurando-a com mais força do que nunca, ele a fez rodopiar com ele por metade do rio, de modo que as gaivotas e os corvos-marinhos também rodopiaram. E, parando por fim, sem fôlego, ela disse, ofegante, que ele era como uma árvore de Natal com um milhão de velas (como as que existem na Rússia) enfeitada com globos amarelos; incandescente; o suficiente para iluminar uma rua inteira; (assim se poderia traduzir) pois, com suas bochechas brilhantes, seus cachos escuros, seu manto preto e carmesim, ele parecia estar queimando com seu próprio brilho, vindo de uma lâmpada acesa dentro dele.

Toda a cor, exceto o vermelho das bochechas de Orlando, logo se desvaneceu. A noite chegou. Quando a luz alaranjada do pôr do sol desapareceu e foi substituída pelo deslumbrante brilho branco das tochas, fogueiras, candeias flamejantes e outros artefatos que iluminavam o rio, ocorreu a mais estranha transformação.

A Princesa russa quando criança

Várias igrejas e palácios de nobres, cujas fachadas eram de pedra branca, apareceram em faixas e manchas como se estivessem flutuando no ar. Da Catedral de St. Paul, em particular, não restou nada além de uma cruz dourada. A Abadia parecia o esqueleto cinza de uma folha. Tudo foi emaciado e transformado. Os sons também pareciam fechados e concentrados. À medida que se aproximavam do local da festividade, passaram a ouvir uma nota grave, como se fosse produzida por um diapasão, que ressoava cada vez mais alto até se tornar um alvoroço. De vez em quando, um forte grito seguia um foguete que subia aos ares. Aos poucos, puderam distinguir pequenas figuras que se destacavam da vasta multidão e giravam para lá e para cá como insetos na superfície de um rio. Acima e ao redor desse círculo brilhante, como uma tigela de escuridão, pressionava a vastidão sombria de uma noite de inverno. E então, nessa escuridão, começaram a surgir, a intervalos que mantinham a expectativa alerta e a boca aberta, foguetes floridos; luas crescentes; serpentes; uma coroa. Em um momento, os bosques e as colinas distantes se mostravam verdes como em um dia de verão; no outro, tudo era inverno e escuridão novamente.

52 A essa altura, Orlando e a Princesa estavam perto do recinto real e viram seu caminho barrado por uma grande multidão de pessoas comuns, que se comprimiam, tanto quanto se atreviam, para aproximarem-se da corda de seda. Sem querer interromper aquela intimidade nem se deparar com os olhares atentos a eles, o casal permaneceu ali, cercado por aprendizes; alfaiates; peixeiras; negociantes de cavalos; embusteiros; eruditos famintos; criadas com seus adereços; vendedoras de laranjas; tratadores de cavalos; cidadãos respeitáveis; e uma multidão de pequenos maltrapilhos, como os que sempre rondam qualquer aglomeração, gritando e se debatendo entre os pés das pessoas — toda a ralé das ruas de Londres estava de fato ali, brincando e se acotovelando, aqui jogando dados, adivinhando a sorte, empurrando, fazendo cócegas, beliscando; aqui barulhenta, ali triste; alguns deles com a boca escancarada uma jarda; outros, tão irreverentes quanto as gralhas sobre o telhado de uma casa; todos com as mais variadas vestimentas, conforme seus bolsos ou posições permitiam; aqui, com peles e tecidos largos; ali, em farrapos, os pés mantidos longe do gelo apenas por um pano de prato amarrado a eles. A maioria das pessoas, ao que parecia, estava de pé defronte a uma cabine ou palco, algo parecido com o nosso

espetáculo de Punch e Judy, sobre o qual estava acontecendo algum tipo de apresentação teatral. Um homem negro agitava os braços e vociferava. Havia uma mulher de branco estendida em uma cama. Embora o palco fosse rudimentar e os atores subissem e descessem um par de degraus e às vezes tropeçassem, a multidão batia os pés e assobiava ou, quando estava entediada, jogava um pedaço de casca de laranja na direção dos atores, que um cachorro tentava pegar, ainda assim, a melodia surpreendente e sinuosa das palavras comovia Orlando como música. Ditas com extrema velocidade e uma audaciosa agilidade da língua que lhe lembrava a dos marinheiros cantando nas cervejarias de Wapping, as palavras, mesmo sem significado, eram como vinho para ele. Mas, de vez em quando, uma única frase chegava até ele por cima do gelo, como se arrancada das profundezas de seu coração. O frenesi do mouro parecia o reflexo de seu próprio frenesi, e, quando o mouro asfixiou a mulher em sua cama, era Sasha quem ele sentia estar matando com as próprias mãos.

Finalmente, a peça terminou. Tudo havia escurecido. As lágrimas escorriam por seu rosto. Olhando para o céu, não via nada além de escuridão. Ruína e morte, pensou, cobrem tudo. A vida do homem termina na sepultura. Os vermes nos devoram.

Parece-me que agora deveria haver um grande eclipse
Do sol e da lua, e que o globo aterrorizado
Deveria se abrir em um bocejo —

Enquanto dizia isso, uma estrela de certa palidez surgiu em sua memória. A noite estava escura; estava escura como breu; mas foi por uma noite como essa que eles esperaram; foi em uma noite como essa que eles planejaram fugir. Ele se lembrava de tudo. A hora havia chegado. Com um rompante de paixão, puxou Sasha para si e sibilou em seu ouvido:

— *Jour de ma vie*!

Era o sinal deles. À meia-noite, os dois se encontrariam em uma pousada perto de Blackfriars. Os cavalos esperavam ali. Tudo estava pronto para a fuga. Assim, separaram-se, ela para sua tenda, ele para a dele. Ainda faltava uma hora.

Muito antes da meia-noite, Orlando já estava esperando. A noite era de uma escuridão tão densa que um homem poderia atacar antes de ser visto, o que era bom, mas também era de uma quietude solene, de modo que o casco de um cavalo ou o choro de uma criança podiam ser ouvidos a uma distância de meia milha. Muitas vezes, Orlando, andando pelo pequeno pátio, ficou com o coração apertado ao ouvir o passo firme de alguma égua nos paralelepípedos ou o farfalhar do vestido de uma mulher. Contudo, o transeunte era apenas um comerciante que chegava tarde à sua casa; ou alguma mulher do bairro cuja incumbência não era assim tão inocente. Eles passavam, e a rua ficava mais silenciosa do que antes. Em seguida, as luzes que ardiam no andar de baixo nos pequenos e amontoados alojamentos onde viviam os pobres da cidade, subiam para os quartos de dormir e, então, uma a uma, extinguiam-se. Os lampiões das ruas nesse arrabalde eram poucos, no máximo; e a negligência do vigia noturno muitas vezes fazia com que eles se apagassem muito antes do amanhecer. A escuridão então se tornou ainda mais profunda do que antes. Orlando verificou os pavios de seu lampião, cuidou dos arreios da sela; preparou suas pistolas; examinou seus coldres; e fez tudo isso pelo menos uma dúzia de vezes até não encontrar mais nada que precisasse de sua atenção. Embora ainda faltassem uns vinte minutos para a meia-noite, ele não conseguia se convencer a entrar no salão da pousada, onde a anfitriã ainda estava servindo *sack* e o tipo mais barato de vinho *canary* para alguns marinheiros, que estavam sentados ali cantando suas cantigas e contando suas histórias de Drake, Hawkins e Grenville, até caírem dos bancos e adormecerem no chão arenoso. A escuridão era mais compassiva com seu coração dilatado e violento. Ele ouvia cada passada; especulava sobre cada som. Cada grito embriagado e cada lamento de algum pobre coitado deitado na palha ou em qualquer outro estado de aflição lhe cortavam o coração, como se fosse um mau presságio para sua empreitada. No entanto, ele não temia por Sasha. Sua coragem não dava importância à aventura. Ela viria sozinha, com seu manto e suas calças, de botas como um homem. Leve como era seu passo, dificilmente seria ouvido, mesmo naquele silêncio.

E assim ele esperava na escuridão. De repente, foi atingido por um golpe suave, porém pesado, na lateral da face. Ele estava tão ansioso que se levantou e colocou a mão sobre a espada. O golpe foi repetido uma dúzia de vezes na testa e na bochecha. A geada seca havia durado tanto tempo que ele levou um minuto para perceber que eram gotas de chuva caindo; os golpes eram os golpes da chuva. No início, caíam lenta e deliberadamente, uma a uma. Logo, porém, as seis gotas se tornaram sessenta; depois seiscentas; e então se juntaram em um jorrar constante de água. Era como se o céu duro e consistente se derramasse como uma fonte caudalosa. Em um espaço de cinco minutos, Orlando ficou encharcado até os ossos.

Apressadamente, colocou os cavalos sob a cobertura e procurou abrigo debaixo do umbral da porta, de onde ainda podia observar o pátio. O ar estava mais denso do que nunca, e o aguaceiro era tão enevoado e barulhento que não se podia ouvir nenhum passo de homem ou animal para além dele. As estradas, repletas de grandes buracos, estariam alagadas e talvez intransitáveis. Contudo, ele mal pensava no efeito que isso teria sobre sua fuga. Todos os seus sentidos estavam concentrados em olhar para o caminho de paralelepípedos — que brilhava à luz do lampião —, esperando a chegada de Sasha. Às vezes, na escuridão, parecia-lhe vê-la envolta pelos golpes da chuva. O fantasma, porém, desaparecia. De repente, com uma voz terrível e agourenta, uma voz cheia de horror e alarme que despertou cada fio de angústia na alma de Orlando, a Catedral de St. Paul bateu a primeira badalada da meia-noite. E bateu mais quatro vezes, sem piedade.
Com uma superstição de amante, Orlando havia imaginado que seria na sexta badalada que ela chegaria. Mas a sexta ecoou, e vieram a sétima e a oitava, e, para sua mente apreensiva, elas pareciam notas que primeiro anunciavam e depois proclamavam a morte e o desastre. Quando a décima segunda badalada soou, ele soube que seu destino estava selado. Era inútil seu lado racional argumentar; talvez estivesse atrasada; talvez tivesse sido impedida; talvez tivesse errado o caminho. O coração apaixonado e sensível de Orlando sabia a verdade. Outros relógios tocaram, um após o outro. O mundo inteiro parecia ressoar com a notícia da falsidade dela e do escárnio dele. As velhas suspeitas, que subterraneamente o percorriam, saíram de seu esconderijo ao ar livre. Foi picado por um enxame de cobras, cada uma mais venenosa que a outra. Ficou parado na porta, sob a chuva torrencial, sem se mexer. Com o passar dos minutos, seus joelhos se dobraram um pouco. O aguaceiro avançava com força. Em meio a tudo isso, parecia que canhões disparavam. Ouvia-se enormes estrondos, como se os carvalhos estivessem sendo arrancados e rasgados. Havia também gritos selvagens e terríveis gemidos inumanos. Entretanto, Orlando permaneceu

imóvel até que o relógio da St. Paul bateu duas horas e, então, em voz alta, com uma terrível ironia e todos os dentes à mostra, exclamou:

— *Jour de ma vie!*

E lançou o lampião ao chão, montou em seu cavalo e galopou não se sabe para onde.

Um instinto cego, pois ele já não raciocinava mais, deve tê-lo impelido a seguir pela margem do rio em direção ao mar. Porque, quando raiou o dia, o que aconteceu com uma rapidez incomum, com o céu ficando amarelo-pálido e a chuva quase cessando, ele se viu às margens do Tâmisa, perto de Wapping. Agora, uma visão da mais extraordinária natureza encontrou seus olhos. Onde, durante mais de três meses, houvera gelo sólido de tal espessura que parecia tão permanente quanto pedra, e toda uma cidade alegre se erguera sobre sua superfície, via-se agora uma correnteza de águas turbulentas e amareladas. O rio ganhara liberdade durante a noite. Era como se uma fonte de enxofre (opinião à qual muitos filósofos se inclinavam) tivesse se erguido das regiões vulcânicas inferiores e despedaçado o gelo com tanta veemência que varreu furiosamente os enormes e

numerosos fragmentos. A simples visão da água era suficiente para deixar qualquer um tonto. Tudo era tumulto e confusão. O rio estava repleto de icebergs. Alguns eram tão largos quanto um campo de boliche e tão altos quanto uma casa; outros não eram maiores do que um chapéu de homem, mas estavam fantasticamente retorcidos. Ora descia um comboio inteiro de blocos de gelo, afundando tudo o que estivesse em seu caminho. Ora, rodopiando e agitando-se como uma serpente atormentada, o rio parecia estar se lançando entre os fragmentos e arremessando-os de margem a margem, de modo que era possível ouvi-los se espatifando contra os píeres e pilares. No entanto, o que era mais terrível e inspirava verdadeiro terror era a visão das criaturas humanas que haviam ficado aprisionadas durante a noite e agora vagavam por suas ilhas tortuosas e precárias na mais completa agonia de espírito. Quer pulassem no dilúvio ou permanecessem no gelo, seu destino era certo. Às vezes, um grupo considerável dessas pobres criaturas desciam juntas, algumas de joelhos, outras amamentando seus bebês. Um ancião parecia estar lendo em voz alta um livro sagrado. Em outros momentos, e seu destino talvez tenha sido o mais terrível, um infeliz solitário percorria sozinho seu estreito alojamento. Enquanto eram arrastados para o mar, alguns podiam ser ouvidos clamando em vão por ajuda, fazendo juras absurdas de mudarem seus caminhos, confessando seus pecados e prometendo altares e riquezas se Deus ouvisse suas preces. Outros estavam tão desorientados pelo terror que se sentavam imóveis e silenciosos, o olhar fixo à sua frente. Uma tripulação de jovens barqueiros ou mensageiros, a julgar por seus uniformes, rugia e gritava as canções de taberna mais indecentes, como que desafiando o destino, até serem atirados à morte e afundados com blasfêmias nos lábios. Um velho nobre — pois assim o proclamavam suas vestes de pele e sua corrente de ouro — desceu não muito longe de onde Orlando estava, clamando por vingança contra os rebeldes irlandeses, que, segundo ele, em seu último suspiro, haviam tramado essa perversidade. Muitos pereceram agarrando algum pote de prata ou outro tesouro junto ao peito; e pelo menos uma vintena de pobres coitados foi afogada por sua própria ganância, atirando-se da margem para dentro da enchente para não deixar escapar uma taça de ouro ou ver diante dos olhos algum traje de pele desaparecer. Pois todos os tipos de móveis, objetos de valor e bens eram levados pelos icebergs. Entre outras imagens estranhas, havia um gato amamentando seus filhotes; uma mesa posta suntuosamente para um jantar de vinte pessoas; um casal na cama; além de um número extraordinário de utensílios de cozinha.

Atônito e perplexo, Orlando, por algum tempo, não pôde fazer nada além de observar a terrível correnteza que passava por ele. Por fim, parecendo ter retomado a consciência, ele cravou as esporas em seu cavalo e galopou a toda velocidade pela margem do rio em direção ao mar. Ao contornar uma curva do rio, chegou defronte àquele trecho em que, há menos de dois dias, os navios dos embaixadores pareciam congelados. Apressadamente, contou-os todos; o francês; o espanhol; o austríaco; o turco. Todos ainda flutuavam, embora o francês tivesse se soltado de suas amarras e o navio turco tivesse sofrido um grande rombo na lateral e estivesse se enchendo de água rapidamente. O navio russo, todavia, não se via em lugar algum. Por um momento, Orlando pensou que ele tivesse naufragado; mas, erguendo-se em seus estribos e protegendo os olhos, que tinham a visão de um falcão, ele avistou, com dificuldade, o formato de uma embarcação no horizonte. As águias pretas esvoaçavam na ponta do mastro. O navio da embaixada moscovita estava em alto-mar.

Saltando de seu cavalo, fez, em sua fúria, como se fosse enfrentar o fluxo das águas. De pé, com os joelhos mergulhados na água, lançou contra a mulher infiel todos os insultos que já foram feitos a seu sexo. Infiel, mutável, inconstante, ele a chamou; demônio, adúltera, enganadora; e as águas turbulentas pegaram suas palavras e jogaram a seus pés um pote quebrado e um pouco de palha.

2

O biógrafo se depara agora com uma dificuldade que talvez seja melhor confessar do que encobrir. Até este ponto, ao contar a história da vida de Orlando, os documentos, tanto particulares quanto históricos, possibilitaram que se cumprisse o primeiro dever de um biógrafo, que é o de percorrer, sem olhar para a direita ou para a esquerda, as pegadas indeléveis da verdade; sem se deixar atrair pelas flores; independentemente da sombra; sempre em frente, metodicamente, até cairmos no túmulo e escrevermos *finis* na lápide acima de nossas cabeças. Chegamos, porém, a um episódio que se encontra bem no nosso caminho, de modo que não há como ignorá-lo. Contudo, ele é obscuro, misterioso e não documentado; portanto, não há como explicá-lo. Poder-se-ia escrever volumes inteiros buscando interpretá-lo; fundar-se sistemas religiosos inteiros sobre seu significado. Nosso simples dever é declarar os fatos até onde os conhecemos e, assim, deixar que o leitor faça deles aquilo que puder.

O verão daquele calamitoso inverno que viu a geada, a inundação, a morte de vários milhares de pessoas e a derrocada completa das esperanças de Orlando — pois ele foi exilado da Corte; em profunda desgraça com os nobres mais poderosos de sua época; a Casa irlandesa de Desmond estava furiosa, com razão; o Rei já tinha problemas suficientes com os irlandeses para não apreciar esse acréscimo — naquele verão, Orlando se retirou para sua grande casa no campo e lá ficou vivendo em completa solidão. Em uma manhã de junho — era sábado, dia dezoito — ele não se levantou no horário habitual e, quando seu valete foi chamá-lo, encontrou-o dormindo profundamente. Tampouco foi possível acordá-lo. Estava deitado como se estivesse em transe, sem respiração perceptível; e, embora tivessem colocado os cães para latirem debaixo de sua janela; batessem címbalos, tambores e ossos incessantemente em seu quarto; tivessem deixado um galho de tojo debaixo de seu travesseiro; e aplicassem emplastros de mostarda em seus pés, ainda assim ele não acordou, não se alimentou nem deu qualquer sinal de vida por sete dias inteiros. No sétimo dia, ele acordou em seu horário habitual (exatamente quinze para as oito) e expulsou do quarto todo o bando de curandeiras e adivinhos da aldeia; o que era bastante natural; o estranho, porém, era que ele não demonstrava nenhuma consciência de tal transe, apenas se vestiu e mandou buscar seu cavalo como se tivesse acordado de uma única noite de sono. No entanto, suspeitava-se que alguma mudança tivesse ocorrido nas suas câmaras cerebrais, pois, embora se mostrasse perfeitamente racional e parecesse mais sério e tranquilo do que antes, dava a impressão de guardar uma memória imperfeita de sua vida passada. Prestava atenção quando as pessoas falavam sobre a grande geada, sobre a patinação ou a festa, mas nunca dava qualquer sinal, a não ser o de passar a mão pela testa, como se quisesse afastar alguma nuvem, de ter presenciado tais eventos ele mesmo. Quando os acontecimentos dos últimos seis meses eram discutidos, ele parecia menos angustiado do que desconcertado, como se estivesse perturbado por lembranças confusas de algum tempo passado ou tentasse se lembrar de histórias contadas por outra pessoa. Observou-se que, quando se mencionava a Rússia, princesas ou navios, ele entrava em um estado de melancolia desconfortável, levantava-se e olhava pela janela, ou chamava um dos cães, ou pegava uma faca e talhava um pedaço de cedro. Entretanto os médicos não eram mais sábios naquela época do que são agora e, depois de prescreverem repouso e exercícios, jejum e alimentação, companhia e solidão, que ele ficasse deitado na cama o dia todo e que cavalgasse quarenta milhas entre o almoço e o jantar, juntamente com os habituais sedativos e estimulantes, diversificando, de acordo com o gosto, com doses de baba de salamandra ao se levantar e de fel de pavão ao se deitar, deixaram-no em paz e afirmaram que, na opinião deles, havia dormido por uma semana.

Todavia, se foi sono, mal podemos nos abster de perguntar: qual a natureza de tais sonos? Seriam eles medidas terapêuticas — transes em que as lembranças mais dolorosas, eventos que parecem poder paralisar a vida para sempre, são suavizadas com uma asa escura que lixa as asperezas e as reveste, mesmo as mais vis e transfiguradas, com um brilho, uma incandescência? Será que o dedo da morte deve apoiar-se sobre o tumulto da vida de vez em quando, para que não nos destrua? Será que fomos feitos de tal forma que precisamos aceitar a morte em pequenas doses diárias ou não poderíamos continuar vivendo? E que poderes estranhos são esses que penetram nossos caminhos mais secretos e transformam nossos bens mais preciosos à revelia de nossa vontade? Será que Orlando, esgotado por seu sofrimento extremo, morreu por uma semana e depois voltou à vida? E, se assim foi, de que natureza é a morte e de que natureza é a vida? Depois de esperar por mais de meia hora por uma resposta a essas perguntas, sem que nenhuma tenha sido dada, prossigamos com a história.

Orlando se entregou, a partir de então, a uma vida de extrema solidão. Sua desonra na Corte e a violência de sua dor foram, em parte, a razão disso, mas, como ele não fez nenhum esforço para se defender e raramente convidava alguém para visitá-lo (embora tivesse muitos amigos que o fariam de bom grado), parecia que ficar sozinho na grandiosa casa de seus pais convinha ao seu temperamento. A solidão era sua escolha. A maneira como ocupava seu tempo, ninguém sabia ao certo. Os criados, dos quais mantinha um séquito completo, embora a maior parte das tarefas fosse tirar o pó de quartos vazios e alisar cobertas de camas onde nunca se dormia, observavam, na escuridão da noite, enquanto se sentavam com seus bolos e sua cerveja, uma luz passando pelas galerias, pelos salões dos banquetes, subindo as escadas, entrando nos quartos, e sabiam que seu senhor estava perambulando pela casa sozinho. Ninguém se atrevia a segui-lo, pois a casa era assombrada por uma grande variedade de fantasmas, e suas dimensões contribuíam para que fosse fácil perder o rumo e cair em alguma escada escondida ou abrir uma porta que, se o vento a soprasse, se fecharia para sempre — acidentes que não eram incomuns, como evidenciava a descoberta frequente de esqueletos de homens e animais em posturas de intensa agonia. Em seguida, a luz se perdia completamente, e a sra. Grimsditch, a governanta, dizia ao sr. Dupper, o capelão, que esperava que sua senhoria não tivesse sofrido algum acidente grave. O sr. Dupper opinava que sua senhoria, sem dúvida, estaria de joelhos entre os túmulos de seus ancestrais na capela, que ficava no pátio denominado Billiard Table, a meia milha de distância, no lado sul. Pois ele tinha pecados em sua consciência, temia o sr. Dupper; ao que a sra. Grimsditch retrucava, de forma bastante ríspida, que a maioria de nós também os tinha; e a sra. Stewkley, a sra. Field e a velha enfermeira Carpenter alçavam suas vozes elogiando sua senhoria; e os valetes e mordomos juravam que era uma pena ver um nobre tão bom vagando pela casa, quando ele poderia estar caçando raposas ou cervos; e até mesmo as empregadas da lavanderia e da copa, as Judys e as Faiths, que distribuíam canecas e bolos, testemunhavam sobre a galhardia de sua senhoria; pois nunca houve um cavalheiro mais gentil ou generoso com aquelas moedinhas de prata que servem para comprar um laço de fita ou colocar um ramo de flores no cabelo; até a criada negra, a quem chamavam de Grace Robinson para fazer dela uma mulher cristã, entendeu o que faziam e concordou que sua senhoria era um cavalheiro bonito, agradável e querido, da única maneira que podia, ou seja, mostrando todos os dentes de uma vez em um sorriso largo. Em suma, todos os seus criados e criadas tinham enorme respeito por ele e amaldiçoavam a Princesa estrangeira (embora a chamassem por um nome mais grosseiro do que esse) que o havia conduzido a essa situação.

Embora provavelmente fosse a covardia, ou o amor pela cerveja quente, o que levava o sr. Dupper a imaginar que seu senhor estaria a salvo entre os túmulos, de modo que não precisaria ir procurá-lo, é bem possível que o sr. Dupper estivesse certo. Orlando agora encontrava um estranho prazer em pensar na morte e na degradação e, depois de passear pelas longas galerias e salões de baile com uma lamparina na mão, olhando quadro após quadro como se procurasse o retrato de alguém que não conseguia encontrar, acomodava-se no banco da capela reservado à família e ficava sentado por horas observando os estandartes se agitarem e o luar oscilar, com um morcego ou uma mariposa-caveira para lhe fazer companhia. Ainda assim, isso não era suficiente para ele, que precisava descer à cripta onde seus ancestrais repousavam, um caixão sobre o outro, ao longo de dez gerações consecutivas. O lugar era tão raramente visitado que os ratos haviam soltado as peças de chumbo e, agora, um fêmur se prendia à sua capa quando ele passava, ou quebrava o crânio de um antigo Sir Malise quando rolava para debaixo de seu pé. Era um sepulcro macabro; cavado bem fundo sob os alicerces da casa, como se o primeiro lorde da família, que viera da França com o Conquistador, quisesse deixar testemunho de que toda a pompa se constrói sobre a corrupção; de que o esqueleto está sob a carne; de que nós, que dançamos e cantamos em cima, terminaremos repousando lá embaixo; de que o veludo carmesim se transforma em pó; de que o anel (aqui Orlando, abaixando sua lamparina, pegava um círculo de ouro ao qual faltava uma pedra, que havia rolado para um canto) perde seu rubi e o olho, que tanto brilhava, já não brilha mais.

— Não sobrou nada de todos esses príncipes — dizia Orlando, entregando-se a um exagero perdoável em relação à sua posição —, exceto um dedo. — E pegava a mão de um esqueleto na sua e dobrava as articulações para um lado e para o outro. — De quem seria esta mão? — continuava perguntando. — A direita ou a esquerda? Seria a mão de um homem ou de uma mulher? Da idade ou da juventude? Teria ela impulsionado o cavalo de guerra ou trabalhado com a agulha? Teria colhido a rosa ou segurado o aço frio? Teria...

Mas aqui ou sua imaginação falhou ou, o que é mais provável, apresentou-lhe tantos exemplos do que uma mão pode fazer que ele se esquivou, como era seu hábito, do trabalho fundamental da composição, que é a excisão, e a colocou junto com os outros ossos, pensando em como havia um escritor chamado Thomas Browne, um médico de Norwich, cujos escritos sobre tais assuntos lhe agradavam muito.

Então, pegando sua lamparina e confirmando que os ossos estavam em ordem, pois, embora romântico, era singularmente metódico e não havia nada que detestasse tanto quanto um novelo de barbante no chão, quanto mais o crânio de um antepassado, retomou aquele curioso e taciturno andar pelas galerias, procurando algo entre os quadros, que foi afinal interrompido por um verdadeiro acesso de soluços, ao ver uma cena de neve holandesa de um artista desconhecido. Então lhe pareceu que a vida não valia mais a pena ser vivida. Esquecendo-se dos ossos de seus ancestrais e de como a vida é fundamentada sobre um túmulo, ficou ali, sacudido por soluços, tudo pelo desejo de uma mulher vestida com calças russas, de olhos oblíquos, boca franzina e pérolas no pescoço. Ela se fora. Ela o deixara. Nunca mais voltaria a vê-la. E então chorou. E então encontrou o caminho de volta para seus próprios aposentos; e a sra. Grimsditch, vendo a luz na janela, tirou a caneca dos lábios e deu graças a Deus, sua senhoria estava a salvo em seu quarto novamente; pois ela estivera pensando o tempo todo que ele havia sido cruelmente assassinado.

Agora, Orlando puxou sua cadeira até a mesa; abriu as obras de Sir Thomas Browne e começou a investigar a delicada articulação de uma das cogitações mais longas e maravilhosamente intrincadas do médico.

Pois, embora não sejam assuntos sobre os quais um biógrafo possa se alongar de maneira proveitosa, tornam-se evidentes para aqueles que cumprem o papel de leitores; que conseguem reconstruir, a partir de meros indícios deixados aqui e ali, o contorno e a totalidade de uma pessoa viva; que conseguem ouvir, no que apenas sussurramos, uma voz viva; que conseguem enxergar, mesmo quando nada dizemos, exatamente como ele era, e saber com precisão, sem qualquer palavra para guiá-los, o que ele pensava e sentia; e é somente para leitores como esses que escrevemos. É claro, então, para esse leitor, que Orlando era estranhamente composto de muitos humores — de melancolia, de indolência, de paixão, do amor à solidão, para não falar de todas aquelas contorções e sutilezas de temperamento que

foram indicadas na primeira página, quando ele atacava com sua espada a cabeça de um negro morto; cortava-a, pendurava-a de novo, de forma cavalheiresca, fora de seu alcance e, em seguida, sentava-se no banco junto à janela com um livro. O gosto por livros começou precocemente. Quando criança, às vezes encontravam-no à meia-noite ainda lendo alguma página. Tiravam-lhe a vela e ele criava vaga-lumes para servir a esse propósito. Tiravam-lhe os vaga-lumes, e ele quase incendiava a casa com uma pederneira. Em poucas palavras, deixando que o romancista alise a seda amassada e todas as suas implicações, ele era um nobre que sofria de amor pela literatura. Muitas pessoas de sua época, e ainda mais de sua posição, escapavam desse mal e, portanto, eram livres para correr, cavalgar ou fazer amor a seu bel-prazer. Mas alguns foram precocemente contaminados por um germe que, dizia-se, alimentava-se do pólen do asfódelo, soprado da Grécia e da Itália, de natureza tão letal que fazia tremer a mão ao ser erguida para golpear, turvava o olhar quando procurava uma presa e fazia a língua gaguejar ao declarar seu amor. Era da natureza fatal dessa doença substituir realidade por fantasia, de modo que bastava Orlando, a quem a fortuna havia dado todos os presentes — louças, roupas de cama, casas, criados, tapetes, camas em profusão —, abrir um livro para que todo aquele vasto acúmulo se transformasse em névoa. Os nove acres de pedra que constituíam sua casa sumiam; cento e cinquenta criados domésticos desapareciam; seus oitenta cavalos de montaria se tornavam invisíveis; levaria muito tempo para contar os tapetes, sofás, adereços, porcelanas, pratos, galheteiros, travessas e outros objetos móveis, muitas vezes de ouro batido, que se evaporaram como a névoa do mar sob o miasma. Assim era, e Orlando se sentava sozinho, lendo, um homem nu.

A doença se instalou rapidamente em sua solidão. Costumava ler por seis horas durante a madrugada; e, quando o procuravam para pedir ordens sobre o abate do gado ou a colheita do trigo, ele afastava o fólio e parecia não entender o que lhe era dito. Isso já era ruim o suficiente por si só e magoava os corações de Hall, o falcoeiro, de Giles, o valete, da sra. Grimsditch, a governanta, e do sr. Dupper, o capelão. Diziam que um cavalheiro tão bom quanto aquele não precisava de livros. Que ele deixasse os livros, diziam, para os debilitados ou moribundos. O pior, contudo, estava por vir. Pois, uma vez que a doença da leitura se apodera do sistema, ela o enfraquece de modo a torná-lo uma presa fácil para aquele outro flagelo que habita no tinteiro e fermenta na pena. O infeliz passa a escrever. E, embora isso seja ruim o suficiente para um homem pobre, cuja única propriedade é uma cadeira e uma mesa sob um telhado com goteiras — pois ele, afinal, não tem muito a perder —, a condição de um homem rico, que tem casas e gado, criados, jumentos e roupas de cama, e ainda assim escreve livros, é extremamente lamentável. Perde o sabor de tudo; atingem-no ferros incandescentes; é roído por vermes. Ele daria tudo o que tinha (tamanha é a malignidade do germe) para escrever ao menos um livrinho e tornar-se famoso; no entanto, todo o ouro do Peru não lhe compraria o tesouro de uma linha bem-feita. Assim, ele sucumbe à tuberculose e à doença, estoura os próprios miolos, vira o rosto para a parede. Não importa a atitude em que o encontrem. Ele atravessou os portões da Morte e conheceu as chamas do Inferno.

Felizmente, Orlando tinha uma constituição forte e a doença (por razões que serão apresentadas em breve) nunca o destruiu como aconteceu com muitos de seus pares. Porém, foi profundamente atingido por ela, como mostra a sequência. Depois de ler por cerca de uma hora o livro de Sir Thomas Browne, e quando o bramido do cervo e o chamado do guarda-noturno mostraram que já era plena noite e que todos estavam dormindo, ele atravessou o aposento, tirou uma chave de prata do bolso e destrancou as portas de um grande armário entalhado que ficava no canto. Dentro dele, havia cerca de cinquenta gavetas de cedro e, sobre cada uma delas, um papel cuidadosamente escrito pela mão de Orlando. Deteve-se, como se tivesse dúvidas sobre qual abrir. Em um dos papéis estava escrito "A Morte de Ajax", em outro "O Nascimento de Píramo", em outro "Ifigênia em Áulis", em outro "A Morte de Hipólito", em outro "Meleagro", em outro "O Retorno de Odisseu" — na verdade, não havia uma única gaveta que não tivesse o nome de algum personagem mitológico em um momento de crise em sua jornada. Dentro de cada gaveta havia um documento de tamanho considerável, todo ele escrito pela mão de Orlando. Na verdade, Orlando vinha sofrendo com a doença por muitos anos. Nunca menino algum havia implorado por maçãs como Orlando implorava por papel; nem por guloseimas como ele implorava por tinta. Esquivando-se de conversas e brincadeiras, escondia-se atrás de cortinas, em esconderijos onde se haviam refugiado clérigos católicos perseguidos ou no armário atrás do quarto de sua mãe, que tinha um grande buraco no chão e um cheiro horrível de esterco de estorninho, com um tinteiro em uma mão, uma pena em outra e, sobre o joelho, um rolo de papel. Assim havia escrito, antes de completar vinte e cinco anos, cerca de quarenta e sete peças de teatro, histórias, romances, poemas; alguns em prosa, outros em verso; alguns em francês, outros em italiano; todos românticos e todos longos. Havia mandado imprimir um deles por John Ball, da Feathers and Coronet, em frente à Cruz de St. Paul, em Cheapside; no entanto, ainda que ver esse livro lhe causasse grande prazer, jamais ousara mostrá-lo nem mesmo à sua mãe, já que escrever, e muito mais publicar, era, ele sabia, uma desonra inexpiável para um nobre.

Agora, porém, que era tarde da noite e estava sozinho, escolheu desse repositório um grosso documento chamado "Xenófila, uma Tragédia" ou algum título parecido, e outro, mais fino, chamado simplesmente "O Carvalho" (o único título com um só substantivo), e então se aproximou do tinteiro, dedilhou a pena e fez outros gestos como os que fazem os adictos a esse vício ao iniciarem seus rituais. Porém, fez uma pausa.

Considerando que essa pausa era de extrema importância em sua história, mais importante, de fato, do que muitos atos que fazem os homens caírem de joelhos e os rios de sangue fluírem, cabe a nós perguntarmos por que ele fez a pausa; e responder, após a devida reflexão, que foi por algum motivo como o que expomos. A natureza, que tantas vezes nos prega peças estranhas, fazendo-nos, de forma tão desigual, de argila e de diamantes, de arco-íris e de granito, e colocando tudo isso em um estojo, muitas vezes dos mais incongruentes, pois o poeta tem rosto de açougueiro, e o açougueiro rosto de poeta; a natureza, que se deleita com a confusão e o mistério, de modo que mesmo agora (primeiro de novembro de 1927) não sabemos por que subimos ao andar de cima ou por que descemos novamente, nossos movimentos mais cotidianos são como a travessia de um navio por um mar desconhecido, cujos marinheiros no mastro perguntam, apontando suas lunetas para o horizonte, se há terra ou não há. A isso, se formos profetas, responderemos que sim; se formos verdadeiros, diremos que não; a natureza, que tem muito a responder além do talvez incômodo comprimento desta frase, complicou ainda mais sua tarefa e aumentou nossa confusão ao fornecer não apenas um perfeito amontoado de retalhos cheio de miudezas e sobras — como um pedaço da calça de um policial lado a lado com o véu de noiva da Rainha Alexandra —, mas também conseguiu que todo o conjunto fosse alinhavado por um único fio. A Memória é a costureira, e ainda por cima peculiar. Ela enfia a agulha para dentro e para fora, para cima e para baixo, para a frente e para trás. Não sabemos o que vem a seguir ou o que vem depois disso. Assim, o movimento mais comum no mundo, como sentar-se à mesa e puxar o tinteiro em direção a nós, pode agitar mil fragmentos estranhos e desconectados, ora brilhantes, ora sombrios, pendendo e balançando e mergulhando e exibindo-se, como as roupas íntimas de uma família de catorze pessoas em um varal durante uma ventania. Em vez de ser um trabalho único, direto e corajoso, do qual ninguém precisa se envergonhar, nossos atos mais comuns são realizados com um bater de asas e um tremular, um acender e apagar de luzes. Foi assim que Orlando, mergulhando sua pena na tinta, viu o rosto zombeteiro da Princesa perdida e instantaneamente fez a si mesmo um milhão de perguntas, que eram como flechas mergulhadas em fel. Onde ela estava e por que o havia deixado? O embaixador era seu tio ou seu amante? Haviam conspirado? Fora forçada? Era casada? Estaria morta? Tudo isso o envenenou de tal forma que, como se quisesse descarregar sua agonia em algum lugar, ele mergulhou sua pena tão fundo no tinteiro que a tinta espirrou sobre a mesa, ato que, por mais que se tente explicar (e talvez não haja explicação possível — a Memória é inexplicável), imediatamente substituiu o rosto da Princesa por um rosto de um tipo muito diferente.

— Mas de quem é? — perguntou-se.

E teve que esperar, talvez meio minuto, olhando para a nova imagem que se sobrepunha à antiga, assim como uma lâmina de lanterna mágica se entrevê através da outra, antes que pudesse dizer a si mesmo:

— Este é o rosto daquele homem um tanto gordo e maltrapilho que estava sentado na saleta de Twitchett há muitos anos, quando a velha Rainha Bess[7] veio jantar aqui; e eu o vi — prosseguiu Orlando, pegando outro daqueles pequenos retalhos coloridos — sentado à mesa, quando espiei enquanto ele descia as escadas, e tinha os olhos mais incríveis que já existiram; mas quem diabos era ele? — indagou, pois aqui a Memória acrescentou à testa e aos olhos, primeiro, uma gorjeira grosseira e manchada de gordura, depois um gibão marrom e, finalmente, um par de botas grossas como as que os cidadãos usam em Cheapside. — Não um Nobre; não um de nós — afirmou Orlando (algo que não teria dito em voz alta, pois era o mais cortês dos cavalheiros; mas isso mostra o efeito que nascer nobre tem sobre a mente e, certamente, quão difícil é para um nobre ser escritor). — Um poeta, ouso dizer.

De acordo com todas as leis, a Memória, tendo-o perturbado o suficiente, teria apagado tudo por completo, ou trazido à mente algo tão idiota e fora de propósito — como um cachorro perseguindo um gato ou uma anciã assoando o nariz em um lenço de algodão vermelho —, e, desesperado por manter o ritmo de seus devaneios, Orlando teria pressionado a pena com vigor sobre o papel. (Pois podemos, se formos determinados, expulsar de casa aquela megera, a Memória, e toda a sua gentalha e seus trapos). Porém Orlando fez uma pausa. A Memória ainda mantinha diante dele a imagem de um homem maltrapilho com olhos brilhantes. Ainda assim, ele olhou; ainda assim, prosseguiu em sua pausa. É nessas pausas que nos per-

---

7 Apelido pelo qual era chamada a Rainha Elisabete I.

demos. É então que a sedição entra na fortaleza e nossas tropas se levantam em insurreição. Uma vez havia feito uma pausa, e o amor, em seu horrendo tumulto, suas charamelas, seus címbalos e suas cabeças decapitadas com mechas sangrentas, irrompera. Por causa do amor, ele havia sofrido as torturas dos condenados. Agora, novamente, fez uma pausa e, da brecha assim criada, saltaram a Ambição, essa harpia, e a Poesia, essa bruxa, e o Desejo da Fama, essa prostituta; deram as mãos e fizeram do seu coração seu salão de dança. De pé, na solidão do seu quarto, jurou que seria o primeiro poeta da sua raça e que daria um brilho imortal ao seu nome. Disse (recitando os nomes e as façanhas dos seus antepassados) que Sir Boris tinha lutado e matado o pagão; Sir Gawain, o turco; Sir Miles, o polaco; Sir Andrew, o franco; Sir Richard, o austríaco; Sir Jordan, o francês; e Sir Herbert, o espanhol. De todas essas matanças e campanhas, no entanto, de todas essas bebedeiras e amores, todas essas gastanças e caçadas e cavalgadas e comilanças, o que restou? Uma caveira; um dedo. Considerando que, disse ele, voltando-se para a página de Sir Thomas Browne, que estava aberta sobre a mesa — e novamente fez uma pausa. Como um encantamento que se erguia de todas as partes da sala, do vento noturno e do luar, ressoava a di-
vina melodia daquelas palavras que, para não ofuscarem esta página, serão deixadas onde jazem sepultadas, não mortas, antes embalsamadas, tão fresca é a sua cor, tão sonora a sua respiração — e Orlando, comparando aquele feito com os dos seus antepassados, exclamou que eles e os seus feitos eram pó e cinzas, mas este homem e as suas palavras eram imortais.

No entanto, ele logo percebeu que as batalhas que Sir Miles e os demais haviam travado contra cavaleiros armados para conquistar um reino não eram tão árduas quanto a batalha que ele agora empreendia para conquistar a imortalidade na língua inglesa. Qualquer pessoa moderadamente familiarizada com os rigores da composição não precisará que a história seja contada em detalhes; como ele escrevia e lhe parecia bom; lia e lhe parecia vil; corrigia e rasgava; cortava; colocava; ficava extasiado; desesperado; tinha suas noites boas e manhãs ruins; agarrava ideias e as perdia; via seu livro claro diante de si e ele desaparecia; representava os papéis dos personagens enquanto comia; recitava-os enquanto caminhava; ora chorava; ora ria; vacilava entre este e aquele estilo; ora preferia o heroico e pomposo; depois o direto e simples; ora os vales de Tempe; depois os campos de Kent ou da Cornualha; e não conseguia discernir se era o gênio mais divino ou o maior tolo do mundo.

Foi para resolver essa última questão que ele decidiu, após vários meses de trabalho febril, romper uma solidão de muitos anos e se comunicar com o mundo exterior. Tinha um amigo em Londres, um tal de Giles Isham, de Norfolk, que, embora de origem nobre, conhecia escritores e poderia, sem dúvida, pô-lo em contato com algum membro dessa abençoada, na verdade sagrada, fraternidade. Pois, para Orlando, no estado em que se encontrava agora, havia glória no fato de um homem ter escrito um livro e tê-lo mandado imprimir, o que superava todas as glórias do sangue e da posição. Em sua imaginação, parecia que até mesmo os corpos daqueles imbuídos com tais pensamentos divinos deveriam ter-se transfigurado. Deveriam ter auréolas como cabelo, incenso como hálito, e rosas deveriam crescer entre seus lábios — o que certamente não era verdade nem sobre ele nem sobre o sr. Dupper. Ele não conseguia imaginar felicidade maior do que poder sentar-se atrás de uma cortina e ouvi-los conversar. Até mesmo imaginar aquele discurso ousado e variado fazia com que as conversas que ele e seus amigos da corte costumavam ter — sobre um cachorro, um cavalo, uma mulher, um jogo de cartas — parecessem extremamente brutas. Lembrou-se, com orgulho, de que sempre fora chamado de erudito e zombado por seu amor à solidão e aos livros. Ele nunca foi hábil em produzir frases bonitas. Ficava parado, corava e caminhava como um granadeiro em uma sala cheia de visitas femininas. Por duas vezes, havia caído de seu cavalo por pura distração. Uma vez, ao fazer uma rima, quebrara o leque de Lady Winchilsea. Lembrando-se avidamente desses e de outros exemplos de sua inaptidão para a vida em sociedade, possuía-o uma esperança inefável de que toda a turbulência de sua juventude, sua deselegância, seus rubores, suas longas caminhadas e seu amor pelo campo provassem que ele próprio pertencia à raça sagrada, e não à nobreza — que era, por nascimento, um escritor, e não um aristocrata. Pela primeira vez desde a noite da grande enchente, estava feliz.

Então encarregou o sr. Isham, de Norfolk, de entregar ao sr. Nicholas Greene, de Clifford's Inn, um documento que expressava a admiração de Orlando por suas obras (pois Nick Greene era um escritor muito famoso naquela época) e seu desejo de conhecê-lo; algo que mal ousava pedir, pois não tinha nada a oferecer em troca; mas, se o sr. Nicholas Greene concordasse em visitá-lo, uma carruagem puxada por quatro cavalos estaria esperando por ele na esquina de Fetter Lane a qualquer hora que o sr. Greene escolhesse e o levaria em segurança à casa de Orlando. É possível preencher as frases que se seguiram e imaginar a alegria de Orlando quando, pouco tempo depois, o sr. Greene aceitou o convite do Nobre Lorde, tomou seu lugar na carruagem e foi recepcionado no salão ao sul do edifício principal, pontualmente, às sete horas da segunda-feira, dia vinte e um de abril.

Ali haviam sido recebidos muitos reis, rainhas e embaixadores; ali haviam se apresentado muitos juízes em seus arminhos. Ali estiveram as mais belas damas da terra, assim como os guerreiros mais destemidos. Ali foram hasteadas flâmulas que estiveram em Flodden e em Agincourt. Ali estavam expostos os brasões pintados com seus leões e leopardos e coroas. Ali estavam as longas mesas onde haviam ficado dispostos pratos de ouro e prata; e ali estavam as vastas lareiras de mármore italiano esculpido, onde, todas as noites, reduzia-se a cinzas um carvalho inteiro, com seus milhões de folhas e seus ninhos de gralhas e carriças. Nicholas Greene, o poeta, estava ali agora, vestido de forma simples, com seu chapéu de feltro e seu gibão
preto, carregando em uma das mãos um saquinho.

Era inevitável que Orlando, ao se apressar para cumprimentá-lo, tivesse ficado um pouco desapontado. O poeta não excedia a estatura média; era uma figura mediana; era magro e um pouco curvado e, ao tropeçar no mastim ao entrar, o cão o mordeu. Além disso, Orlando, apesar de todo o seu conhecimento sobre a humanidade, não sabia onde encaixá-lo. Havia algo nele que não pertencia nem a um servo, nem a um escudeiro, nem a um nobre. A cabeça, com a testa arredondada e o nariz aquilino, era bem formada; mas o queixo recuava. Os olhos eram brilhantes, mas os lábios flácidos. No entanto, o que mais inquietava era a expressão do rosto como um todo. Não tinha nada daquela compostura imponente que torna os rostos da nobreza tão agradáveis de se olhar; tampouco tinha nada do servilismo digno do rosto de um criado bem treinado; era um rosto marcado, enrugado e contraído. Embora fosse um poeta, parecia que estava mais acostumado a repreender do que a lisonjear; a brigar do que a cantarolar; a correr do que a cavalgar; a lutar do que a descansar; a odiar do que a amar. Isso também transparecia na rapidez de seus movimentos e em seu olhar ardente e desconfiado. Orlando sentiu-se um tanto perplexo. Mas foram jantar.

Aqui, Orlando, para quem tais coisas eram normais, pela primeira vez, ficou inexplicavelmente envergonhado com seu número de criados e com o esplendor de sua mesa. Algo mais estranho ainda, lembrou-se com orgulho — pois o pensamento era geralmente desagradável — daquela bisavó Moll que havia ordenhado vacas. Estava prestes a fazer uma alusão àquela mulher humilde e a seus baldes de leite, quando o poeta interrompeu-o dizendo que era estranho, visto que o nome Greene era tão comum, que a família tivesse vindo com o Conquistador e pertencesse à mais alta nobreza da França. Infelizmente, haviam decaído ao longo do tempo e feito pouco mais do que deixar seu nome no bairro real de Greenwich. Seguiram-se conversas do mesmo tipo, sobre castelos perdidos, brasões, primos que eram baronetes no norte, casamentos com famílias nobres no oeste, sobre como alguns Greene escreviam o nome com um "e" no final e outros sem, que duraram até que a carne de cervo chegasse à mesa. Então Orlando conseguiu dizer algo sobre a vovó Moll e suas vacas, e havia aliviado um pouco o peso em seu coração quando as aves de caça apareceram diante deles. Porém, foi apenas quando o vinho malvasia passou a ser servido livremente que Orlando ousou mencionar o que ele não podia evitar considerar um assunto mais importante do que os Greene ou as vacas; ou seja, o assunto sagrado da poesia. À primeira menção da palavra, os olhos do poeta brilharam como fogo; deixou de lado o ar de cavalheiro que adotara; bateu com o copo na mesa e se lançou em uma das mais longas, mais intrincadas, mais apaixonadas e mais amargas histórias que Orlando já ouvira, exceto dos lábios de uma mulher abandonada, sobre uma peça sua; de outro poeta; e de um crítico. Sobre a natureza da poesia em si, Orlando apenas captou que ela era mais difícil de vender do que a prosa e que, embora os versos fossem mais curtos, demorava mais tempo para ser escrita. Assim, a conversa prosseguiu com ramificações intermináveis, até que Orlando se aventurou a insinuar que ele próprio havia sido tão imprudente a ponto de escrever — mas nesse instante o poeta saltou de sua cadeira. Um rato chiara no lambril, disse ele. A verdade, explicou, era que seus nervos estavam em tal estado que o chiado de um rato o deixava alterado por quinze dias. Sem dúvida, a casa estava cheia de bichos, mas Orlando não os tinha ouvido. O poeta então contou a Orlando toda a história de sua saúde nos últimos dez anos, mais ou menos. Estivera tão mal que era de se admirar que ainda vivesse. Tivera sucessivamente paralisia, gota, febre intermitente, hidropisia e três tipos de febre; além disso, tinha o coração dilatado, o baço hipertrofiado e o fígado enfermo. Porém, acima de tudo, disse a Orlando, tinha sensações em sua coluna vertebral que desafiavam qualquer descrição. Havia um nódulo a cerca de um terço da parte superior que queimava como fogo; outro, a cerca de um terço da parte inferior, que era frio como gelo. Às vezes, ele acordava com o cérebro como chumbo; em outras, era como se mil velas de cera estivessem acesas e pessoas soltassem fogos de artifício dentro dele. Era capaz de sentir uma pétala de rosa através de seu colchão, disse ele; e conhecia o caminho por quase toda Londres apenas sentindo os paralelepípedos. Em seu conjunto, ele era uma peça de maquinaria tão delicadamente fabricada e tão curiosamente montada (aqui ele ergueu a mão como se inconscientemente e, de fato, ela tivesse a mais bela forma imaginável) que o confundia pensar que havia vendido apenas quinhentos exemplares de seu poema, mas isso, é claro, se devia em grande parte à conspiração contra ele. Tudo o que podia dizer, concluiu, batendo com o punho na mesa, era que a arte da poesia estava morta na Inglaterra.

Como isso poderia ser possível com Shakespeare, Marlowe, Ben Jonson, Browne, Donne, todos escrevendo ainda ou tendo acabado de escrever, Orlando, recitando os nomes de seus heróis favoritos, não conseguia compreender.

Greene riu, sardônico. Shakespeare, admitiu, havia escrito algumas cenas que eram razoavelmente boas; mas as havia tirado sobretudo de Marlowe. Marlowe era um jovem promissor, mas o que poderia dizer-se de um rapaz que morrera antes dos trinta anos? Quanto a Browne, era adepto da escrita de poesia em prosa, e as pessoas logo se cansavam de tais conceitos. Donne era um charlatão que disfarçava sua falta de sentido com palavras duras. Enganava os ingênuos; mas o estilo estaria fora de moda dali a doze meses. Quanto a Ben Jonson — Ben Jonson era seu amigo e ele nunca falava mal de seus amigos.

Não, concluiu, a grande era da literatura já passou; a grande era da literatura foi a grega; a elisabetana era inferior à grega em todos os aspectos. Em tais épocas, os homens nutriam uma ambição divina que ele poderia chamar de La Gloire (ele pronunciava Glour, de modo que Orlando não entendeu o que ele queria dizer). Agora, todos os jovens escritores estavam a serviço dos livreiros e lançavam qualquer lixo que vendesse. Shakespeare era o principal infrator nesse sentido, e Shakespeare já estava pagando o preço. A época em que viviam, disse ele, era marcada por conceitos preciosos e experimentos selvagens — nenhum dos quais os gregos teriam tolerado por um momento sequer. Por mais que lhe doesse dizer isso — pois amava a literatura como a sua vida —, ele não via nada de bom no presente e não tinha esperança no futuro. Serviu-se então de outra taça de vinho.

Orlando ficou chocado com essas doutrinas; ainda assim, não pôde evitar observar que o próprio crítico não parecia de forma alguma abatido. Pelo contrário, quanto mais condenava sua própria época, mais satisfeito ficava. Lembrava-se, disse, de uma noite na Cock Tavern, na Fleet Street, quando Kit Marlowe e alguns outros estavam lá. Kit estava nas alturas, bastante bêbado, o que acontecia com facilidade, e com vontade de dizer bobagens. Podia vê-lo, brandindo seu copo para sua companhia e balbuciando, entre soluços:

— Que me partam os ossos, Bill! — Isso era para Shakespeare. — Vem aí uma grande onda e você está na crista dela.

Queria dizer com isso, explicou Greene, que estavam à beira de uma grande era na literatura inglesa, e que Shakespeare seria um poeta de alguma importância. Felizmente para ele, foi morto duas noites depois em uma briga de bêbados e, portanto, não viveu para ver o resultado de sua previsão.

— Pobre sujeito tolo — disse Greene —, dizer uma coisa dessas. Uma grande era, vejam só, a era elisabetana. Então, meu caro senhor — prosseguiu, acomodando-se confortavelmente em sua cadeira e esfregando a taça de vinho entre os dedos —, devemos tirar o melhor proveito disso, valorizar o passado e honrar aqueles escritores, os que ainda restam, que tomam a antiguidade como modelo e escrevem, não por dinheiro, mas pela Glour (Orlando teria desejado uma melhor pronúncia). A Glour — afirmou Greene — é o estímulo das mentes nobres. Se eu tivesse uma pensão de trezentas libras por ano, paga trimestralmente, viveria apenas para a Glour. Ficaria deitado na cama todas as manhãs lendo Cícero. Imitaria seu estilo de tal forma que não fosse possível notar a diferença entre nós.

Isso é o que chamo de escrita refinada — acrescentou Greene. — Isso é o que eu chamo de Glour. Porém, é necessário ter uma pensão para fazê-lo.

Àquela altura, Orlando já havia abandonado todas as esperanças de discutir seu próprio trabalho com o poeta; mas isso não importava tanto, pois a conversa agora se voltava para as vidas e os personagens de Shakespeare, Ben Jonson e outros, todos eles conhecidos intimamente por Greene e sobre os quais tinha mil histórias do tipo mais divertido para contar. Orlando nunca rira tanto em sua vida. Aqueles eram, então, seus deuses! Metade deles viviam embriagados e todos cheios de desejos. A maioria brigava com as esposas; nenhum deles estava acima de uma mentira ou de uma intriga do tipo mais banal. Suas poesias eram rabiscadas no verso das contas da lavadeira, apoiadas na cabeça dos aprendizes de tipografia à porta da rua. Assim, *Hamlet* foi para o prelo; assim *Lear*; assim *Otelo*. Não é de se admirar, como disse Greene, que essas peças apresentem as falhas que apresentam. O resto do tempo era gasto em farras e bebedeiras em tavernas e cervejarias, quando se diziam coisas que passavam por espirituosas e se faziam coisas que empalideciam a mais extrema diversão dos cortesãos. Tudo isso foi contado por Greene com um entusiasmo que levava Orlando ao mais alto grau de prazer. Ele tinha um poder de mímica que dava vida aos mortos e podia dizer as melhores coisas sobre livros, desde que tivessem sido escritos há trezentos anos.

Assim, o tempo foi passando, e Orlando sentia por seu hóspede uma estranha mistura de simpatia e desprezo, de admiração e piedade, bem como algo indefinido demais para ser chamado por qualquer nome, mas que estava entre o medo e a fascinação. Falava incessantemente sobre si mesmo, mas era tão boa companhia que se poderia ficar ouvindo a história de sua febre intermitente para sempre. Era muito espirituoso; muito irreverente; empregava os nomes de Deus e da Mulher com total liberdade; era cheio de ofícios excêntricos e de uma sabedoria peculiar na cabeça; sabia fazer salada de trezentas maneiras diferentes; sabia tudo o que se podia saber sobre mesclas de vinhos; tocava meia dúzia de instrumentos musicais e foi a primeira pessoa, e talvez a última, a torrar queijo na grande lareira italiana. O fato de não saber distinguir um gerânio de um cravo, um carvalho de uma bétula, um mastim de um galgo, um cordeiro de uma ovelha, trigo de cevada, terra arada de pousio; de ser ignorante sobre a rotação de culturas; de achar que as laranjas cresciam debaixo da terra e os nabos nas árvores; de preferir qualquer paisagem urbana a qualquer outra paisagem — tudo isso e muito mais espantava Orlando, que nunca havia conhecido ninguém como ele antes. Até mesmo as empregadas, que o desdenhavam, soltavam risadinhas com suas piadas, e os criados, que o detestavam, ficavam por perto para ouvir suas histórias. De fato, a casa nunca tinha estado tão animada como agora que ele estava lá — e tudo isso deu a Orlando muito em que pensar e o levou a comparar esse modo de vida com o antigo. Lembrou-se do tipo de conversa que estava acostumado a ter sobre a apoplexia do Rei da Espanha ou sobre o acasalamento de uma cadela; lembrou-se de como os dias se passavam entre os estábulos e o quarto de vestir; lembrou-se de como os lordes roncavam ao beber vinho e odiavam quem os acordasse. Pensou em quão ativos e valentes eles eram no corpo; quão preguiçosos e tímidos na mente. Preocupado com esses pensamentos e incapaz de encontrar um equilíbrio adequado, concluiu que havia admitido em sua casa um espírito perturbador que nunca mais o deixaria dormir em paz.

No mesmo momento, Nick Greene chegou exatamente à conclusão oposta. Deitado na cama em uma manhã, sobre os travesseiros mais macios, entre os lençóis mais suaves, e olhando pela janela da sacada envidraçada para um gramado que, por três séculos, não conhecera nem dente-de-leão nem erva-do-pântano, pensou que, a menos que conseguisse escapar de alguma forma, seria sufocado vivo. Levantando-se e ouvindo os pombos arrulharem, vestindo-se e ouvindo as águas das fontes caírem, pensou que, a menos que pudesse ouvir o rugido das carroças sobre os paralelepípedos da Fleet Street, nunca mais escreveria uma linha sequer. Se isso continuasse por muito mais tempo, pensou ele, ouvindo o valete cuidando do fogo e arrumando a mesa com pratos de prata na sala ao lado, acabaria adormecendo e (aqui ele deu um bocejo prodigioso) dormindo, morreria. Então, procurou Orlando em seu quarto e explicou que não havia conseguido dormir nada a noite toda por causa do silêncio. (De fato, a casa era cercada por um parque de quinze milhas de circunferência e um muro de dez pés de altura). O silêncio, disse ele, era, de todas as coisas, a mais opressiva para seus nervos. Terminaria sua visita, com a permissão de Orlando, naquela mesma manhã. Orlando sentiu certo alívio, mas também uma grande relutância em deixá-lo ir. A casa, pensou ele, pareceria monótona sem ele. Ao se despedir (pois nunca antes ousara tocar no assunto), teve a temeridade de apresentar ao poeta sua peça "A Morte de Hércules" e pedir sua opinião sobre ela. O poeta a aceitou; murmurou algo sobre Glour e Cícero, que Orlando interrompeu com a promessa de pagar a pensão trimestralmente; então, Greene, com muitas declarações de afeto, entrou na carruagem e partiu.

O grande salão nunca havia parecido tão amplo, tão esplêndido ou tão vazio como quando a carruagem se afastou. Orlando sabia que nunca mais teria coragem de fazer queijo torrado na lareira italiana. Nunca mais teria a sagacidade de fazer piadas sobre quadros italianos; nunca mais teria a habilidade de misturar ponche como deveria ser misturado; milhares de boas piadas e brincadeiras estariam perdidas para ele. Entretanto, que alívio estar fora do som daquela voz queixosa, que luxo estar sozinho mais uma vez, não pôde evitar refletir, enquanto soltava o mastim, que ficara amarrado durante aquelas seis semanas porque nunca via o poeta sem mordê-lo.

Nick Greene foi levado para a esquina da Fetter Lane naquela mesma tarde e encontrou as coisas da forma que as havia deixado. A sra. Greene,
por assim dizer, estava dando à luz um bebê em um quarto; Tom Fletcher estava bebendo gim em outro. Os livros estavam espalhados pelo chão; o jantar — como sempre — foi colocado sobre uma penteadeira onde as crianças estavam fazendo tortas de lama. Greene sentiu, porém, que aquela era a atmosfera para escrever; ali poderia escrever, e escreveu. O tema parecia ter sido criado especialmente para ele. Um nobre senhor em casa. Uma visita a um nobre no campo — seu novo poema deveria ter um título como esse. Pegando a pena com a qual seu filho pequeno estava fazendo cócegas nas orelhas do gato e mergulhando-a na xícara de ovos que servia de tinteiro, Greene rapidamente escreveu uma sátira muito espirituosa. A sátira ficou tão bem-feita que ninguém poderia duvidar que o jovem lorde alvo das zombarias era Orlando; seus ditos e feitos mais particulares, seus entusiasmos e loucuras, até a cor de seu cabelo e a maneira estranha de enrolar os erres estavam lá, vivos. E, se ainda havia alguma dúvida sobre isso, Greene encerrou o assunto introduzindo, com quase nenhum disfarce, trechos daquela tragédia aristocrática, "A Morte de Hércules", que ele considerou, como esperava, prolixa e bombástica ao extremo.

O panfleto, que foi imediatamente publicado em várias edições e pagou as despesas do décimo parto da sra. Greene, foi logo enviado por amigos que cuidam desses assuntos ao próprio Orlando. Quando ele o leu, o que fez com uma serenidade mortal do início ao fim, chamou o lacaio; entregou-lhe o documento na ponta de uma pinça; pediu-lhe que o jogasse no centro mais imundo do mais imundo depósito de lixo da propriedade. Então, quando o homem estava prestes a ir embora, ele o deteve:

— Pegue o cavalo mais veloz do estábulo — ordenou —, e cavalgue até Harwich. Lá, embarque em um navio que você encontrará com destino à Noruega. Compre para mim, dos canis do próprio rei, os melhores cães elkhounds de pedigree real, machos e fêmeas. Traga-os para cá sem demora. Pois — murmurou, mal conseguindo respirar enquanto se voltava para seus livros — estou farto dos homens.

O lacaio, que era perfeitamente treinado em suas funções, fez uma reverência e desapareceu. Cumpriu sua tarefa com tanta eficiência que voltou três semanas depois, trazendo na mão uma coleira com os mais nobres elkhounds, um dos quais, uma fêmea, pariu, naquela mesma noite, sob a mesa de jantar, uma ninhada de oito belos filhotes. Orlando os levou para seu quarto de dormir.

— Pois — disse ele, dando um tapinha na cabeça das pequenas criaturas — estou farto dos homens.

No entanto, pagava a pensão trimestralmente.

Assim, aos trinta anos de idade, ou por volta disso, esse jovem nobre não só tivera todas as experiências que a vida tem a oferecer, como também havia visto a inutilidade de todas elas. O amor e a ambição, as mulheres e os poetas eram todos igualmente vãos. A literatura era uma farsa. Na noite seguinte à leitura de "A Visita de Greene a um Nobre no Campo", ele queimou em uma grande fogueira cinquenta e sete obras poéticas, preservando apenas "O Carvalho", que era seu sonho de menino e muito breve. Só lhe restavam duas coisas nas quais ele agora depositava alguma confiança; cães e natureza; um elkhound e uma roseira. O mundo, em toda a sua variedade, e a vida, em toda a sua complexidade, haviam se reduzido a isso. Um cão e um arbusto eram a totalidade. Assim, sentindo-se livre de um vasto conjunto de ilusões e, consequentemente, muito nu, chamou seus cães e caminhou pelo parque.

Ficou tanto tempo isolado, escrevendo e lendo, que até se esqueceu das comodidades da natureza, que em junho podiam ser ótimas. Quando chegou àquele monte alto de onde, em dias bonitos, é possível ver metade da Inglaterra, junto com uma parte do País de Gales e da Escócia, ele se postou debaixo de seu carvalho favorito e sentiu que, se nunca mais precisasse falar com outro homem ou mulher enquanto vivesse; se seus cães não desenvolvessem a faculdade da fala; se nunca mais encontrasse um poeta ou uma princesa, poderia passar os anos que lhe restavam com um contentamento tolerável.

Foi ali então, dia após dia, semana após semana, mês após mês, ano após ano. Viu as faias ficarem douradas e as jovens samambaias desabrocharem; viu a Lua se tornar uma foice e depois, um círculo; viu — mas provavelmente o leitor pode imaginar a passagem que se segue e como cada árvore e planta das redondezas é descrita, primeiro verde, depois dourada; como as luas nascem e os sóis se põem; como a primavera segue o inverno e o outono o verão; como a noite sucede ao dia e o dia à noite; como primeiro há uma tempestade e depois o bom tempo; como as coisas permanecem praticamente como estão por cerca de duzentos ou trezentos anos, exceto por um pouco de poeira e algumas teias de aranha que uma anciã pode varrer em meia hora; uma conclusão que, não podemos deixar de sentir, poderia ter sido alcançada mais rapidamente pela simples declaração de que "O Tempo passou" (aqui a quantidade exata poderia ser indicada entre parênteses) e nada aconteceu.

O Tempo, contudo, infelizmente, embora faça animais e vegetais florescerem e desaparecerem com incrível pontualidade, não tem esse efeito simples sobre a mente do homem. A mente do homem, inclusive, funciona com a mesma estranheza sobre o corpo do tempo. Uma hora, uma vez alojada no elemento estranho do espírito humano, pode esticar-se até cinquenta ou cem vezes sua duração no relógio; por outro lado, uma hora pode ser representada com precisão no relógio da mente por um segundo. Essa extraordinária discrepância entre o tempo do relógio e o tempo da mente é menos conhecida do que deveria ser e merece uma investigação mais completa. Mas o biógrafo, cujos interesses são, como já dissemos, altamente restritos, deve limitar-se a uma simples afirmação: quando um homem atinge a idade de trinta anos, como Orlando agora, o tempo em que ele está pensando torna-se excessivamente longo; o tempo em que ele está agindo torna-se excessivamente curto. Assim, Orlando dava suas ordens e cuidava dos negócios de suas vastas propriedades em um piscar de olhos; mas, assim que ficava sozinho no monte, sob o carvalho, os segundos começavam a girar e a se encher até parecer que nunca mais terminariam de cair. Preenchiam-se, além disso, com a mais estranha variedade de objetos. Pois ele não apenas se via confrontado com problemas que intrigavam os homens mais sábios — tais como o que é o amor? O que é a amizade? O que é a verdade? —, mas, assim que começava a pensar sobre eles, todo o seu passado, que lhe parecia extremamente longo e variado, se precipitava no segundo que caía, inchava-o doze vezes mais do que seu tamanho natural, coloria-o com todas as cores do arco-íris e o recheava com todas as probabilidades e finalidades do universo.

Com esse tipo de pensamento (ou qualquer que seja o nome que se dê a ele), ele passou meses e anos de sua vida. Não seria exagero dizer que saía depois do café da manhã como um homem de trinta anos e voltava para o jantar como um homem de cinquenta e cinco, no mínimo. Algumas semanas acrescentavam um século à sua idade, outras, não mais do que três segundos, no máximo. De modo geral, a tarefa de estimar a duração da vida humana (dos animais, presumimos não falar) está além de nossa capacidade, pois, quando dizemos que ela é longa, somos lembrados de que é mais breve do que a queda de uma pétala de rosa no chão. Das duas forças que, alternadamente e, o que é ainda mais confuso, ao mesmo tempo, dominam nossas mentes entorpecidas — a brevidade e a diuturnidade — Orlando estava às vezes sob a influência da divindade com pés de elefante, depois da mosca com asas de mosquito. A vida parecia-lhe de prodigiosa duração. Ainda assim, ela passava em um piscar de olhos. No entanto, mesmo quando se estendia ao máximo e os momentos se avolumavam e ele parecia vagar sozinho em desertos de vasta eternidade, não havia tempo para desamassar e decifrar aqueles pergaminhos grosseiramente rabiscados que trinta anos entre homens e mulheres haviam enrolado firmemente em seu coração e cérebro. Muito antes de ele ter terminado de pensar no Amor (o carvalho havia estendido suas folhas e as sacudido no chão uma dúzia de vezes durante o processo), a Ambição o empurraria para fora do campo, para ser substituída pela Amizade ou pela Literatura. E, como a primeira questão ainda não havia sido resolvida — O que é o Amor? —, ela voltava à menor provocação ou a nenhuma, e colocava os Livros, as Metáforas ou Aquilo pelo que Vivemos à margem, para esperar até que vissem a chance de entrar em campo novamente. O que tornava o processo ainda mais demorado era o fato de ser profusamente ilustrado, não apenas com imagens, como a da velha Rainha Elisabete, deitada em seu sofá de tapeçaria em brocado cor-de-rosa, com uma caixa de rapé de marfim na mão e uma espada com empunhadura de ouro ao lado, mas com aromas — ela estava muito perfumada — e com sons; os cervos estavam latindo em Richmond Park naquele dia de inverno. E, assim, o pensamento sobre o amor seria todo envolto em neve e inverno; com lareiras acesas; com mulheres russas, espadas de ouro e peles de cervos; com a baba do velho Rei Jaime e fogos de artifício e bolsas de tesouros nos porões dos veleiros elisabetanos. Cada coisinha, uma vez que ele tentava despejá-la de seu lugar na mente, era encontrada obstruída por outro assunto, assim como o pedaço de vidro que, depois de um ano no fundo do mar, acaba coberto por ossos e libélulas e moedas e tranças de mulheres afogadas.

— Outra metáfora, por Júpiter! — exclamou ao dizer isso (o que mostra a forma desordenada e circular como a sua mente funcionava e explica por que o carvalho floresceu e perdeu as folhas tantas vezes antes de ele chegar a qualquer conclusão sobre o Amor). — E para que é que serve isto? — perguntava-se. — Por que não o dizer de forma simples, em poucas palavras?

E depois tentava pensar durante meia hora (ou teriam sido dois anos e meio?) como dizer de forma simples e em poucas palavras o que é o amor.

— Um número como esse é evidentemente falso — argumentava —, pois nenhuma libélula, a não ser em circunstâncias muito excepcionais, poderia viver no fundo do mar. E se a literatura não é Noiva e Companheira da Verdade, o que será ela? Que confusão! — exclamava — Por que razão dizer Companheira quando já se disse Noiva? Por que não expressar de uma vez o que se quer dizer e deixar por isso mesmo?

Tentou então dizer que a relva é verde e que o céu é azul e assim agraciar o austero espírito da poesia que, ainda que à grande distância, não podia deixar de reverenciar.

— O céu é azul — disse —, a relva é verde.

Olhando para cima, viu que, pelo contrário, o céu é como os véus que mil Madonas deixaram cair dos seus cabelos; e a relva espalha-se e escurece como uma debandada de moças que fogem dos abraços de sátiros peludos de bosques encantados.

— Por mim — disse ele (pois havia adquirido o mau hábito de falar em voz alta) —, não vejo que uma seja mais verdadeira do que a outra. Ambas são completamente falsas. — E desejou desesperadamente poder resolver o problema sobre o que é a poesia e o que é a verdade e caiu em um profundo desânimo.

E aqui podemos aproveitar uma pausa em seu solilóquio para refletir sobre o quão estranho era ver Orlando estendido ali, sobre o cotovelo, em um dia de junho, e pensar que esse belo indivíduo, com todas as suas faculdades intactas e um corpo saudável, bochechas e membros robustos — um homem que nunca pensou duas vezes antes de liderar uma batalha ou de travar um duelo —, estivesse tão sujeito à letargia do pensamento, e tão suscetível a ela, que quando o assunto era a poesia, ou a sua própria competência nesse domínio, ele se mostrasse tão tímido como uma menina

atrás da porta da cabana da mãe. Na nossa opinião, a ridicularização da sua tragédia por Greene magoou-o tanto como a ridicularização da Princesa em relação ao seu amor. Voltando, porém…

Orlando não parava de pensar. Continuou olhando para a relva e para o céu e tentando imaginar o que um verdadeiro poeta, que tem seus versos publicados em Londres, diria sobre eles. Enquanto isso, a Memória (cujos hábitos já foram descritos) mantinha firme diante de seus olhos o rosto de Nicholas Greene, como se aquele sardônico homem de língua solta, traiçoeiro como havia se mostrado, fosse a Musa em pessoa, e fosse a ele que Orlando devesse prestar homenagem. Assim, Orlando, naquela manhã de verão, ofereceu a ele uma variedade de frases, algumas simples, outras elaboradas, e Nick Greene continuava balançando a cabeça, zombando e murmurando algo sobre a Glour e Cícero e a morte da poesia em nosso tempo. Depois, levantando-se (agora era inverno e fazia muito frio), Orlando fez um dos juramentos mais notáveis de sua vida, pois o subjugava a uma servidão que não poderia ser mais rígida.

— Que eu seja amaldiçoado — disse — se algum dia escrever outra palavra, ou tentar escrever outra palavra, para agradar Nick Greene ou a Musa. Ruim, bom ou indiferente, escreverei, de hoje em diante, para agradar a mim mesmo.

E aqui ele fez como se estivesse rasgando todo um estoque de papéis e os jogando na cara daquele homem de língua solta e zombeteiro. Então, como um vira-lata que se esquiva quando alguém atira uma pedra nele, a Memória se esquivou da efígie de Nick Greene; e substituiu-a por — absolutamente nada.

Ainda assim, Orlando continuou pensando. De fato, ele tinha muito em que pensar. Pois, quando rasgou o pergaminho, rasgou, de uma só vez, o documento adornado e rubricado que havia feito em seu próprio favor, na solidão de seu quarto, nomeando-se, como um rei nomeia embaixadores, o primeiro poeta de sua raça, o primeiro escritor de sua época, conferindo imortalidade perpétua à sua alma e concedendo ao seu corpo um túmulo entre os louros e as flâmulas intangíveis da reverência perpétua de um povo. Por mais eloquente que fosse tudo isso, agora rasgou-o e o jogou no cesto de lixo.

— A Fama — afirmou — é como — (e como não havia Nick Greene para impedi-lo, continuou deleitando-se com imagens das quais escolheremos apenas uma ou duas das mais modestas) — um casaco com trançado, que atrapalha os membros; uma jaqueta de prata que refreia o coração; um escudo pintado que cobre um espantalho etc. etc.

A essência de suas frases era que, enquanto a fama impede e restringe, o anonimato envolve o homem como uma névoa; o anonimato é tenebroso, vasto e livre; o anonimato permite que a mente siga seu caminho sem obstáculos. Sobre o homem anônimo derrama-se a misericordiosa infusão da escuridão. Ninguém sabe para onde ele vai nem de onde ele vem. Pode buscar a verdade e dizê-la; somente ele é livre; somente ele é verdadeiro; somente ele está em paz. E, assim, afundou-se em um estado de espírito tranquilo, sob o carvalho, cuja dureza das raízes, expostas acima do solo, parecia-lhe mais confortável do que qualquer outra coisa.

Durante muito tempo, mergulhou em pensamentos profundos sobre o valor do anonimato e o prazer de não ter nome, mas de ser como uma onda que retorna ao fundo do mar; pensando em como o anonimato livra a mente da fúria da inveja e do rancor; como ele faz correr nas veias as águas livres da generosidade e da magnanimidade; e permite dar e receber sem agradecer nem elogiar; que deve ter sido a maneira de todos os grandes poetas, supunha (embora seu conhecimento de grego não fosse suficiente para confirmá-lo), pois, pensava ele, Shakespeare deve ter escrito assim, e os construtores de igrejas devem ter construído assim, anonimamente, sem precisar agradecer ou citar nomes, mas apenas com seu trabalho durante o dia e um pouco de cerveja, talvez, à noite...

— Que vida admirável é essa! — pensou, esticando os membros sob o carvalho. — E por que não aproveitar essa vida neste exato momento?

O pensamento o atingiu como uma bala. A ambição caiu como um prumo. Livre do ardor do amor rejeitado, da vaidade repreendida e de todos os outros ferrões e picadas que o canteiro de urtigas da vida havia lhe causado quando ambicionava a fama, mas que não podiam mais ferir alguém que não se importava com a glória, ele abriu os olhos, que haviam estado bem abertos o tempo todo, mas que só haviam enxergado pensamentos, e viu, estendida, no vale abaixo dele, sua casa.

Lá estava ela, sob a luz do sol do início da primavera. Parecia mais uma cidade do que uma casa, porém uma cidade construída, não de maneira desordenada, como este ou aquele homem desejava, mas com circunspecção, por um único arquiteto com uma única ideia na cabeça. Pátios e prédios, cinza , vermelhos, cor de ameixa, dispostos de forma ordenada e simétrica; os pátios eram alguns oblongos e outros quadrados; neste havia uma fonte; naquele, uma estátua; os prédios eram alguns baixos, outros pontiagudos; aqui havia uma capela, ali, um campanário; espaços com a grama mais verde intercalavam-se com grupos de cedros e canteiros de flores coloridas; todos estavam cercados — mas tão bem dispostos que parecia que cada parte tinha espaço para se espalhar adequadamente — por um muro de pedra maciça, enquanto a fumaça de inúmeras chaminés ondulava perpetuamente no ar. Esse edifício vasto, porém organizado, que poderia abrigar mil homens e talvez dois mil cavalos, foi construído, pensou Orlando, por operários cujos nomes são desconhecidos. Aqui, por mais séculos do que posso contar, viveram as anônimas gerações de minha própria e anônima família. Nenhum dos Richard, John, Anne, Elizabeth deixou um vestígio de si mesmo atrás de si, mas todos, trabalhando juntos com suas pás e agulhas, fazendo amor e gerando filhos, deixaram isto.

Nunca a casa parecera tão nobre e humana.

Por que, então, ele desejava se elevar acima deles? Porque parecia extremamente vaidoso e arrogante tentar melhorar aquela obra anônima da criação; o trabalho daquelas mãos desaparecidas. Era melhor ser desconhecido e legar um arco, um vaso de plantas, uma parede onde os pêssegos amadurecem, do que queimar como um meteoro e não deixar sequer poeira. Afinal de contas, disse ele, acendendo o fogo enquanto olhava para a grande casa no vale verde abaixo, os senhores e senhoras desconhecidos que viveram ali nunca se esqueceram de reservar algo para aqueles que viriam depois; para o telhado que um dia teria goteiras; para a árvore que cairia. Sempre havia um canto aquecido para o velho pastor na cozinha; sempre havia comida para os famintos; seus cálices eram sempre polidos, mesmo quando estavam doentes; e as janelas estavam iluminadas, mesmo quando estavam morrendo. Embora fossem senhores, contentavam-se em cair no anonimato ao lado do caçador de toupeiras e do pedreiro. Nobres obscuros, construtores esquecidos — assim ele os enaltecia com um afeto que contrariava totalmente os críticos que o chamavam de frio, indiferente, preguiçoso (a verdade é que uma qualidade muitas vezes se encontra do outro lado da parede e não onde a procuramos); assim ele enaltecia sua casa e sua raça usando a mais comovente eloquência; mas quando chegou a hora da peroração — e o que é a eloquência sem peroração? — ele hesitou. Gostaria de ter terminado com um floreio, dizendo que seguiria os passos deles e que adicionaria mais uma pedra ao seu edifício. Como, no entanto, o edifício já cobria nove acres, acrescentar uma única pedra parecia supérfluo. Seria possível mencionar móveis em uma peroração? Seria possível falar de cadeiras, mesas e tapetes para colocar ao lado das camas das pessoas? Pois, o que quer que fosse necessário à peroração, era disso que a casa estava precisando. Deixando seu discurso inacabado por enquanto, ele desceu novamente a colina, decidido a se dedicar à mobília da mansão. A notícia — de que ela deveria atendê-lo imediatamente — trouxe lágrimas aos olhos da boa e velha sra. Grimsditch, já um tanto fragilizada. Juntos, eles percorreram a casa.

O cavalete de toalhas no quarto do Rei ("e aquele era o Rei Jaime, meu senhor", disse ela, dando a entender que fazia muito que um Rei não dormia sob o teto deles; mas os odiosos dias do Parlamento haviam terminado e agora a Inglaterra tinha novamente uma Coroa) estava sem uma perna; não havia suportes para os jarros no gabinete que levava à sala de espera do pajem da duquesa; o sr. Greene havia feito uma mancha no carpete com seu cachimbo nojento, que ela e Judy, mesmo esfregando, nunca conseguiram remover. De fato, quando Orlando começou a calcular como iria mobiliar com cadeiras de jacarandá e armários de cedro, com bacias de prata, tigelas de porcelana e tapetes persas cada um dos trezentos e sessenta e cinco quartos da casa, viu que não seria uma tarefa fácil; e, se alguns milhares de libras de seu patrimônio ainda restassem, serviriam para pouco mais do que cobrir algumas galerias com tapeçarias, mobiliar a sala de jantar com cadeiras finas e esculpidas e providenciar espelhos de prata maciça e cadeiras do mesmo metal (pelo qual ele tinha uma paixão desmedida) para os aposentos reais.

Agora ele começou a trabalhar com seriedade, como podemos comprovar, sem sombra de dúvida, ao olharmos seus livros contábeis. Vamos examinar um inventário do que ele comprou nessa época, com as despesas totalizadas na margem — as últimas, porém, serão omitidas.

"Cinquenta pares de cobertores espanhóis, cortinas de tafetá branco

e carmesim; a cobertura de cetim branco bordado com seda branca e carmesim...

"Setenta cadeiras de cetim amarelo e sessenta banquetas, todos com capas de tecido grosso...

"Sessenta e sete mesas de nogueira...

"Dezessete dúzias de caixas contendo, cada uma, cinco dúzias de copos de vidro veneziano...

"Cento e duas esteiras, cada uma com trinta metros de comprimento...

"Noventa e sete almofadas de damasco carmesim com rendas de pergaminho prateado e banquinhos de tecido de linho e cadeiras combinando...

"Cinquenta candelabros para uma dúzia de velas cada um..."

Já começamos a bocejar — é um dos efeitos que as listas têm sobre nós. Entretanto, se pararmos, é apenas porque o catálogo é entediante, e não porque está concluído. Há mais vinte e nove páginas, e a soma total desembolsada foi de muitos milhares — ou seja, milhões, do nosso dinheiro. E, se seu dia se passava assim, à noite, novamente, Lorde Orlando poderia ser encontrado calculando quanto custaria nivelar um milhão de montes de toupeiras, se pagasse aos homens dez pence por hora; e, novamente, quantos *hundred-weight*[8] *de pregos a 5 ½ d por gill*[9] seriam necessários para consertar a cerca ao redor do parque, que tinha quinze milhas de circunferência. E assim por diante.

A história, dizemos, é tediosa, pois um armário é muito parecido com outro, e um monte de toupeira não é muito diferente de um milhão. Isso lhe custou algumas viagens agradáveis; e algumas belas aventuras. Por exemplo, quando contratou uma cidade inteira de mulheres cegas próxima a Bruges para costurar cortinas destinadas a uma cama com dossel de prata; e a história de sua aventura com um mouro em Veneza, de quem comprou (mas apenas na ponta da espada) seu armário laqueado, valeria a pena ser contada, mas por outras mãos. O trabalho também não carecia de variedade, pois chegavam, trazidas por equipes de Sussex, grandes árvores para serem serradas e colocadas ao longo da galeria como piso; e, mais tarde, um grande baú vindo da Pérsia, recheado com lã e serragem, do qual, no final, ele tirava um único prato ou um anel de topázio.

Com o tempo, no entanto, não havia mais espaço nas galerias para outra mesa; não havia espaço nas mesas para outro console; não havia espaço no console para outro vaso de rosas; não havia espaço no vaso para outro ramalhete de pot-pourri; não havia espaço para nada em lugar algum; em resumo, a casa estava completamente mobiliada. No jardim, galantos, açafrão, jacintos, magnólias, rosas, lírios, ásteres, dálias em todas as suas variedades, pereiras, macieiras, cerejeiras e amoreiras, com uma enorme quantidade de arbustos raros e floridos, de árvores perenes e sempre-verdes, cresciam tão densamente sobre as raízes uns dos outros que não havia um pedaço de terra sem floração e nenhum trecho de gramado sem sombra. Além disso, ele havia importado aves selvagens com plumagem alegre e dois ursos malaios, cujos modos rudes ocultavam, tinha certeza, corações confiáveis.

Tudo já estava pronto; e, ao anoitecer, as inúmeras arandelas de prata eram acesas e os ares leves que sempre circulavam pelas galerias agitavam

---

[8] *Hundred-weight:* Unidade de peso tradicionalmente usada no sistema imperial britânico, que equivale a 112 libras (aproximadamente 50,8 kg) no sistema norte-americano ou a 100 libras (aproximadamente 45,4 kg) no sistema britânico. [N. T.]
[9] *Gill:* Unidade de volume equivalente a 1/4 de um *pint*, ou aproximadamente 142,5 ml no sistema britânico. [N. T.]

as tapeçarias azuis e verdes, de tal modo que parecia que os caçadores estavam cavalgando e Daphne estava fugindo; quando a prata brilhava, a laca reluzia e a madeira se acendia; quando as cadeiras esculpidas estendiam os braços e os golfinhos nadavam nas paredes com sereias sobre o dorso; quando tudo isso e muito mais do que tudo isso estava completo e do seu agrado, Orlando caminhava pela casa com seus cães de caça seguindo-o e sentia-se satisfeito. Agora ele tinha assunto, pensou, para completar sua peroração. Talvez fosse bom começar o discurso novamente. No entanto, ao percorrer as galerias, sentiu que algo ainda faltava. Cadeiras e mesas, por mais ricamente douradas e esculpidas que fossem, sofás apoiados em patas de leão com pescoços de cisnes curvados sob eles, camas, até mesmo as da mais macia pluma de cisne, não são suficientes por si só. As pessoas sentadas nelas e as pessoas deitadas nelas as melhoram incrivelmente. Assim, Orlando deu início a uma série de esplêndidos eventos para a nobreza e a aristocracia das redondezas. Os trezentos e sessenta e cinco quartos ficavam lotados por um mês de cada vez. Os convidados se acotovelavam nas cinquenta e duas escadas. Trezentos servos trabalhavam nas despensas. Banquetes aconteciam quase todas as noites. Assim, em poucos anos, Orlando havia desgastado o veludo e consumido a metade de sua fortuna; mas havia conquistado a boa opinião de seus vizinhos, ocupava vários cargos no condado e era presenteado anualmente com talvez uma dúzia de volumes dedicados a sua senhoria, em termos bastante generosos, por poetas agradecidos. Pois, embora ele tivesse o cuidado de não se relacionar com escritores naquela época e se mantivesse sempre distante de damas de sangue estrangeiro, ainda assim, era excessivamente generoso tanto com as mulheres quanto com os poetas, e ambos o adoravam.

No entanto, quando o banquete estava no auge e os convidados em festa, ele costumava se retirar sozinho para seus aposentos particulares. Lá, quando a porta estava fechada e ele tinha certeza da privacidade, pegava um velho bloco de anotações, costurado com seda roubada da cesta de costura de sua mãe e rotulado com uma caligrafia redonda de colegial: "O Carvalho, um Poema". Ele escrevia até o relógio soar meia-noite, e continuava muito além disso. Contudo, como suprimia tantas linhas quanto escrevia, no final do ano a soma delas era, muitas vezes, bem menor do que no início, e parecia que, no processo de escrever, o poema ficaria sem ser escrito por completo. Pois cabe ao historiador das letras observar que ele havia mudado seu estilo de forma surpreendente. Seu florilégio havia arrefecido; sua abundância, refreado; a era da prosa estava congelando aquelas fontes cálidas. A própria paisagem externa estava menos coberta de guirlandas e as próprias sarças eram menos espinhosas e intrincadas. Talvez os sentidos estivessem um pouco mais embotados e o mel e o creme fossem menos sedutores para o paladar. O fato de as ruas serem mais bem drenadas e as casas mais bem iluminadas também teve seu efeito sobre o estilo, não se pode duvidar.

Um dia, ele estava acrescentando uma ou duas linhas com enorme esforço a "O Carvalho, um Poema" quando avistou uma sombra de canto de olho. Logo percebeu que não se tratava de uma sombra, mas da figura de uma dama muito alta, com capuz e manto, atravessando o pátio que dava para o seu quarto. Como esse era o mais reservado dos pátios, e a senhora era uma estranha para ele, Orlando se perguntou como ela havia chegado até ali. Três dias depois, a mesma aparição se repetiu; e na quarta-feira, ao meio-dia, apareceu mais uma vez. Desta vez, Orlando estava determinado a segui-la e, aparentemente, ela não tinha medo de ser encontrada, pois diminuiu o passo quando ele se aproximou e o olhou bem nos olhos. Qualquer outra mulher flagrada dessa forma nas terras particulares de um lorde teria ficado com medo; qualquer outra mulher com aquele rosto, penteado e aparência teria jogado sua mantilha sobre os ombros para escondê-los. Pois essa senhora não poderia se parecer mais com uma lebre; uma lebre assustada, mas obstinada; uma lebre cuja timidez é superada por uma audácia imensa e tola; uma lebre que se senta ereta e encara seu perseguidor com olhos esbugalhados; com as orelhas erguidas, mas trêmulas, com o nariz empinado, mas se contraindo nervosamente. Além disso, essa lebre tinha seis pés de altura e usava um adereço de cabeça, de tipo antiquado, que a fazia parecer ainda mais alta. Assim confrontados, ela observou Orlando com um olhar em que timidez e audácia se combinavam de maneira estranha.

Primeiro, ela lhe pediu, com uma reverência adequada, mas um tanto desajeitada, que perdoasse sua intromissão. Em seguida, erguendo-se em toda sua altura, que devia ser algo acima de seis pés e duas polegadas, ela prosseguiu dizendo — mas com uma gargalhada tão nervosa, com tantas risadinhas e gritinhos, que Orlando pensou que ela tivesse escapado de um manicômio — que era a arquiduquesa Harriet Griselda de Finster-Aarhorn e Scandop-Boom, no território romeno. Desejava, acima de tudo, conhecê-lo, disse ela. Estava hospedada em um quarto sobre uma padaria em Park Gates. Vira a foto dele e era a imagem viva de uma irmã dela que estava — aqui ela riu — morta há muito tempo. Estava visitando a Corte da Inglaterra. A Rainha era sua prima. O Rei era um sujeito muito bom, mas raramente ia para a cama sóbrio. Aqui, ela deu mais risadinhas e gritinhos. Em suma, não havia nada a fazer a não ser convidá-la para entrar e lhe oferecer uma taça de vinho.

Dentro da casa, seus modos recuperaram a altivez natural de uma arquiduquesa romena; e se ela não tivesse demonstrado conhecimento de vinhos, raro em uma dama, e feito algumas observações sobre armas de fogo e os costumes dos caçadores de seu país, que foram bastante sensatas, a conversa teria carecido de espontaneidade. Finalmente, ela se levantou e anunciou que voltaria no dia seguinte, fez outra reverência prodigiosa e partiu. No dia seguinte, Orlando saiu a cavalo. No outro, virou as costas; no terceiro, fechou as cortinas. No quarto dia, choveu e, como ele não conseguia deixar uma dama molhar-se, nem era totalmente avesso a companhias, convidou-a a entrar e pediu sua opinião sobre se uma armadura, que pertencera a um antepassado seu, era obra de Jacobi ou de Topp. Ele se inclinava por Topp. Ela tinha outra opinião — pouco importa qual. Porém, é de alguma importância para o curso de nossa história o fato de que, ao ilustrar seu argumento, relacionado ao funcionamento dos acessórios de amarração, a arquiduquesa Harriet pegou a proteção de ouro para as canelas e a encaixou na perna de Orlando.

Já foi dito que ele possuía o par de pernas mais bem torneado que qualquer nobre jamais teve.

Talvez algo na maneira como ela ajustou a fivela do tornozelo; ou sua postura inclinada; ou a longa reclusão de Orlando; ou a simpatia natural que existe entre os sexos; ou o vinho da Borgonha; ou o calor do fogo — qualquer uma dessas causas pode ter sido a culpada; pois certamente há culpa de um lado ou de outro, quando um nobre da estirpe de Orlando, recebendo uma dama em sua casa, e ela sendo muito mais velha que ele, com um rosto de uma jarda de comprimento e olhos fixos, vestida de forma um tanto ridícula também, com uma capa e um manto de montaria, em plena estação quente — há culpa quando tal nobre é tão repentina e violentamente dominado por algum tipo de paixão que se vê obrigado a abandonar a sala.

Que tipo de paixão, no entanto, pode-se perguntar, poderia ser aquela? E a resposta tem duas faces, como o próprio Amor. Pois o Amor — mas, deixando o Amor fora da discussão por um momento, o evento real foi o seguinte:

Quando a arquiduquesa Harriet Griselda se abaixou para ajustar a fivela, Orlando ouviu, repentina e inexplicavelmente, ao longe, o bater das asas do Amor. O distante agitar daquela plumagem macia despertou nele mil lembranças de águas correntes, de encantos na neve e de infidelidade na enxurrada; e o som se aproximou; e ele corou e tremeu; e ficou comovido como nunca mais pensara ficar; e estava pronto para erguer as mãos e deixar o pássaro da beleza pousar em seus ombros, quando — o horror! — um grasnido, como o dos corvos quando voam descontroladamente entre as árvores, começou a reverberar; o ar parecia escuro com as ásperas asas pretas; vozes grasnaram; pedaços de palha, galhos e penas caíram; e então pousou sobre seus ombros a mais pesada e mais nojenta das aves; que é o abutre. Então ele saiu correndo da sala e mandou o valete acompanhar a arquiduquesa Harriet até sua carruagem.

Pois o Amor, ao qual podemos voltar agora, tem duas faces, uma branca e outra preta; dois corpos, um suave e outro peludo. Tem duas mãos, dois pés, duas caudas, dois, de fato, de cada membro, e cada um é exatamente o oposto do outro. Contudo, eles estão tão unidos que não é possível separá-los. Nesse caso, o amor de Orlando começou a voar em direção a ele exibindo sua face branca e seu corpo suave e adorável. Aproximou-se cada vez mais, trazendo consigo ares de puro deleite. De repente (ao ver a arquiduquesa, presumivelmente), ele deu meia-volta, virou-se para o outro lado; mostrou-se preto, peludo, bestial; e foi a Luxúria, o Abutre, e não o Amor, a Ave do Paraíso, que caiu sobre seus ombros, de forma suja e repugnante. Por isso ele correu ; por isso ele chamou o valete.

Contudo, a harpia não é assim tão facilmente banida. Não bastasse o fato de a arquiduquesa ter continuado a se hospedar nas dependências do padeiro, Orlando passou a ser assombrado dia e noite por fantasmas da mais terrível espécie. Em vão, ao que parecia, ele havia mobiliado sua casa com prata e decorado as paredes com tapeçarias, pois a qualquer momento uma ave suja de esterco poderia pousar sobre sua escrivaninha. Lá estava ela, debatendo-se entre as cadeiras; ele a viu cambaleando desajeitadamente pelas galerias. Agora, estava empoleirada, em cima de um guarda-fogo. Quando ele a expulsou, ela voltou e bicou o vidro até quebrá-lo.

Assim, percebendo que sua casa estava inabitável e que era preciso tomar medidas para resolver o problema imediatamente, fez o que qualquer outro jovem teria feito em seu lugar e pediu ao Rei Carlos que o enviasse como Embaixador Extraordinário para Constantinopla. O Rei estava caminhando em Whitehall. Nell Gwyn de braços dados com ele. Ela lhe disparava avelãs. Era uma pena, suspirou a amorosa dama, que um par de pernas como aquele deixasse o país. Todavia, as Moiras foram implacáveis; ela não pôde fazer mais do que jogar um beijo por cima do ombro antes de Orlando zarpar.

A arquiduquesa Harriet

3

É, de fato, extremamente infeliz e lamentável que, naquele ponto da carreira de Orlando, quando ele desempenhava um papel tão importante na vida pública de seu país, disponhamos de tão poucas informações. Sabemos que cumpria seus deveres de forma admirável — veja sua insígnia da Ordem de Bath e seu ducado. Sabemos que participou de algumas das negociações mais delicadas entre o Rei Carlos e os turcos — como testemunham os tratados nos cofres do Arquivo Público. No entanto, a revolução que eclodiu durante o período de seu mandato e o incêndio que se seguiu danificaram ou destruíram todos os documentos dos quais qualquer informação confiável poderia ser extraída, de modo que aquilo que podemos proporcionar é tristemente incompleto. Muitas vezes, o papel estava chamuscado em um tom marrom-escuro no meio da frase mais importante. Justamente quando imaginávamos elucidar um segredo que intrigou os historiadores por cem anos, havia um buraco no manuscrito grande o suficiente para ser atravessado por um dedo. Fizemos o melhor que pudemos para elaborar um resumo limitado a partir dos fragmentos carbonizados que restaram; todavia, muitas vezes foi necessário especular, supor e até mesmo fazer uso da imaginação.

Orlando passava o dia, ao que parece, mais ou menos da seguinte maneira: por volta das sete horas, ele se levantava, envolvia-se em um longo manto turco, acendia um charuto e apoiava os cotovelos no parapeito. Assim, permanecia de pé, olhando para a cidade abaixo dele, aparentemente extasiado. A essa hora, a névoa ficava tão espessa que as cúpulas de Santa Sofia e o resto pareciam estar flutuando; aos poucos, a névoa as descobria; as redomas se revelavam bem fixas; ali estava o rio; ali, a Ponte de Gálata; ali, os peregrinos de turbante verde, sem olhos nem nariz, pedindo esmolas; ali, os cães sem dono recolhiam as miudezas; ali, as mulheres de xale; ali, os inúmeros burros; ali, homens a cavalo carregando longas varas. Logo, a cidade inteira se agitava com o estalar dos chicotes, o bater dos gongos, os chamamentos para as orações, os golpes nas mulas e o chocalhar das rodas de latão, enquanto os odores azedos, vindos do pão fermentando, do incenso e das especiarias, subiam até as alturas da própria área da Pera e pareciam ser o verdadeiro hálito daquela população estridente, multicolorida e bárbara.

Nada, refletiu ele, olhando para a vista que agora resplandecia ao sol, poderia ser menos parecido com os condados de Surrey e Kent ou com as cidades de Londres e Tunbridge Wells. À direita e à esquerda, erguiam-se, em uma proeminência estéril e rochosa, as inóspitas montanhas asiáticas, nas quais poderia se erguer o árido castelo de um ou dois chefes bandoleiros; mas não havia nem casa paroquial, nem solar, nem chalé, nem carvalho, olmo, violeta, hera ou eglantina selvagem. Não havia sebes para que as samambaias crescessem, nem campos para que as ovelhas pastassem. As casas eram nuas e lisas como cascas de ovos. O fato de que ele, de raiz e fibra inglesa, ainda exultasse no fundo de seu coração com esse panorama selvagem, e olhasse sem parar para aqueles desfiladeiros e alturas distantes, planejando viagens a pé sozinho até lá, por onde apenas a cabra e o pastor haviam ido antes; o fato de sentir uma paixão pelas flores coloridas e fora de época, de amar os cães desleixados e vadios até mais do que a seus elkhounds de casa, e de aspirar o cheiro acre e forte das ruas avidamente em suas narinas, o surpreendia. Perguntava-se se, na época das Cruzadas, algum de seus ancestrais havia se envolvido com uma camponesa circassiana; considerava possível; suspeitava de uma certa tonalidade escura em sua pele; e, entrando novamente em casa, retirou-se para o banho.

Uma hora mais tarde, devidamente perfumado, cacheado e ungido, recebia a visita de secretários e outros altos funcionários que traziam, um após o outro, caixas vermelhas que só cediam à sua própria chave de ouro. Nelas havia documentos da mais alta importância, dos quais restam apenas fragmentos, aqui um floreio, ali um lacre firmemente preso a um pedaço de seda queimada. Portanto, não podemos falar sobre seu conteúdo, apenas podemos testemunhar que Orlando se mantinha ocupado, com sua cera e seus lacres, suas muitas fitas coloridas que precisavam ser fixadas de forma variada, suas transcrições de títulos e a adição de floreios ao redor das letras maiúsculas, até a hora do almoço — uma esplêndida refeição de, talvez, trinta pratos.

Após o almoço, lacaios anunciavam que sua carruagem de seis cavalos estava na porta e ele ia, precedido por janízaros de vermelho que corriam a pé e agitavam grandes leques de penas de avestruz sobre suas cabeças, para visitar os outros embaixadores e dignitários de Estado. A cerimônia era sempre a mesma. Ao chegar ao pátio, os janízaros batiam com seus leques no portão principal, que imediatamente se abria, revelando uma grande sala, esplendidamente mobiliada. Ali estavam sentadas duas figuras, geralmente de ambos os sexos. Profundas reverências e cumprimentos eram trocados. Na primeira sala, era permitido apenas mencionar o tempo. Depois de dizer que estava bom ou úmido, quente ou frio, o embaixador passava para a sala seguinte, onde, novamente, duas figuras se levantavam para cumprimentá-lo. Aqui só era permitido comparar Constantinopla como local de residência com Londres; e o embaixador, naturalmente, dizia que preferia Constantinopla, enquanto seus anfitriões, apesar de nunca a terem visto, diziam preferir Londres. Na câmara seguinte, a saúde do Rei Carlos e a do Sultão era abordada longamente. Na outra, falava-se sobre a saúde do embaixador e a da esposa de seu anfitrião, mas de forma mais breve. Na outra, o embaixador felicitava o anfitrião por sua mobília, e o anfitrião felicitava o embaixador por suas vestimentas. Na outra, ofereciam-se iguarias doces, com o anfitrião deplorando sua má qualidade e o embaixador exaltando sua boa qualidade. A cerimônia terminava com a fumaça de um narguilé e a ingestão de uma xícara de café; mas, embora os movimentos de fumar e beber fossem feitos com rigor, não havia tabaco no cachimbo nem café na xícara, pois, se a fumaça ou a bebida fossem reais, a estrutura humana teria sucumbido com o excesso. Pois, assim que o embaixador terminava uma dessas visitas, outra tinha de ser realizada. As mesmas cerimônias aconteciam exatamente na mesma ordem seis ou sete vezes nas casas dos outros altos funcionários, de modo que, muitas vezes, o embaixador chegava à sua casa tarde da noite. Embora Orlando desempenhasse essas tarefas de forma admirável e nunca negasse que elas são, talvez, a parte mais importante dos deveres de um diplomata, ele estava, sem dúvida, cansado delas e, muitas vezes, tão deprimido que preferia jantar sozinho com seus cães. Com eles, de fato, podia-se ouvi-lo falando em sua língua materna. E, às vezes, diz-se que atravessava seus portões tarde da noite, tão disfarçado que os sentinelas não o reconheciam. Então ele se misturava à multidão na Ponte de Gálata; ou passeava pelos bazares; ou tirava os sapatos e se juntava aos fiéis nas mesquitas. Certa vez, quando divulgaram que ele estava com febre, os pastores que levavam suas cabras ao mercado relataram ter encontrado um lorde inglês no topo da montanha e tê-lo ouvido orar a seu Deus. Acreditava-se que se tratava do próprio Orlando, e sua oração era, sem dúvida, um poema dito em voz alta, pois sabia-se que ele ainda carregava consigo, guardado no interior de seu manto, um manuscrito muito rabiscado; e os criados, escutando à porta, ouviam o embaixador cantar algo em uma voz estranha e melódica quando estava sozinho.

Com fragmentos como esses, devemos nos esforçar ao máximo para compor uma imagem da vida e do caráter de Orlando naquela época. Existem, até hoje, rumores, lendas, histórias de caráter vago e não autenticado sobre a vida de Orlando em Constantinopla (citamos apenas algumas delas) — que provam que ele possuía, agora que estava no auge da vida, o poder de despertar a imaginação e atrair os olhares, um poder que continua a habitar a memória muito depois que todas as outras virtudes mais sólidas se apagaram. Esse poder é misterioso, uma mistura de beleza, berço e algum dom mais raro, que podemos chamar de fascínio. "Um milhão de velas", como Sasha havia dito, ardiam nele sem que precisasse se dar ao trabalho de acender uma única. Ele se movia como um cervo, sem precisar pensar em suas pernas. Falava com sua voz normal, e o eco soava como um gongo de prata. Por isso, surgiram rumores em torno dele. Tornou-se adorado por muitas mulheres e alguns homens. Não era necessário que falassem com ele nem mesmo que o vissem; conjuravam-no diante de si, especialmente quando o cenário era romântico ou o sol estava se pondo, como a figura de um nobre cavalheiro com meias de seda. Sobre os pobres e os sem instrução, ele exercia o mesmo poder que sobre os ricos. Pastores, ciganos e condutores de burros ainda cantam canções sobre o lorde inglês "que deixou cair suas esmeraldas no poço", sem dúvida, referindo-se a Orlando, que, uma vez, ao que parece, arrancou suas joias em um momento de raiva ou embriaguez e as jogou em uma fonte; de onde foram pescadas por um menino pajem. Como é sabido, no entanto, esse poder romântico é em geral associado a uma natureza extremamente reservada. Orlando parece não ter feito amigos. Até onde se sabe, não criou vínculos. Uma certa grande dama veio da Inglaterra apenas para ficar perto dele e o importunou com suas atenções, mas ele continuou cumprindo seus deveres de forma tão incansável que, após pouco mais de dois anos e meio como embaixador no Chifre de Ouro, o Rei Carlos manifestou sua intenção de elevá-lo ao posto mais alto da nobreza. Os invejosos afirmavam que aquele era o tributo de Nell Gwyn à memória de uma perna. Mas, como ela o tinha visto apenas uma vez e estava ocupada atirando cascas de nozes em seu mestre real, é provável que tenham sido seus méritos que lhe renderam o ducado, e não suas panturrilhas.

Aqui devemos fazer uma pausa, pois chegamos a um momento de grande importância em sua carreira. Pois a concessão do ducado foi ocasião de um incidente muito famoso e, de fato, muito controverso, que descreveremos agora, abrindo caminho entre papéis queimados e fragmentos de fita da melhor maneira que pudermos. Foi no final do grande jejum do Ramadã que a Ordem de Bath e a patente da nobreza chegaram em uma fragata comandada por Sir Adrian Scrope; e Orlando aproveitou o momento para organizar o entretenimento mais esplêndido já visto em Constantinopla, antes ou depois. A noite estava agradável; a multidão era imensa e as janelas da embaixada reluziam. Mais uma vez, faltam detalhes, pois o fogo acabou com todos esses registros e deixou apenas fragmentos intrigantes que tornam obscuros os pontos de maior importância. No entanto, com base no diário de John Fenner Brigge, um oficial da marinha inglesa que estava entre os convidados, descobrimos que pessoas de todas as nacionalidades "estavam amontoadas como arenques em um barril" no pátio. A multidão se comprimia de forma tão desagradável que Brigge logo subiu em uma árvore-de-judas para observar melhor os acontecimentos. Havia um boato entre os nativos (e aqui está uma prova adicional do misterioso poder de Orlando sobre a imaginação) de que algum tipo de milagre estava para ser realizado. "Assim", escreve Brigge (mas seu manuscrito está cheio de queimaduras e buracos, com algumas frases completamente ilegíveis), "quando os foguetes começaram a subir no ar, houve uma inquietação considerável entre nós, temendo que a população nativa [...] repleta de consequências desagradáveis para todos. [...] As senhoras inglesas que estavam presentes na companhia, [...] admito que levei a mão ao meu sabre. Felizmente", continua ele em seu estilo elegante e prolixo, "esses temores pareciam, por ora, infundados e, observando o comportamento dos nativos, [...] cheguei à conclusão de que essa demonstração de nossa habilidade na arte da pirotecnia era valiosa, [...] porque lhes impressionava [...] a superioridade dos britânicos. [...] De fato, o espetáculo era de uma magnificência indescritível. Eu me vi alternadamente louvando o Senhor por ter permitido [...] e desejando que minha pobre e querida mãe. [...] Por ordem do embaixador, as longas janelas, característica tão imponente da arquitetura oriental, apesar de serem ignorantes em muitos aspectos, abriram-se de par em par; e, lá dentro, podia-se ver um *tableau vivant* ou uma exibição teatral na qual senhoras e cavalheiros ingleses [...] representavam uma mascarada, obra de um. [...] As palavras eram inaudíveis, mas a visão de tantos de nossos compatriotas trajados com a mais alta elegância e distinção [...] provocou-me emoções das quais certamente não me envergonho, embora seja incapaz. [...] Eu pretendia observar a conduta surpreendente de Lady ——, que era de tal natureza que atraía os olhares de todos sobre ela e trazia descrédito para seu sexo e seu país, quando" — infelizmente, um galho da árvore-de-judas se quebrou, o tenente Brigge caiu no chão, e o restante do relato registra apenas sua gratidão à Providência (que desempenha um papel muito importante no diário) e a natureza exata de seus ferimentos.

Orlando como embaixador

Felizmente, a srta. Penelope Hartopp, filha do general desse sobrenome, assistiu à cena de dentro de casa e contou a história em uma carta, também muito danificada, que acabou chegando a uma amiga em Tunbridge Wells. A srta. Penelope não foi menos pródiga em seu entusiasmo do que o galante oficial. "Deslumbrante", exclama ela dez vezes em uma página, "maravilhoso [...] totalmente indescritível [...] pratos de ouro [...] candelabros [...] negros em calções de veludo [...] pirâmides de gelo [...] fontes de negus [...] gelatinas moldadas para representar os navios de Sua Majestade [...] cisnes dispostos de forma a representar nenúfares [...] pássaros em gaiolas douradas [...] cavalheiros em veludo carmesim cortado [...] adereços de cabeça para senhoras com, *no mínimo*, seis pés de altura [...] caixas de música [...] o sr. Peregrine disse que eu estava *especialmente* encantadora, o que só repito para você, minha querida, porque sei [...] Oh! como senti falta de todos vocês! [...] Superando qualquer coisa que já vimos no Pantiles [...] oceanos para beber [...] alguns cavalheiros derrotados. [...] Lady Betty encantadora. [...] A pobre Lady Bonham cometeu o infeliz erro de sentar-se sem que houvesse uma cadeira debaixo dela. [...] Cavalheiros todos muito galantes [...] desejei mil vezes sua presença e a da querida Betsy. [...] Mas a visão das visões, o alvo de todos os olhares [...] como todos admitiram, pois ninguém poderia ser tão vil a ponto de negar, era o próprio embaixador. Que pernas! Que semblante!!! Que modos principescos!!! Vê-lo entrar na sala! Vê-lo sair novamente! E há algo tão *interessante* em sua expressão, que sentimos, embora mal saibamos dizer o porquê, que ele *sofreu*! Dizem que uma dama foi a causa disso. Monstro sem coração!!! Como pode alguém do nosso sexo, *supostamente delicado*, ter tido a audácia!!! Ele não é casado, e metade das moças do lugar morre de amores por ele. [...] Milhares e milhares de beijos para Tom, Gerry, Peter e o querido Mew" [supostamente seu gato].

A gazeta da época nos informa que "quando o relógio bateu meia-noite, o embaixador apareceu na varanda central, que estava decorada com tapetes de valor inestimável. Seis turcos da Guarda Imperial, cada um com mais de seis pés de altura, seguravam tochas à sua direita e à sua esquerda. Foguetes subiram ao ar quando ele apareceu, e ouviu-se uma grande aclamação do povo, que o embaixador reconheceu fazendo uma profunda reverência e proferindo algumas palavras de agradecimento no idioma turco, já que era um de seus méritos falar com fluência. Em seguida, Sir Adrian Scrope, em traje completo de almirante britânico, avançou; o embaixador se ajoelhou; o almirante colocou o colar da Nobilíssima Ordem de Bath em seu pescoço e, em seguida, prendeu a estrela em seu peito; depois disso, outro cavalheiro do corpo diplomático, avançando de maneira imponente, colocou em seus ombros as vestes ducais e entregou-lhe, sobre uma almofada carmesim, a coroa ducal.

Por fim, com um gesto de extraordinária majestade e graça, primeiro curvando-se profundamente e depois erguendo-se orgulhosamente, Orlando pegou o círculo dourado de folhas de morangueiro e o colocou na cabeça, com um gesto que ninguém que o tivesse visto poderia esquecer. Foi nesse momento que começou o primeiro tumulto. Ou o povo esperava um milagre — alguns dizem que havia sido profetizada uma chuva de ouro caindo dos céus — que não aconteceu, ou aquele fora o sinal escolhido para o início do ataque; ninguém parece saber; mas, quando a coroa foi colocada sobre a fronte de Orlando, irrompeu um grande alvoroço. Começaram a bater os sinos; ouviram-se os gritos ásperos dos profetas acima dos gritos do povo; muitos turcos caíram ao chão e tocaram a terra com a testa. Uma porta foi arrombada. Os nativos se empurravam para entrar nas salas de banquetes.

As mulheres gritavam. Uma certa dama, que se dizia estar morrendo de amores por Orlando, pegou um candelabro e o atirou ao chão. Ninguém sabe dizer ao certo o que poderia ter acontecido se não fosse a presença de Sir Adrian Scrope e de um esquadrão de casacas azuis britânicos. O almirante, porém, ordenou que se tocassem as cornetas; uma centena de oficiais e marinheiros ficou imediatamente em posição de sentido; a desordem foi contida e a calma, pelo menos por enquanto, se instalou no local.

Até agora, estamos no terreno firme, embora bastante estreito, da verdade comprovada. Todavia, ninguém jamais soube exatamente o que aconteceu naquela noite. O testemunho dos sentinelas e de outras pessoas parece, no entanto, provar que a embaixada estava vazia de convidados e fechada para a noite, como de costume, às duas da manhã. O embaixador foi visto indo para seu quarto, ainda usando as insígnias de seu posto, e fechando a porta. Alguns dizem que ele a trancou, o que era não era de seu costume. Outros afirmam que ouviram música de um tipo rústico, como a que os pastores tocam, mais tarde naquela noite, no pátio sob a janela do embaixador. Uma lavadeira, que estava acordada por causa de uma dor de dente, disse que viu a figura de um homem, envolto em um manto ou túnica, sair pela varanda. Em seguida, disse ela, uma mulher, que estava totalmente coberta, mas aparentemente era camponesa, foi puxada para cima por meio de uma corda que o homem lhe lançara da varanda. Lá, disse a lavadeira, eles se abraçaram apaixonadamente "como amantes" e entraram juntos no quarto, fechando as cortinas de modo que nada mais pôde ser visto.

Na manhã seguinte, o duque, como devemos chamá-lo agora, foi encontrado por seus secretários imerso em um sono profundo, em meio a roupas de cama muito reviradas. O quarto estava em desordem, com a coroa no chão, e o manto e a jarreteira amontoados em uma cadeira. A mesa estava abarrotada de papéis. A princípio, nenhuma suspeita foi levantada, pois o cansaço da noite havia sido grande. Mas, quando a tarde chegou e ele ainda dormia, um médico foi chamado. Ele aplicou os remédios que haviam sido utilizados na ocasião anterior, emplastros, urtigas, eméticos etc., mas sem êxito. Orlando continuou dormindo. Seus secretários então acharam que era seu dever examinar os papéis sobre a mesa. Muitos deles estavam rabiscados com poesias, nas quais se fazia menção frequente a um carvalho. Havia também vários documentos de Estado e outros de natureza particular referentes à administração de suas propriedades na Inglaterra. Finalmente, porém, eles se depararam com um documento de significado muito maior. Na verdade, era nada menos que uma ata de casamento, redigida, assinada e testemunhada entre Sua Senhoria, Orlando, Cavaleiro da Jarreteira etc. etc. etc., e Rosina Pepita, uma dançarina, de pai desconhecido, supostamente cigano, e mãe também desconhecida, supostamente vendedora de ferro-velho no mercado do outro lado da Ponte de Gálata. Os secretários se entreolharam consternados. E Orlando continuava dormindo. Observavam-no de manhã até a noite, porém, a não ser pelo fato de que sua respiração era regular e suas bochechas ainda estavam coradas com seu habitual tom rosado, ele não dava sinal de vida. Tudo o que a ciência ou a engenhosidade poderiam fazer para acordá-lo foi feito. Entretanto, ele continuava dormindo. No sétimo dia de seu transe (quinta-feira, dez de maio), foi disparado o primeiro tiro daquela terrível e sangrenta insurreição da qual o tenente Brigge havia detectado os primeiros sintomas. Os turcos se revoltaram contra o sultão, incendiaram a cidade e submeteram todos os estrangeiros que puderam encontrar ou à espada ou ao bastinado. Alguns ingleses conseguiram escapar, mas, como era de se esperar, os cavalheiros da embaixada britânica preferiram morrer em defesa de suas caixas vermelhas ou, em casos extremos, engolir molhos de chaves a deixá-los cair nas mãos dos infiéis. Os desordeiros invadiram o quarto de Orlando, mas, vendo-o esticado e aparentemente morto, deixaram-no intocado, roubando-lhe apenas a coroa e as vestes da Jarreteira.

E agora, novamente, a obscuridade desce, e quem dera ela fosse mais profunda! Quem dera, quase temos vontade de exclamar, que ela fosse tão profunda que não pudéssemos ver nada através de sua opacidade! Quem dera pudéssemos pegar a caneta e escrever Finis em nosso trabalho!

Quem dera pudéssemos poupar o leitor do que está por vir e dizer a ele, em apenas algumas palavras, Orlando morreu e foi enterrado. Mas aqui, infelizmente, a Verdade, a Candura e a Honestidade, os deuses austeros que vigiam e protegem o tinteiro do biógrafo, gritam: — Não! — Levando suas trombetas de prata aos lábios, clamam de uma só vez: — Verdade! — E mais uma vez bradam: — Verdade! — E soando uma terceira vez, em concerto, gritam: — A Verdade e nada mais que a Verdade!

Nesse momento — Deus seja louvado! Pois isso nos dá um espaço para respirar —, as portas se abrem suavemente, como se um sopro do mais suave e sagrado zéfiro as tivesse afastado, e três figuras entram. Primeiro, vem Nossa Senhora da Pureza, cuja fronte está adornada com filetes da mais branca lã de cordeiro; cujo cabelo é uma avalanche de neve; e em cuja mão repousa a branca pena de um ganso virgem. Seguindo-a, embora com um passo mais imponente, vem Nossa Senhora da Castidade; cuja fronte ostenta, como uma torre em chamas, inextinguível, um diadema de pingentes de gelo; seus olhos são estrelas puras, e seus dedos capazes de congelar o corpo de quem tocarem até os ossos. Bem atrás dela, abrigada na sombra de suas irmãs mais majestosas, vem Nossa Senhora da Modéstia, a mais frágil e bela das três; cujo rosto só se revela como a jovem Lua se mostra quando está fina e em forma de foice, meio escondida entre as nuvens. Cada uma avança em direção ao centro da sala, onde Orlando ainda está dormindo; e, com gestos ao mesmo tempo atraentes e imperativos, *Nossa Senhora da Pureza* fala primeiro:

— Sou a guardiã do fauno adormecido; a neve me é cara; assim como a Lua que nasce; e o mar prateado. Com as minhas vestes, cubro os ovos das galinhas pintadas e as conchas do mar listradas; cubro o vício e a pobreza. Meu véu desce sobre todas as coisas frágeis, escuras ou duvidosas. Portanto, não faleis, não reveleis. Poupai, ó poupai!

Aqui as trombetas soam:

— Afastai-vos, Pureza! Vai-te, Pureza!

Então, *Nossa Senhora da Castidade* fala:

— Sou aquela cujo toque congela e cujo olhar converte em pedra. Eu detive a estrela em sua dança e a onda em sua queda. Os Alpes mais altos são minha morada; e, quando caminho, relâmpagos brilham em meus cabelos; onde meus olhos caem, eles matam. Em vez de deixar Orlando acordar, congelá-lo-ei até os ossos. Poupai, ó poupai!

Aqui as trombetas soam:

— Afastai-vos, Castidade! Vai-te, Castidade!

Então *Nossa Senhora da Modéstia* fala, tão baixo que mal se pode ouvir:

— Sou aquela que os homens chamam de Modéstia. Virgem sou e sempre serei. Não são para mim os campos férteis nem a vinha generosa. O crescimento me é odioso; e, quando as maçãs brotam ou os rebanhos se reproduzem, eu corro, corro; deixo meu manto cair. Meus cabelos cobrem meus olhos. Não consigo enxergar. Poupai, ó poupai!

Novamente as trombetas soam:

— Afastai-vos, Modéstia! Vai-te, Modéstia!

Com gestos de pesar e lamento, as três irmãs agora se dão as mãos e dançam lentamente, jogando seus véus e cantando enquanto avançam:

— Verdade, não saia de sua toca horrenda. Esconda-se ainda mais, temível Verdade. Pois você ostenta, sob o olhar brutal do sol, coisas que seriam melhor desconhecidas e desfeitas; você revela o vergonhoso; torna claro o sombrio. Esconda-se! Esconda-se! Esconda-se!

Aqui elas fazem como se quisessem cobrir Orlando com seus drapeados. Enquanto isso, as trombetas continuam soando:

— A Verdade e nada mais que a Verdade.

Diante disso, as Irmãs tentam lançar seus véus sobre as bocas das trombetas para abafá-las, contudo, em vão, pois agora todas elas soam juntas.

— Irmãs Horrendas, vão-se embora.

As Irmãs se distraem e lamentam em uníssono, ainda circulando e agitando seus véus para cima e para baixo.

— Nem sempre foi assim! Mas os homens já não nos querem; as mulheres nos detestam. Partiremos; partiremos.

— Eu — Pureza diz isto — para o galinheiro.

— Eu — Castidade diz isto — para as alturas ainda intocadas de Surrey.

— Eu — Modéstia diz isto — para qualquer recanto aconchegante onde haja cortinas em abundância.

— Pois lá, não aqui — falam todas ao mesmo tempo, juntando as mãos e fazendo gestos de despedida e desespero em direção à cama onde Orlando dorme —, ainda habitam no ninho e no boudoir, no escritório e no tribunal, aqueles que nos amam; aqueles que nos honram, virgens e homens da cidade; advogados e médicos; aqueles que proíbem; aqueles que negam; aqueles que nos reverenciam sem saber por quê; aqueles que nos louvam sem entender; a tribo ainda muito numerosa (que os céus sejam louvados) dos respeitáveis; que preferem não ver; que desejam não saber; que amam a escuridão; esses ainda nos adoram, e com razão; pois lhes demos Riqueza, Prosperidade, Conforto, Facilidade. Para eles iremos, deixaremos vocês. Vamos, Irmãs, vamos! Não há lugar para nós aqui.

Elas se retiram apressadamente, balançando os drapeados sobre as cabeças, como se quisessem impedir a entrada de algo que não ousam ver, e fecham a porta atrás de si.

Portanto, agora ficamos completamente a sós no quarto com o Orlando adormecido e os trompetistas. Os trompetistas, posicionados lado a lado, em ordem, executam um estrondo impressionante:

— A VERDADE!

Ao que Orlando acordou.

Ele se espreguiçou. Levantou-se. Ficou de pé, completamente nu diante de nós, e, enquanto as trombetas retumbavam Verdade! Verdade! Verdade!, não nos restou alternativa a não ser confessar — ele era mulher.

O som das trombetas se extinguiu, e Orlando permaneceu ali, inteiramente nu. Nenhum ser humano, desde o início do mundo, jamais teve uma aparência tão arrebatadora. Sua forma combinava, em uma só, a força de um homem e a graça de uma mulher. Enquanto permanecia ali, as trombetas de prata prolongaram suas notas, como se relutassem em abandonar a bela visão que haviam provocado; e a Castidade, a Pureza e a Modéstia, inspiradas, sem dúvida, pela Curiosidade, espiaram pela porta e jogaram sobre a forma nua alguma peça de tecido, algo como uma toalha, que, infelizmente, ficou aquém do esperado por vários centímetros. Orlando se olhou de cima a baixo em um longo espelho, sem mostrar nenhum sinal de desconforto, e foi, presumivelmente, para seu banho.

Podemos aproveitar esta pausa na narrativa para fazer algumas afirmações. Orlando havia se tornado uma mulher — não há como negar. Mas, em todos os outros aspectos, Orlando permaneceu exatamente como era. A mudança de sexo, embora tenha alterado seu futuro, não modificou em nada sua identidade. Como os retratos provam, seu rosto permaneceu praticamente o mesmo. A memória dele — daqui em diante, por uma questão de convenção, deveremos dizer "dela" em vez de "dele", e "ela" em vez de "ele" —, a memória dela, então, percorreu todos os eventos de sua vida passada, sem encontrar nenhum obstáculo. Pode ter havido uma leve nebulosidade, como se algumas gotas escuras tivessem caído na piscina límpida da memória; certas coisas ficaram um pouco embaçadas; mas isso foi tudo. A mudança parecia ter sido realizada de forma indolor e completa, e de tal forma que a própria Orlando não demonstrou surpresa com o fato. Várias pessoas, levando isso em consideração, e argumentando que tal mudança de sexo é contra a natureza, têm se esforçado muito para provar (1) que Orlando sempre foi uma mulher, (2) que Orlando é, neste momento, um homem. Deixemos que os biólogos e psicólogos determinem. É suficiente para nós declararmos o simples fato de que Orlando foi homem até os trinta anos; então, tornou-se mulher e permaneceu assim desde então.

Entretanto, deixemos que outras canetas tratem de sexo e sexualidade; renunciemos a esses assuntos odiosos o mais rápido possível. Orlando já havia se lavado e se vestido com aqueles casacos e calças turcos que podem ser usados indiferentemente por ambos os sexos; e foi forçada a considerar sua posição. Que era precária e embaraçosa ao extremo deve ser o primeiro pensamento de todo leitor que acompanhou sua história com compaixão. Jovem, nobre e bonita, ela acordou e se viu em uma situação que não poderia ser mais delicada para uma jovem da sua posição. Não a culparíamos se tivesse tocado o sino, gritado ou desmaiado. Mas Orlando não demonstrou tais sinais de perturbação. Todas as suas ações foram deliberadas ao extremo e, de fato, poder-se-ia pensar que as havia premeditado. Primeiro, examinou cuidadosamente os papéis sobre a mesa; pegou aqueles que pareciam estar escritos em forma de poesia, e os escondeu no peito; em seguida, chamou seu cão saluki, que não havia saído da cama dela durante todos esses dias, embora estivesse meio morto de fome, alimentou-o e penteou-o; depois, prendeu um par de pistolas no cinto; finalmente, enrolou em torno de si vários cordões de esmeraldas e pérolas do mais fino padrão oriental, que haviam feito parte de seu guarda-roupa de embaixadora. Feito isso, inclinou-se para fora da janela, deu um assobio baixo e desceu a escadaria quebrada e manchada de sangue, agora repleta do lixo dos cestos de papel, tratados, despachos, carimbos, lacres etc., e entrou no pátio. Ali, à sombra de uma figueira gigantesca, esperava um velho cigano montado em um jumento. Ele conduzia outro pelo freio. Orlando subiu no animal e, assim, acompanhada por um cão magro, montada em um burro, junto com um cigano, a Embaixadora da Grã-Bretanha na Corte do Sultão deixou Constantinopla.

Cavalgaram por vários dias e noites e se depararam com uma série de aventuras, algumas pelas mãos dos homens, outras pelas mãos da natureza, e em todas elas Orlando se comportou bravamente. Em uma semana, chegaram ao terreno elevado nos arredores de Broussa, que era então o principal local de acampamento da tribo cigana à qual Orlando havia se aliado. Ela olhara muitas vezes para aquelas montanhas de sua varanda na Embaixada; muitas vezes havia desejado estar lá; e encontrar-se onde sempre ansiara por estar, para uma mente reflexiva, dá o que pensar. Por algum tempo, no entanto, ela estava satisfeita demais com a mudança para estragar tudo com pensamentos. O prazer de não ter nenhum documento para lacrar ou assinar, nenhum floreio para redigir, nenhuma visita a realizar era suficiente. Os ciganos iam atrás do pasto e, quando ele acabava, seguiam adiante. Ela se lavava em riachos, se é que se lavava; nenhuma caixa, vermelha, azul ou verde, lhe era apresentada; não havia chave, muito menos uma chave de ouro, em todo o acampamento; quanto a "visitas", a palavra era desconhecida. Ela ordenhava as cabras; coletava lenha; roubava um ovo de galinha de vez em quando, mas sempre deixava uma moeda ou uma pérola em seu lugar; pastoreava o gado; podava as videiras; pisava na uva; enchia o odre de cabra e dele bebia; e, quando se lembrou de como, àquela hora do dia, deveria estar fazendo os movimentos de beber e fumar com uma xícara de café vazia e um cachimbo sem tabaco, ela riu alto, cortou outro pedaço de pão para si e suplicou para dar uma tragada no cachimbo do velho Rustum, feito com esterco de vaca.

Os ciganos, com quem é óbvio que ela deve ter se comunicado secretamente antes da revolução, pareciam considerá-la um deles (o que é sempre o maior reconhecimento que um povo pode fazer), e seus cabelos e pele escuros demonstravam a crença de que ela era, por nascimento, um deles, e que havia sido arrancada por um duque inglês de uma nogueira quando era bebê e levada para aquela terra bárbara onde as pessoas vivem em casas porque são muito fracas e doentes para suportar o ar livre. Assim, apesar de, em muitos aspectos, ser inferior, estavam dispostos a ajudá-la a assemelhar-se mais a eles; ensinaram-lhe as artes de fazer queijos e cestaria, a ciência de roubar e de caçar pássaros, e estavam até mesmo dispostos a considerar a possibilidade de deixá-la se casar na tribo.

Orlando, no entanto, havia adquirido na Inglaterra alguns costumes ou doenças (como preferir considerá-los) que, ao que parece, não podem ser eliminados. Certa noite, quando estavam todos sentados ao redor da fogueira do acampamento e o pôr do sol brilhava sobre as colinas da Tessália, Orlando exclamou:

— Como é bom para comer!

(Os ciganos não têm uma palavra para "bonito". Esta é a mais próxima.)

Todos os rapazes e moças começaram a rir descontroladamente. O céu é bom para comer, de fato! No entanto, os mais velhos, que tinham visto mais estrangeiros do que eles, ficaram desconfiados. Notaram que Orlando frequentemente ficava sentada por horas inteiras, sem fazer nada, somente olhando para cá e para lá; eles a encontravam no topo de alguma colina com o olhar fixo à frente, sem se importar se as cabras estavam pastando ou se estavam se afastando. Começaram a suspeitar que ela tinha crenças diferentes das deles, e os anciãos e anciãs acharam provável que ela tivesse caído nas garras do mais vil e cruel de todos os deuses, a Natureza. E não estavam muito enganados. Essa doença inglesa, o amor pela Natureza, era inata nela, e aqui, onde a Natureza era muito maior e mais poderosa do que na Inglaterra, ela caiu em suas mãos como nunca antes. A doença é muito bem conhecida e, inclusive, já foi demasiadamente descrita para que seja necessário fazê-lo mais uma vez, a não ser de forma muito breve. Havia montanhas; havia vales; havia riachos. Ela escalava as montanhas; percorria os vales; sentava-se às margens dos riachos. Equiparava as colinas a muralhas e as planícies aos flancos do gado. Comparava as flores a esmalte e a grama a tapetes turcos desgastados. As árvores eram bruxas murchas, e as ovelhas, pedregulhos cinzentos. Tudo, na verdade, era outra coisa. Ela encontrou um lago no topo da montanha e quase se atirou nele para buscar a sabedoria que achava estar escondida ali; e quando, do topo da montanha, ela viu, ao longe, do outro lado do Mar de Mármara, as planícies da Grécia, e distinguiu (seus olhos eram admiráveis) a Acrópole, com uma ou duas faixas brancas que, segundo ela, deveriam ser o Partenon, sua alma se expandiu junto com seus globos oculares, e ela rezou para poder compartilhar a majestade das colinas, conhecer a serenidade das planícies etc. etc., como fazem todos os crentes. Então, olhando para baixo, o jacinto vermelho e a íris púrpura fizeram-na soltar um grito de êxtase diante da bondade e da beleza da natureza; levantando os olhos novamente, ela viu uma águia voando, imaginou seus arrebatamentos e os fez seus. Ao voltar para casa, saudou cada estrela, cada pico e cada labareda como se fossem sinais apenas para ela; e, por fim, quando se jogou em seu tapete na tenda dos ciganos, não pôde deixar de gritar novamente: "Como é bom para comer! Como é bom para comer! (Pois é um fato curioso que, embora os seres humanos tenham meios de comunicação tão imperfeitos, que só consigam dizer "bom para comer" quando querem dizer "bonito", ou vice-versa, eles ainda assim preferem suportar o ridículo e o mal-entendido em vez de guardar para si qualquer experiência.) Todos os jovens ciganos riram. Mas Rustum el Sadi, o velho que havia trazido Orlando de Constantinopla em seu burro, ficou em silêncio. Ele tinha um nariz como uma cimitarra; suas bochechas eram sulcadas como se tivessem sido atingidas por granizo durante muito tempo; tinha a pele escura e olhos atentos e, enquanto estava sentado puxando seu narguilé, observava Orlando com atenção. Desconfiava profundamente que o Deus dela era a Natureza. Um dia, ele a encontrou chorando. Interpretando que isso significava que seu Deus a havia castigado, disse-lhe que não estava surpreso. Mostrou-lhe os dedos de sua mão esquerda, murchos pela geada; mostrou-lhe o pé direito, esmagado pela queda de uma pedra. Isso, explicou, era o que o Deus dela fazia com os seres humanos.

Quando ela disse, usando a palavra em inglês, *but so beautiful* — mas tão bonita —, ele balançou a cabeça; e, quando ela repetiu a frase, ficou furioso. Percebeu que ela não acreditava no que ele acreditava, e isso foi o suficiente, por mais sábio e ancião que fosse, para enfurecê-lo.

Essa diferença de opinião perturbou Orlando, que estivera perfeitamente feliz até então. Ela começou a pensar se a natureza era bonita ou cruel; e então se perguntou o que era essa beleza; se ela estava nas coisas em si ou apenas dentro dela mesma; assim, passou a pensar na natureza da realidade, o que a levou à verdade, que, por sua vez, levou-a ao Amor, à Amizade, à Poesia (como nos dias em que estava no alto do monte, em casa), meditações que, como ela não conseguia imaginar nenhuma palavra, fizeram-na ansiar, como nunca antes, por pena e tinta.

— Oh, se ao menos eu pudesse escrever! — gritou (pois tinha a estranha concepção, própria daqueles que escrevem, de que as palavras escritas são compartilhadas).

Ela não tinha tinta; e pouco de papel. Porém, fez tinta com frutas silvestres e vinho; e, encontrando algumas margens e espaços em branco no manuscrito "O Carvalho", conseguiu, mediante uma espécie de taquigrafia, descrever o cenário em um longo poema em versos brancos e manter um diálogo consigo mesma sobre a Beleza e a Verdade de forma bastante concisa. Isso a deixou extremamente feliz por horas a fio. No entanto, os ciganos começaram a suspeitar. Primeiro, notaram que ela ordenhava e fazia queijos com menos disposição do que antes; além disso, muitas vezes hesitava antes de responder; e uma vez um menino cigano, que estava dormindo, acordou aterrorizado ao sentir os olhos dela sobre ele. Às vezes, esse constrangimento era sentido por toda a tribo, que contava com algumas dezenas de homens e mulheres adultos. Isso se originava da sensação que eles tinham (e seus sentidos são muito aguçados e muito mais avançados do que seu vocabulário) de que tudo o que estavam fazendo se desfazia como cinzas nas mãos. Uma idosa que fazia uma cesta, um menino que esfolava uma ovelha, cantavam ou entoavam canções alegres em seu trabalho, até que Orlando entrava no acampamento, jogava-se perto do fogo e olhava para as chamas. Ela nem precisava olhar para eles, e mesmo assim sentiam que havia alguém que duvidava (fazemos uma tradução aproximada da língua cigana); aqui está alguém que não faz a coisa por fazer, nem olha por olhar; aqui está alguém que não acredita nem na pele de ovelha nem na cesta; mas vê (aqui eles olhavam apreensivos para a tenda) outra coisa. Então, um sentimento vago, mas muito desagradável, começava a agir no menino e na anciã. Rompiam as fibras; cortavam os dedos. Uma grande raiva os invadia. Desejavam que Orlando deixasse a tenda e nunca mais se aproximasse deles. No entanto, admitiam que ela era alegre e solícita; e que bastava uma de suas pérolas para comprar o melhor rebanho de cabras de Broussa.

Aos poucos, começou a sentir que havia alguma diferença entre ela e os ciganos, que a fazia hesitar, às vezes, em se casar e se estabelecer entre eles para sempre. No início, tentou justificar isso dizendo que ela provinha de uma raça antiga e civilizada, enquanto os ciganos eram um povo ignorante, não muito melhor do que os selvagens. Certa noite, quando lhe fizeram perguntas sobre a Inglaterra, ela não pôde deixar de descrever, com certo orgulho, a casa onde nasceu, como ela tinha 365 quartos e que estava sob a posse de sua família há quatrocentos ou quinhentos anos. Seus ancestrais eram condes ou até mesmo duques, acrescentou ela. Com isso, voltou a notar que os ciganos estavam desconfortáveis; mas não zangados como antes, quando ela havia elogiado a beleza da natureza. Agora, eram corteses, mas estavam também preocupados, como acontece com as pessoas de boa criação quando um estranho revela sua origem humilde ou sua pobreza. Rustum a seguiu para fora da tenda, sozinho, e disse que ela não precisava se importar se seu pai era um duque e possuía todos os quartos e móveis que ela descrevera. Nenhum deles pensaria mal dela por isso. Então, foi tomada por uma vergonha que nunca havia sentido antes. Ficou claro que Rustum e os outros ciganos consideravam uma ascendência de apenas quatrocentos ou quinhentos anos a mais insignificante possível. Suas próprias famílias remontavam a pelo menos dois ou três mil anos. Para os ciganos, cujos ancestrais haviam construído as pirâmides séculos antes do nascimento de Cristo, a genealogia dos Howard e dos Plantageneta não era melhor nem pior do que a dos Smith ou dos Jones: todas eram insignificantes. Além disso, quando um menino pastor tinha uma linhagem de tal antiguidade, não havia nada de especialmente memorável ou desejável no nascimento ancestral; vagabundos e mendigos, todos partilhavam dela. E então, embora ele fosse cortês demais para falar abertamente, ficou claro que o cigano achava que não havia ambição mais vulgar do que possuir quartos às centenas (eles estavam no topo de uma colina enquanto falavam; era noite; as montanhas se erguiam ao seu redor) quando toda a terra é nossa. Do ponto de vista dos ciganos, um duque, compreendia Orlando, não passava de um aproveitador ou ladrão que roubava terras e dinheiro de pessoas que consideravam essas coisas pouco valiosas, e que não conseguia pensar em nada melhor para fazer do que construir 365 quartos, quando um era suficiente, e nenhum era ainda melhor do que um. Ela não podia negar que seus ancestrais haviam acumulado campo após campo; casa após casa; honra após honra; no entanto, nenhum deles havia sido santo ou herói, ou grande benfeitor da raça humana. Tampouco podia rebater o argumento (Rustum era muito cavalheiro para insistir, mas ela entendia) de que qualquer homem que fizesse agora o que seus ancestrais haviam feito há trezentos ou quatrocentos anos seria denunciado — e por sua própria família, em alto e bom som — como um arrivista vulgar, um aventureiro, um novo-rico.

Ela procurou responder a esses argumentos pelo método familiar, ainda que oblíquo, de considerar a vida cigana rude e bárbara; e assim, em pouco tempo, muito ressentimento se instalou entre eles. De fato, tais diferenças de opinião são suficientes para causar derramamento de sangue e revolução. Cidades foram saqueadas por menos, e um milhão de mártires sofreram nas fogueiras no lugar de ceder um centímetro sequer em relação a qualquer um dos pontos aqui debatidos. Nenhuma paixão é mais forte no peito do homem do que o desejo de fazer com que os outros acreditem no que ele acredita. Nada corta tão profundamente a raiz de sua felicidade e o enche tanto de raiva quanto a sensação de que o outro menospreza o que ele mais valoriza. Whigs e Tories, Partido Liberal e Partido Trabalhista — pelo que eles lutam, exceto por seu próprio prestígio? Não se trata do amor à verdade, mas do desejo de prevalecer, que coloca um bairro contra o outro e faz com que uma paróquia deseje a queda de outra paróquia. Cada um deles busca a paz de espírito e a subserviência em vez do triunfo da verdade e da exaltação da virtude — contudo, essas moralidades pertencem ao historiador, e devem ser deixadas para ele, já que são tão monótonas quanto a água da vala.

— Quatrocentos e setenta e seis quartos não significam nada para eles — suspirava Orlando.

— Ela prefere um pôr do sol a um rebanho de cabras — diziam os ciganos.

O que deveria ser feito, Orlando não conseguia pensar. Deixar os ciganos e voltar a ser embaixadora lhe parecia intolerável. No entanto, era igualmente impossível permanecer para sempre onde não havia tinta nem papel para escrever, nem reverência pelos Talbot, nem respeito por uma multiplicidade de quartos. Assim ela estava pensando, em uma bela manhã, nas encostas do Monte Atos, enquanto cuidava de suas cabras. E então, a Natureza, em quem ela confiava, ou lhe pregou uma peça ou fez um milagre — mais uma vez, as opiniões divergem demais para que seja possível dizer qual delas. Orlando estava olhando desconsoladamente para a encosta íngreme da colina à sua frente. Era pleno verão e, se tivéssemos que comparar a paisagem a alguma coisa, seria a um osso seco; a um esqueleto de ovelha; a um crânio gigantesco descarnado por mil abutres. O calor era intenso, e a pequena figueira sob a qual Orlando estava deitada só servia para imprimir estampas das folhas sobre seu manto claro.

De repente, uma sombra, embora não houvesse nada que a projetasse, surgiu do lado oposto da montanha árida. Aumentou rapidamente, e logo uma depressão verde apareceu onde antes havia uma rocha estéril. Enquanto ela olhava, a depressão se aprofundou e se alargou, e um grande espaço, semelhante a um parque, abriu-se no flanco da colina. Lá dentro, ela podia ver um gramado ondulante e verdejante; podia ver carvalhos pontilhados aqui e ali; podia ver os tordos saltitando entre os galhos. Podia ver os cervos passando delicadamente de sombra em sombra, e podia até ouvir o zumbido dos insetos e os suaves suspiros e arrepios de um dia de verão na Inglaterra. Depois de contemplar, fascinada, por algum tempo, a neve começou a cair; logo, toda a paisagem estava coberta e marcada com tons violeta em vez da luz amarela do sol. Agora ela via carroças pesadas passando pelas estradas, carregadas de troncos de árvores que, sabia ela, eram transportados para serem serrados e transformados em lenha; e então apareceram os telhados, os campanários, as torres e os pátios de sua própria casa. A neve caía incessantemente, e ela agora podia ouvir o barulho que fazia ao deslizar pelo telhado e cair no chão. A fumaça subia de milhares de chaminés. Tudo estava tão claro e nítido que ela podia ver uma gralha bicando minhocas na neve. Então, gradualmente, as sombras violeta se aprofundaram e se fecharam sobre as carroças, os gramados e a própria casa grande. Tudo foi engolido. Não restava nada, agora, do vale verdejante e, em vez dos gramados, havia apenas a encosta escaldante que milhares de abutres pareciam ter desnudado. Diante disso, ela desatou em uma explosão de lágrimas e, voltando ao acampamento dos ciganos, disse-lhes que deveria embarcar para a Inglaterra no dia seguinte.

Foi uma sorte para ela que tenha feito isso. Os rapazes já haviam planejado sua morte. Diziam que a honra o exigia, pois ela não pensava da mesma forma que eles. No entanto, teriam lamentado cortar sua garganta; e receberam com alegria a notícia de sua partida . Um navio mercante inglês, por sorte, já estava a postos no porto, prestes a voltar para a Inglaterra; e Orlando, ao arrancar outra pérola de seu colar, não só pagou a passagem como ainda ficou com algumas notas na carteira. Gostaria de dar essas notas aos ciganos. Mas eles desprezavam a riqueza, ela sabia; e precisou contentar-se com abraços, que, de sua parte, eram sinceros.

4

Com alguns dos guinéus que sobraram da venda da décima pérola do seu colar, Orlando comprara um conjunto completo de roupas como as que as mulheres usavam à época, e era vestida como uma jovem inglesa de alta posição social que ela se sentava agora no convés do *Enamoured Lady*. É um fato estranho, mas verdadeiro, que até então ela mal pensasse no seu sexo. Talvez as calças turcas que usara anteriormente tivessem contribuído para distrair os seus pensamentos; e as mulheres ciganas, exceto por um ou dois pormenores importantes, diferem muito pouco dos homens ciganos. De qualquer forma, foi só quando ela sentiu suas saias enrolando-se nas pernas e o capitão ofereceu, com a maior cortesia, um toldo para ela no convés, que percebeu, com um sobressalto, as penalidades e os privilégios de sua posição. Esse sobressalto, contudo, não foi do tipo que se poderia esperar.

Não foi causado, diga-se de passagem, apenas e tão somente pela ideia de sua castidade e de como ela poderia preservá-la. Em circunstâncias normais, uma jovem adorável e sozinha não pensaria em outra coisa; toda a arquitetura que sustenta o sistema de governo sobre o feminino se baseia nessa pedra fundamental; a castidade é sua joia, sua peça central, que todas protegem loucamente e pela qual morrem quando lhes é arrebatada. Porém, se alguém foi homem por cerca de trinta anos, e de quebra embaixador, se envolveu uma Rainha em seus braços e uma ou duas outras damas, se o relato estiver correto, de posição menos elevada, se foi casado com uma Rosina Pepita, e assim por diante, talvez não se importe tanto com isso. O sobressalto de Orlando foi bastante complicado, e não pode ser explicado em poucas palavras. Ninguém, de fato, jamais a acusou de ser uma daquelas pessoas de raciocínio rápido, que resolvem as coisas em um minuto. Precisou da viagem inteira para entender o significado do sobressalto e, portanto, em seu próprio ritmo, nós a seguiremos.

— Deus! — pensou ela, quando se recuperou do seu sobressalto, espreguiçando-se sob o toldo. — Este é, sem dúvida, um modo de vida agradável e descansado. No entanto — continuou ela, movimentando as pernas —, estas saias são um tormento para se ter nos calcanhares. No entanto, o material (cetim florido) é o mais bonito do mundo. Nunca vi minha própria pele — aqui ela colocou a mão no joelho — ficar tão bem como agora. Mas será que eu poderia pular no mar e nadar com roupas como estas? Não! Portanto, teria que confiar na proteção de um casaca azul. Teria eu alguma objeção em relação a isso? Teria? — perguntou a si mesma, encontrando aqui o primeiro nó na suave meada de seus argumentos.

O jantar chegou antes que ela o tivesse desamarrado, e então foi o próprio capitão — Capitão Nicholas Benedict Bartolus, capitão de navio de aspecto distinto — que fez isso por ela enquanto a ajudava a comer uma fatia de carne em conserva.

— Um pouco da gordura, senhora? — perguntou ele. — Deixe-me cortar uma fatia mínima, do tamanho da unha do seu dedo.

Ao ouvir essas palavras, um delicioso tremor percorreu seu corpo. Pássaros cantaram; torrentes se precipitaram. Elas lhe lembraram da sensação de prazer indescritível que sentiu ao ver Sasha pela primeira vez, centenas de anos atrás. Naquele momento, ela havia perseguido, agora, fugia. Qual é o maior êxtase? O do homem ou o da mulher? Por acaso não são iguais? "Não", pensou, "o mais delicioso (agradecendo ao capitão, mas recusando) é recusar e vê-lo franzir a testa". Bem, ela aceitaria, se ele quisesse, o menor e mais delgado fragmento do mundo. Era delicioso demais, ceder e vê-lo sorrir. "Pois nada", imaginou, voltando para o divã no convés e retomando o raciocínio "é mais celestial do que resistir e ceder; ceder e resistir. Sem dúvida, isso lança o espírito em um êxtase tão elevado como nenhum outro. Por isso, não estou certa", prosseguiu, "se gostaria de me jogar ao mar, apenas pelo simples prazer de ser resgatada por um casaca azul". (É preciso lembrar que ela era como uma criança tomando posse de um jardim secreto ou de um armário de brinquedos; seus argumentos não convenceriam mulheres maduras, habituadas desde sempre a esse tipo de coisa).

"Mas o que nós, os rapazes na cabine do *Marie Rose*, dizíamos sobre a mulher que se jogou ao mar pelo prazer de ser resgatada por um casaca azul?", disse ela. "Tínhamos uma palavra para ela. Ah! Lembrei..." (Mas devemos omitir essa palavra; era extremamente desrespeitosa nos lábios de uma dama.)

— Deus! Deus! — exclamou novamente perante a conclusão de seus pensamentos. — Devo então começar a respeitar a opinião do outro sexo, por mais monstruosa que eu a considere? Se eu uso saias, se não posso nadar, se tenho que ser resgatada por um casaca azul, por Deus! — gritou — Devo!

Diante disso, uma melancolia se abateu sobre ela. Franca por natureza e avessa a todo tipo de tergiversação, mentir a entediava. Parecia-lhe um caminho tortuoso. No entanto, refletiu, se o cetim florido, se o prazer de ser resgatada por um casaca azul, se isso só pudesse ser obtido por caminhos tortuosos, então deveria seguir por caminhos tortuosos, imaginou. Lembrou-se de como, quando era um jovem rapaz, havia insistido que as mulheres deveriam ser obedientes, castas, perfumadas e estar primorosamente vestidas. "Agora terei de pagar pessoalmente por esses desejos", refletiu, "pois as mulheres não são (a julgar por minha breve experiência com o sexo) obedientes, castas, perfumadas e primorosamente nem requintadamente equipadas por natureza. Elas só podem alcançar essas graças, sem as quais não podem desfrutar de nenhum dos prazeres da vida, por meio da mais tediosa disciplina. Há o penteado", pensou, "que por si só tomará uma hora da minha manhã; há o tempo em frente ao espelho, mais uma hora; há o permanecer firme e apertar o corpete; há o lavar-se e passar pó de arroz; há o trocar-se de seda para renda e de renda para cetim; e há o manter-se casta o tempo todo". Nesse ponto, ela balançou o pé com impaciência e mostrou um ou dois centímetros de panturrilha. Um marinheiro no mastro, que por acaso olhava para baixo naquele momento, sobressaltou-se tão violentamente que perdeu o equilíbrio e só se salvou por um triz. "Se a visão dos meus tornozelos significa a morte para um sujeito honesto que, sem dúvida, tem uma esposa e uma família para sustentar, devo, por uma questão de humanidade, mantê-los cobertos", pensou Orlando. No entanto, suas pernas estavam entre seus maiores encantos. E ela começou a pensar em como é estranho que tenhamos chegado a um ponto em que toda a beleza de uma mulher tenha de ser mantida coberta, para que um marinheiro não caia da cabeça de um mastro.

— Danem-se! — disse ela, percebendo, pela primeira vez, o que, em outras circunstâncias, teriam lhe ensinado quando criança, ou seja, as responsabilidades sagradas da feminilidade.

"E esse será o último xingamento que poderei fazer", pensou ela, "antes de pisar em solo inglês. E nunca mais poderei quebrar a cabeça de um homem, nem dizer-lhe que está mentindo descaradamente, nem desembainhar minha espada e atravessar-lhe o corpo, nem sentar-me entre meus pares, nem usar uma coroa, nem andar em procissão, nem condenar um homem à morte, nem liderar um exército, nem cavalgar pelo Whitehall em um corcel, nem exibir setenta e duas medalhas diferentes em meu peito. Tudo o que poderei fazer, após pisar em solo inglês, será servir chá e perguntar aos meus senhores como eles o preferem.

— O senhor gostaria de açúcar? O senhor gostaria de creme?

E, ao pronunciar as palavras, ficou horrorizada ao perceber quão baixa era a opinião que formara sobre o outro sexo, o masculino, ao qual outrora tivera orgulho de pertencer. "Cair de cabeça de um mastro", pensou, "ao ver os tornozelos de uma mulher; vestir-se como um Guy Fawkes e desfilar pelas ruas, para que as mulheres o enalteçam; negar instrução a uma mulher para que ela não ria de você; ser escravo da mais frágil moça de anáguas e, ainda assim, andar por aí como o Senhor da criação. Céus!", pensou, "como nos fazem de tolos — que tolos somos!" E aqui parece que, devido a alguma ambiguidade em seus termos, ela estava censurando ambos os sexos igualmente, como se não pertencesse a nenhum deles; e, de fato, por enquanto, ela parecia hesitar; era homem; era mulher; conhecia os segredos, compartilhava as fraquezas de cada um. Era um estado de espírito extremamente confuso e vertiginoso. Os confortos da ignorância lhe pareciam totalmente negados. Era uma pluma levada pelo vendaval. Assim, não era de se estranhar que, ao confrontar um sexo contra o outro e descobrir que cada um deles estava repleto das mais deploráveis patologias, e não ter certeza a qual deles pertencia — não era de se estranhar que ela estivesse a ponto de gritar que voltaria para a Turquia e retornaria aos ciganos quando a âncora mergulhou com um grande estrondo no mar; as velas se precipitaram sobre o convés e ela percebeu (tão imersa em pensamentos que não havia visto nada por vários dias) que o navio estava ancorado na costa da Itália. O capitão imediatamente pediu-lhe a honra de acompanhá--la até a praia no barco a remo.

Quando ela retornou na manhã seguinte, esticou-se no sofá sob o toldo e arrumou os drapeados, com o maior decoro, na altura dos tornozelos.

"Por mais ignorantes e pobres que sejamos em comparação com o outro sexo", pensou, continuando a frase que havia deixado inacabada no outro dia, "equipados com todas as armas como estão, enquanto nos privam até mesmo do conhecimento do alfabeto" (e, por essas palavras iniciais, fica claro que algo aconteceu durante a noite que a empurrou na direção do sexo feminino, pois agora ela falava mais como mulher do que como homem, porém com uma espécie de contentamento), "ainda assim — eles caem da ponta do mastro". Nesse ponto, ela deu um grande bocejo e adormeceu. Quando acordou, o navio estava navegando sob uma brisa agradável, tão perto da costa que as cidades à beira dos penhascos pareciam impedidas de escorregar para a água apenas pela interposição de alguma grande rocha ou pelas raízes retorcidas de alguma antiga oliveira. O aroma de laranjas, que emanava de um milhão de árvores carregadas de frutas, chegava até ela no convés. Vários golfinhos azuis, movimentando as caudas, saltavam alto, de vez em quando, no ar. Esticando os braços (braços, como ela já havia aprendido, não têm um efeito fatal como as pernas), agradeceu aos Céus por não estar desfilando pelo Whitehall em um corcel de guerra, nem mesmo condenando um homem à morte. "É melhor", pensou, "estar vestida de pobreza e ignorância, que são as roupas escuras do sexo feminino; é melhor deixar o governo e a disciplina do mundo para os outros; é melhor abandonar a ambição marcial, o amor pelo poder e todos os outros desejos masculinos, para que se possa desfrutar mais plenamente dos mais elevados arrebatamentos conhecidos pelo espírito humano", que são:

— Contemplação, solidão, amor — disse em voz alta, como era seu hábito quando estava profundamente emocionada.

Então exclamou:

— Louvado seja Deus por eu ser mulher!

Estava prestes a cair na extrema tolice (que não é mais angustiante nem na mulher nem no homem) de se orgulhar de seu sexo, quando fez uma pausa na singular palavra, que, por mais que tentemos colocá-la em seu devido lugar, infiltrou-se no final da última frase: Amor.

— Amor — disse Orlando.

Imediatamente (tal é a sua impetuosidade) o amor assumiu uma forma humana (tal é o seu orgulho). Pois, onde outros pensamentos se contentam em permanecer abstratos, nada satisfará a este, a não ser vestir-se de carne e osso, mantilha e anáguas, meias e gibão. E como todos os amores de Orlando haviam sido mulheres, agora, devido à lamentável lentidão da estrutura humana em se adaptar às convenções, embora ela fosse mulher, continuava a amar uma mulher; e se a consciência de ser do mesmo sexo tinha algum efeito, era o de acelerar e aprofundar os sentimentos que ela tivera como homem. Pois agora mil pistas e mistérios que antes eram obscuros se tornaram claros para ela. Agora, a obscuridade, que divide os sexos e deixa pairar inúmeras impurezas em sua penumbra, foi removida, e, se há algo naquilo que o poeta diz sobre verdade e beleza, esse afeto ganhou em

beleza o que perdeu em falsidade. Finalmente, exclamou, conheceu Sasha como era e, no ardor dessa descoberta e na busca de todos os tesouros que agora lhe eram revelados, sentiu-se tão arrebatada e encantada que foi como se uma bala de canhão tivesse explodido em seu ouvido quando a voz de um homem disse:

— Permita-me, senhora. — A mão de um homem a pôs de pé; e os dedos de um homem, com um veleiro de três mastros tatuado no dedo médio, apontaram para o horizonte. — Os penhascos da Inglaterra, senhora — disse o capitão, e levantou a mão que havia apontado para o céu para a continência. Orlando teve então um segundo sobressalto, ainda mais violento que o primeiro.

— Jesus Cristo! — exclamou.

Felizmente, a visão de sua terra natal depois de uma longa ausência justificava tanto o sobressalto quanto a exclamação, caso contrário, teria sido difícil explicar ao Capitão Bartolus as emoções conflituosas e intensas que agora fervilhavam dentro dela. Como contar-lhe que ela, que agora tremia apoiada em seu braço, havia sido duque e embaixador? Como explicar que ela, que fora envolvida como um lírio em camadas de cetim,

Orlando em seu retorno à Inglaterra

havia cortado cabeças e se deitado com mulheres perdidas entre sacos de tesouro nos porões de navios piratas em noites de verão, quando as tulipas estavam em flor e as abelhas zumbiam nas antigas escadas de Wapping? Nem para si mesma ela poderia explicar o gigantesco sobressalto que teve quando a resoluta mão direita do capitão do navio indicou os penhascos das Ilhas Britânicas.

— Recusar e ceder — murmurou ela —, que delícia; perseguir e conquistar, que grandioso; perceber e raciocinar, que sublime.

Nenhuma dessas palavras combinadas lhe parecia errada; no entanto, à medida que os penhascos rochosos se aproximavam, ela se sentia culpada; desonrada; impura; o que, para alguém que nunca havia pensado no assunto, era estranho. Eles foram se aproximando cada vez mais, até que os coletores de salicórnias, pendurados na metade do penhasco, ficaram visíveis a olho nu.

E ao vê-los sentiu, agitando-se dentro dela, como um fantasma zombeteiro que, em outro instante, levantaria suas saias e se esgueiraria até desaparecer de vista, Sasha, a perdida, Sasha, a lembrança, cuja realidade

ela havia provado há pouco de forma tão surpreendente — Sasha, sentiu, zombando e fazendo todos os tipos de gestos desrespeitosos em direção aos penhascos e aos coletores de salicórnias; e, quando os marinheiros começaram a entoar a tradicional estrofe "*So, good-bye and adieu to you, Ladies of Spain*", as palavras ecoaram no coração triste de Orlando, e ela sentiu que, por mais que desembarcar ali significasse conforto, significasse opulência, significasse consequência e status (pois sem dúvida se casaria com algum príncipe nobre e reinaria, como sua consorte, sobre metade de Yorkshire), ainda assim, se isso significava convencionalidade, significava escravidão, significava falsidade, significava negar seu amor, acorrentar seus membros, cerrar os lábios e restringir sua língua, então ela daria meia-volta com o navio e zarparia mais uma vez rumo aos ciganos.

Em meio à pressa desses pensamentos, no entanto, surgia agora, como uma cúpula de mármore branco e liso, uma coisa que, fosse fato ou fantasia, era tão impressionante para sua imaginação febril que ela se fixou nela como quem vê um enxame de libélulas vibrantes pousar, com aparente satisfação, sobre a campânula de vidro que abriga alguma planta tenra. Seu formato, pelos caprichos da fantasia, lembrava-lhe aquela memória mais antiga e persistente — o homem com a testa grande na sala de estar de Twitchett, o homem que estava sentado escrevendo, ou melhor, olhando, mas certamente não para ela, pois ele parecia nunca tê-la visto ali, toda imponente em sua elegância, como o belo rapaz que não podia negar ter sido — e, sempre que pensava nele, esse pensamento se espalhava ao redor, como a lua cheia em águas turbulentas, um lençol de prata sereno. Agora, levou a mão ao peito (a outra ainda estava segurando a do capitão), onde as páginas de seu poema estavam escondidas em segurança. Talvez fosse um talismã que ela guardava ali. A distração do sexo, que era o dela, e o que ele significava, diminuiu; passou a pensar apenas na glória da poesia, e os grandes versos de Marlowe, Shakespeare, Ben Jonson e Milton começaram a ressoar e a reverberar, como se um badalo dourado batesse contra um sino dourado na torre da catedral que era a sua mente. A verdade era que a imagem da cúpula de mármore que seus olhos haviam descoberto a princípio de forma tão tênue que sugeriu a testa de um poeta e, assim, deu início a um fluxo de ideias irrelevantes, não era uma invenção, mas sim realidade; e, à medida que o navio avançava pelo Tâmisa em meio a um vento favorável, a imagem, com todas as suas associações, deu lugar à verdade e se revelou como nada mais, nada menos, do que a cúpula de uma vasta catedral que se erguia entre uma rede de pináculos brancos.

— St. Paul — disse o capitão Bartolus, que estava ao lado dela. — A Torre de Londres — prosseguiu ele. — O Hospital de Greenwich, erguido em memória da Rainha Maria por seu falecido marido, Sua Majestade, Guilherme III. A Abadia de Westminster. As Casas do Parlamento.

Enquanto ele falava, cada um desses famosos edifícios surgia à vista. Era uma bela manhã de setembro. Uma miríade de pequenas embarcações navegava de margem a margem. Raramente um espetáculo mais alegre ou mais interessante se apresentava aos olhos de um viajante que retornava. Orlando inclinou-se sobre a proa, absorta em admiração. Seus olhos haviam se acostumado de tal modo com selvagens e com a natureza que não podiam deixar de ficar fascinados por essas glórias urbanas. Aquela, então, era a cúpula de St. Paul que o sr. Wren havia construído durante sua ausência. Perto dali, uma explosão de cabelos dourados surgiu de um pilar — o Capitão Bartolus estava ao seu lado para informá-la de que aquele era o Monumento; ele disse que houvera uma peste e um incêndio durante sua ausência. Por mais que tentasse contê-las, as lágrimas chegaram aos seus olhos, até que, lembrando-se de que é próprio de uma mulher chorar, ela as deixou cair. Aqui, pensou, havia sido o grande festival. Aqui, onde as ondas batiam com força, estivera o Pavilhão Real. Aqui ela conheceu Sasha. Por aqui (olhou para as águas cintilantes) costumava-se ver a mulher do barco, congelada, com suas maçãs no colo. Todo aquele esplendor e aquela corrupção haviam desaparecido. Também haviam desaparecido a noite escura, a chuva monstruosa e as violentas ondas da enchente. Aqui, onde icebergs amarelos haviam corrido em círculos com uma tripulação de infelizes aterrorizados sobre eles, flutuava um bando de cisnes, altivos, ondulantes, magníficos. A própria Londres havia mudado completamente desde a última vez que ela a havia visto. Antes, lembrava-se, era um amontoado de pequenas casas pretas e carrancudas. As cabeças dos rebeldes sorriam grotescamente em estacas na Barreira de Temple. As calçadas de paralelepípedos cheiravam a lixo e a esterco. Agora, enquanto o navio passava por Wapping, ela vislumbrava ruas largas e ordenadas. Carruagens imponentes, puxadas por cavalos bem alimentados, aguardavam nas portas das casas, cujas janelas em arco, com vidros laminados e aldravas lustradas, testemunhavam a riqueza e a dignidade recatada dos moradores. Senhoras em roupas de seda florida (ela levou a luneta do capitão aos olhos) caminhavam por calçadas elevadas. Cidadãos com casacos bordados consumiam rapé nas esquinas, sob postes de iluminação. Ela avistou uma variedade de placas pintadas balançando ao sabor da brisa e pôde ter uma ideia rápida, a partir do que estava pintado nelas, do tabaco, do tecido, da seda, do ouro, dos artigos de prata, das luvas, dos perfumes e dos milhares de outros artigos que eram vendidos ali. Não podia fazer mais, enquanto o navio navegava para o seu ancoradouro na Ponte de Londres, do que lançar um olhar para as janelas das cafeterias onde, como o tempo estava bom, muitos cidadãos respeitáveis estavam sentados à vontade, nas varandas, com pratos de porcelana à sua frente, cachimbos de argila ao lado, enquanto um deles lia as notícias e era frequentemente interrompido pelas risadas ou comentários dos outros. Seriam aquelas tavernas, seriam aqueles homens espirituosos, seriam aqueles poetas, perguntou ela ao capitão Bartolus, que, gentilmente, informou que, mesmo agora — se ela virasse a cabeça um pouco para a esquerda e olhasse na direção que apontava com seu dedo indicador — eles estavam passando pela chocolateria Cocoa Tree, onde — sim, lá estava ele — era possível ver o sr. Addison tomando café; os outros dois cavalheiros:

— Ali, senhora, um pouco à direita do poste de luz, um deles corcunda, o outro mais parecido com a senhora ou comigo.

Eram o sr. Dryden e o sr. Pope.[10]

— Tristes cães — disse o capitão, querendo dizer que eles eram papistas —, mas homens de valor, mesmo assim — acrescentou, apressando-se em direção à popa para supervisionar os preparativos para o desembarque.

— Addison, Dryden, Pope.

Orlando repetiu como se as palavras fossem um encantamento. Por um momento, ela vira as altas montanhas acima de Broussa e, a seguir, pôs os pés em sua terra natal.

No entanto, Orlando logo aprenderia quão pouco vale a mais tempestuosa onda de entusiasmo contra o semblante inflexível da lei; quão mais dura do que as pedras da Ponte de Londres ela é, e mais severa do que os lábios de um canhão. Assim que ela retornou à sua casa em Blackfriars, foi informada por uma sucessão de mensageiros da Bow Street e outros emissários importantes dos Tribunais de Justiça que era parte em três ações judiciais importantes que haviam sido movidas contra ela durante sua ausência, bem como em inúmeros processos menores, alguns decorrentes e outros dependentes daqueles. As principais acusações contra ela eram: (1) que estava morta e, portanto, não poderia possuir nenhuma propriedade; (2) que era mulher, o que equivalia praticamente à mesma coisa; (3) que fora um duque inglês que havia se casado com Rosina Pepita, dançarina; e que tivera com ela três filhos, que, agora, declarando que o pai era falecido, reivindicavam que todos os bens dele lhes pertenciam. É claro que acusações tão graves como essas exigiriam tempo e dinheiro para serem resolvidas. Todas as suas propriedades foram colocadas sob custódia da Chancelaria e seus títulos considerados suspensos enquanto os processos estivessem tramitando. Assim, foi em uma condição altamente ambígua, incerta quanto

---

[10] O capitão deve ter se enganado, como uma consulta a qualquer livro didático de literatura mostrará; mas foi um erro amável e, por isso, deixamos que ele permaneça.

a se estava viva ou morta, se era homem ou mulher, duque ou ninguém, que ela seguiu para sua casa de campo, onde, enquanto aguardava o julgamento dos processos, tinha permissão da lei para residir em um estado de incógnito ou incógnita, conforme o caso.

Era um belo fim de tarde de dezembro quando ela chegou, a neve caía e as sombras violeta se inclinavam da mesma forma que ela as vira no topo da colina em Broussa. A grande casa parecia mais uma cidade do que uma casa, marrom e azul, rosa e púrpura na neve, com todas as suas chaminés fumegando como se estivessem inspiradas por uma vida própria. Ela não conseguiu conter um grito ao vê-la ali, tranquila e imponente, estendida sobre os prados. Quando a carruagem amarela entrou no parque e foi avançando suavemente pelo caminho entre as árvores, os cervos vermelhos levantaram a cabeça como se estivessem esperando, e observou-se que, em vez de mostrarem a timidez natural de sua espécie, seguiram a carruagem e pararam no pátio quando ela parou. Alguns balançavam seus chifres, outros arrastavam as patas no chão quando o degrau foi baixado e Orlando desceu. Dizem que um deles chegou a se ajoelhar na neve diante dela. Ela não teve tempo de estender a mão até a aldrava antes que as duas asas da grande porta se abrissem, e lá, com lamparinas e tochas erguidas acima de suas cabeças, estavam a sra. Grimsditch, o sr. Dupper e todo um séquito de criados que vieram cumprimentá-la. Contudo, a procissão ordenada foi interrompida primeiro pela impetuosidade de Canute, o elkhound, que se atirou com tanto ardor sobre sua dona que quase a derrubou no chão; em seguida, pela agitação da sra. Grimsditch, que, ao tentar fazer uma reverência, foi tomada pela emoção e não conseguiu mais do que arfar Milorde! Milady! Milady! Milorde! até que Orlando a confortou com um beijo caloroso sobre as maçãs do rosto. Depois disso, o sr. Dupper começou a ler de um pergaminho, mas, com os cães latindo, os caçadores tocando seus berrantes e os cervos, que haviam entrado no pátio em meio à confusão, uivando para a Lua, não houve muito progresso, e o grupo se dispersou para dentro da casa, depois de se aglomerar em torno de sua Senhora e demonstrar de todas as formas a grande alegria que sentiam com seu retorno.

Ninguém demonstrou a menor suspeita de que Orlando não era o Orlando que eles haviam conhecido. Se houvesse alguma dúvida na mente humana, a atitude dos cervos e dos cães teria sido suficiente para dissipá-la, pois essas criaturas, como se sabe, julgam muito melhor a identidade e o caráter do que nós. Além disso, disse a sra. Grimsditch para o sr. Dupper naquela noite, com sua xícara de chá de porcelana, que, se seu Lorde era uma Lady agora, ela nunca vira uma mais encantadora, e não havia nenhuma diferença entre os dois; um era tão querido quanto o outro; era como dois pêssegos de um mesmo galho; o que, disse a sra. Grimsditch, em tom confidencial, ela sempre suspeitara (aqui ela assentiu com a cabeça muito misteriosamente), e não era nenhuma surpresa para ela (aqui ela assentiu com a cabeça muito conscientemente) e, de sua parte, isso era um grande conforto; pois, com as toalhas precisando ser remendadas e as cortinas da sala do capelão sendo comidas por traças nas bordas, já era hora de terem uma senhora entre eles.

— E alguns pequenos herdeiros e herdeiras que a seguirão — acrescentou o sr. Dupper, tendo o privilégio, em virtude de seu cargo sagrado, de dizer o que pensava sobre assuntos tão delicados como esses.

Assim, enquanto os velhos serviçais fofocavam no salão dos criados, Orlando pegou um candelabro de prata na mão e percorreu mais uma vez os salões, as galerias, os pátios, os quartos; viu novamente o rosto sombrio desse Lorde Keeper, daquele Lorde Chamberlain, entre seus ancestrais; sentou-se, ora em um trono, ora reclinada em um confortável dossel; observou a tapeçaria, como ela balançava; viu os caçadores cavalgando e Daphne fugindo; mergulhou a mão, como adorava fazer quando criança, na poça de luz amarela que o luar produzia ao passar pelo Leopardo heráldico na janela; deslizou pelas tábuas polidas da galeria, cujo reverso era de madeira bruta; tocou esta seda, aquele cetim; imaginou que os golfinhos esculpidos nadavam; escovou seus cabelos com a escova de prata do Rei Jaime; enterrou o rosto no *pot pourri*, que era feito como o Conquistador ensinara há muitas centenas de anos e usando as mesmas rosas; olhou para o jardim e imaginou os açafrões adormecidos, as dálias dormentes; viu as ninfas frágeis brilhando brancas na neve e as grandes sebes pretas de teixo, grossas como uma casa, na parte de trás; viu as laranjeiras e as nespereiras gigantes — tudo isso ela viu, e cada visão e som, da maneira rude com que escrevemos, encheu seu coração com tal desejo e bálsamo de alegria que, por fim, cansada, entrou na capela e afundou na velha poltrona vermelha em que seus ancestrais costumavam ouvir a missa. Lá, ela acendeu um charuto (era um hábito que havia trazido do Oriente) e abriu o livro de orações.

Era um livrinho encadernado em veludo, costurado com fio de ouro, que havia sido segurado pela Rainha Maria da Escócia no cadafalso, e olhos piedosos podiam detectar uma mancha amarronzada, que se dizia proveniente de uma gota de sangue real. Entretanto, quem ousaria dizer que pensamentos piedosos isso despertou em Orlando, que paixões malignas adormeceu, considerando que, de todas as comunhões, essa com a divindade é a mais inescrutável? O romancista, o poeta, o historiador, todos titubeiam com a mão nessa porta; nem o próprio crente consegue iluminar-nos, pois estará ele mais pronto para morrer do que outras pessoas, ou mais ansioso para compartilhar seus bens? Ele não mantém tantas criadas e cavalos de carruagem quanto o resto? Ainda assim, com tudo isso, sustenta uma fé que, segundo diz, deveria transformar os bens em vaidade e a morte em algo desejável. No livro de orações da Rainha, junto com a mancha de sangue, havia também uma mecha de cabelo e uma migalha de doce; Orlando agora acrescentava a essas lembranças um pouco de tabaco e, assim, lendo e fumando, movia-se da mistura humana de todos eles — o cabelo, o doce, a mancha de sangue, o tabaco — para um estado de contemplação que lhe proporcionava um ar reverente, adequado às circunstâncias, embora não tivesse, segundo se diz, tráfego algum com o Deus habitual. Nada, no entanto, pode ser mais arrogante, embora nada seja mais comum, do que presumir que só existe um Deus e nenhuma outra religião a não ser a do orador. Orlando, ao que parece, tinha sua própria fé. Com todo o ardor religioso do mundo, ela agora refletia sobre seus pecados e as imperfeições que haviam se infiltrado em seu estado espiritual. A letra S, refletiu ela, é a serpente do Éden do poeta. Fizesse ela o que fizesse, ainda havia muitos desses répteis pecaminosos nas primeiras estrofes de "O Carvalho". Mas o "S" não era nada, em sua opinião, comparado aos gerúndios. O particípio presente é o próprio Demônio, pensou (agora que estamos no lugar de acreditar em Demônios). Evitar tais tentações é o primeiro dever do poeta, concluiu ela, pois, como o ouvido é a antecâmara da alma, a poesia pode adulterar e destruir com mais certeza do que a luxúria ou a pólvora. O poeta está, então, no ofício mais alto de todos, prosseguiu. Suas palavras chegam até onde as dos outros falham. Uma canção tola de Shakespeare fez mais pelos pobres e pelos ímpios do que todos os pregadores e filantropos do mundo. Portanto, nenhum tempo, nenhuma devoção podem ser grandes demais, o que torna o veículo de nossa mensagem menos distorcido. Devemos moldar nossas palavras até que elas sejam o mais fino anteparo para nossos pensamentos. Os pensamentos são divinos. Portanto, é óbvio que ela estava de volta aos confins de sua própria religião, que o tempo apenas havia fortalecido na sua ausência, e que estava adquirindo rapidamente a intolerância da fé.

— Estou crescendo — pensou, pegando seu círio finalmente. — Estou perdendo algumas ilusões — afirmou, fechando o livro da Rainha Maria —, talvez para adquirir outras.

E desceu até os túmulos onde jaziam os ossos de seus ancestrais.

No entanto, até mesmo os ossos de seus ancestrais, Sir Miles, Sir Gervase e os demais, haviam perdido algo de sua santidade desde que Rustum el Sadi acenara com a mão naquela noite nas montanhas asiáticas. De alguma forma, o fato de que, apenas três ou quatro centenas de anos atrás, esses esqueletos haviam sido homens com um caminho a percorrer no mundo, como qualquer outro arrivista moderno, e que o haviam feito adquirindo casas e cargos, jarreteiras e braceletes, como qualquer outro arrivista faz, enquanto poetas, talvez, e homens de grande espírito e instrução haviam preferido a tranquilidade do campo, por cuja escolha pagaram o preço da extrema pobreza, e agora vendiam jornais na Strand ou pastoreavam ovelhas nos campos, enchia-a de remorso. Já na cripta, pensou nas pirâmides egípcias e nos ossos que se encontravam sob elas; e as vastas colinas vazias que se encontram acima do Mar de Mármara pareciam, no momento, um lugar mais agradável do que essa mansão de muitos cômodos, na qual não faltava colcha em nenhuma das camas e nem tampos de prata aos pratos de prata.

— Estou crescendo — pensou, pegando seu círio. — Estou perdendo minhas ilusões, talvez para adquirir novas.

E caminhou pela longa galeria até seu quarto. Era um processo desagradável e incômodo. Mas interessante, surpreendentemente, pensou, esticando as pernas em direção à lareira (pois não havia nenhum marinheiro presente), e analisou, como se fosse uma avenida de grandes edifícios, a evolução de si mesma ao longo de seu próprio passado.

Como ela havia adorado o som quando era um menino, e achava que a profusão de sílabas tumultuadas saindo dos lábios era a melhor de todas as poesias. Então — talvez por causa do efeito de Sasha e de sua desilusão —, nesse frenesi intenso, deixou cair uma gota preta que transformou sua rapsódia em letargia. Lentamente, abria-se dentro dela algo intrincado e com muitos compartimentos, nos quais é preciso usar uma tocha a fim de explorar, em prosa e não em verso; e ela se lembrou de como havia estudado apaixonadamente aquele médico de Norwich, Browne, cujo livro estava ali ao seu alcance. Ela havia se formado aqui, na solidão, depois de seu envolvimento com Greene, ou havia tentado se formar, pois Deus sabe que esses crescimentos demoram muito para chegar, um espírito capaz de resistir.

— Escreverei — disse — o que gosto de escrever.

E assim rascunhou vinte e seis volumes. No entanto, apesar de todas as suas viagens e aventuras e reflexões profundas e viradas para um lado e para o outro, ela estava apenas em processo de fabricação. O que o futuro poderia lhe trazer, só Deus sabia. A mudança era constante, e a mudança talvez nunca cessasse. Elevados bastiões do pensamento; hábitos que pareciam duráveis como pedra caíam como sombras ao toque de outra mente e deixavam um céu despido e novas estrelas cintilando nele. Então, ela foi até a janela e, apesar do frio, não pôde deixar de abri-la. Inclinou-se para o ar úmido da noite. Ouviu o uivo de uma raposa no bosque e o ruído de um faisão vagando pelos galhos. Ouviu a neve deslizando e caindo do telhado para o chão.

— Pela minha vida — exclamou —, isto é mil vezes melhor do que a Turquia, Rustum — gritou, como se estivesse discutindo com o cigano (e, com esse novo poder de criar uma discussão em sua mente e continuá-la com alguém que não estava lá para contradizê-la, revelou, mais uma vez, o desenvolvimento de sua alma). — Você estava errado. Aqui é melhor do que a Turquia. Cabelo, confeitaria, tabaco; de que tipos de coisas estamos nos compondo — disse ela, pensando no livro de orações da Rainha Maria. — Que fantasmagoria é a mente e que local de encontro de elementos variados. Em um momento, deploramos nosso nascimento e status e aspiramos a uma exaltação ascética; no momento seguinte, somos dominados pelo aroma de algum caminho de jardim antigo e choramos ao ouvir o canto dos tordos.

E assim, desnorteada como de costume pela multidão de coisas que pedem explicações e imprimem na mente sua mensagem sem deixar qualquer indício de seu significado, ela jogou seu charuto pela janela e foi para a cama.

Na manhã seguinte, indo atrás desses pensamentos, pegou sua pena e papel e recomeçou a escrever "O Carvalho", pois ter tinta e papel em abundância, após ter se contentado com bagas e margens, é um prazer inimaginável. Assim, ela estava ora rabiscando uma frase nas profundezas do desespero, ora escrevendo-a nas alturas do êxtase, quando uma sombra escureceu a página. Apressadamente, escondeu seu manuscrito.

Como sua janela dava para o pátio mais central, como ela havia dado ordens de que não receberia ninguém, como não conhecia ninguém e era legalmente desconhecida, primeiro ficou surpresa com a sombra, depois indignada e, em seguida (quando olhou para cima e viu o que a causava), tomada pela alegria. Pois era uma sombra familiar, uma sombra grotesca, a sombra de ninguém menos que a arquiduquesa Harriet Griselda de Finster-Aarhorn e Scand-op Boom, do território da Romênia. Ela estava atravessando a Corte com seu velho traje de montaria preto e o manto, como antes. Nem um fio de cabelo de sua cabeça havia mudado. Essa, então, era a mulher que a havia expulsado da Inglaterra! Esse era o covil daquele abutre obsceno — a própria ave fatal! Ao pensar que ela havia fugido até a Turquia para evitar suas seduções (que agora se tornavam excessivamente sem graça), Orlando riu alto. Havia algo incrivelmente cômico na visão. Ela se assemelhava, como Orlando havia pensado antes, a uma lebre monstruosa. Tinha os olhos arregalados, o rosto magro e o adereço de cabeça alto daquele animal. Ela parou agora, da mesma forma que uma lebre se senta ereta no milharal quando pensa que não está sendo observada, e fitou Orlando, que a olhava fixamente da janela. Depois de se encararem assim por algum tempo, não havia nada a fazer a não ser convidá-la a entrar, e logo as duas damas estavam trocando elogios enquanto a arquiduquesa tirava a neve de seu manto.

— Malditas mulheres — disse Orlando para si mesmo, indo até o armário para buscar uma taça de vinho —, elas nunca nos dão um momento de paz. Não existe gente mais bisbilhoteira, inquisitiva e intrometida. Foi para escapar desse mastro enfeitado que deixei a Inglaterra, e agora...

Aqui ela se virou para oferecer a bandeja à arquiduquesa, e eis que: em seu lugar estava um cavalheiro alto, vestido de preto. Uma pilha de roupas estava pendurada no guarda-fogo da lareira. Ela estava sozinha com um homem.

Chamada assim, de repente, à consciência de seu sexo, que havia esquecido completamente, bem como à do dele, que agora estava distante o suficiente para ser igualmente perturbadora, Orlando sentiu como se fosse desmaiar.

— Ai! — gritou ela, pondo a mão ao lado do corpo. — Que susto me deu!

— Minha querida criatura — exclamou a arquiduquesa, dobrando um joelho e, ao mesmo tempo, levando uma bebida aos lábios de Orlando —, perdoe-me pelo embuste que pratiquei contra a senhora!

Orlando tomou um gole do vinho e o arquiduque se ajoelhou e beijou a mão dela.

Em suma, eles representaram papéis de homem e mulher por dez minutos com grande vigor e, em seguida, retomaram os modos habituais. A arquiduquesa (que no futuro deverá ser conhecida como arquiduque) contou sua história — que ele era um homem e sempre tinha sido; que vira um retrato de Orlando e se apaixonara perdidamente por ele; que, para alcançar seus objetivos, vestira-se de mulher e se hospedara na padaria; que ficara desolado quando ele fugiu para a Turquia; que ouvira falar da mudança dela e se apressara em oferecer seus serviços (aqui ele titubeou e hesitou de maneira insuportável). Pois para ele, disse o arquiduque Harry, ela era e sempre fora a Pureza, a Pérola, a Perfeição de seu sexo. Os três "P" teriam sido mais persuasivos se não tivessem sido intercalados com risadinhas e gritinhos da mais estranha espécie. "Se isso é amor", disse Orlando para si mesma, olhando para o arquiduque, do outro lado do guarda-fogo, e agora do ponto de vista da mulher, "há algo de muito ridículo nisso tudo".

Ao ajoelhar-se, o arquiduque Harry fez a declaração mais apaixonada de sua causa. Contou-lhe que tinha algo em torno de vinte milhões de ducados em um cofre-forte em seu castelo. Tinha mais hectares do que qualquer nobre na Inglaterra. Seu tiro de caça era excelente: podia garantir-lhe uma variedade de perdizes brancas e galos silvestres como nenhum outro caçador inglês ou escocês. É verdade que os faisões haviam sofrido com o surto ocorrido em sua ausência, e as fêmeas haviam deixado escapar seus filhotes, mas isso poderia ser corrigido, e o seria com a ajuda dela quando vivessem juntos na Romênia.

Enquanto ele falava, lágrimas enormes se formavam em seus olhos proeminentes e escorriam pelos sulcos arenosos de sua face alongada e esquelética.

Que os homens choram com a mesma frequência e de forma tão irracional quanto as mulheres, Orlando sabia, por sua própria experiência como homem; mas ela estava começando a perceber que as mulheres deveriam ficar chocadas quando os homens demonstram emoção na presença delas e, assim sendo, ficou chocada.

O arquiduque pediu desculpas. Ele se controlou o suficiente para dizer que a deixaria agora, mas que voltaria no dia seguinte para receber sua resposta.

Isso foi em uma terça-feira. Ele veio na quarta-feira; veio na quinta-feira; veio na sexta-feira; e veio no sábado. É verdade que cada visita começava, continuava ou terminava com uma declaração de amor, mas entre elas havia muito espaço para o silêncio. Sentavam-se um de cada lado da lareira e, às vezes, o arquiduque derrubava os utensílios e Orlando os pegava novamente. Então o arquiduque se lembrava de como havia abatido um alce na Suécia, e Orlando perguntava se era um alce muito grande, e o Arquiduque dizia que não era tão grande quanto as renas que ele havia abatido na Noruega; e Orlando perguntava se ele já havia atirado em um tigre, e o arquiduque dizia que havia atirado em um albatroz, e Orlando perguntava (meio escondendo o bocejo) se um albatroz era tão grande quanto um elefante, e o arquiduque respondia — algo muito sensato, sem dúvida, mas Orlando não ouvia, pois estava olhando para sua escrivaninha, para a janela, para a porta. E o arquiduque dizia:

— Eu a adoro!

No exato momento em que Orlando dizia:

— Veja! Está começando a chover.

E isso deixava ambos muito constrangidos, corados em tom escarlate, sem conseguir pensar no que dizer em seguida. De fato, Orlando já não sabia mais o que dizer, e se não tivesse se lembrado de um jogo chamado Fly Loo, no qual é possível perder grandes somas de dinheiro com muito pouco esforço mental, teria tido que se casar com ele, presumia; pois não sabia como se livrar dele de outra forma. No entanto, com esse simples artifício, que exigia apenas três torrões de açúcar e moscas em quantidade suficiente, foi contornado o embaraço da conversa e evitada a necessidade do casamento. Por ora, o arquiduque apostaria com ela quinhentas libras contra uma moeda de pouco valor que uma mosca pousaria neste torrão e não naquele. Assim, eles ficariam ocupados durante uma manhã inteira observando as moscas (que estavam naturalmente preguiçosas nessa época e geralmente passavam cerca de uma hora circulando em volta do teto) até que, por fim, alguma bela mosca azul fizesse sua escolha e a disputa fosse vencida. Muitas centenas de libras trocaram de mãos entre eles nesse jogo, que o arquiduque, um apostador nato, jurou ser tão bom quanto uma corrida de cavalos e que poderia jogá-lo para sempre. Orlando, porém, logo começou a se cansar.

"Qual é a vantagem de ser uma bela jovem no auge da vida", perguntou a si mesma, "se eu tiver que passar todas as minhas manhãs olhando moscas varejeiras com um arquiduque?"

Ela começou a detestar a visão do açúcar; as moscas a deixavam tonta. Imaginou que deveria haver alguma maneira de contornar a dificuldade,

mas ela ainda era inábil nas artes de seu sexo e, como não podia mais bater na cabeça de um homem ou transpassá-lo com um florete, não conseguia pensar em nenhum método melhor do que este. Pegou uma mosca azul, espremeu-a gentilmente (já estava meio morta, ou sua bondade com as criaturas da natureza não lhe teria permitido isso) e prendeu-a com uma gota de goma arábica a um torrão de açúcar. Enquanto o arquiduque olhava para o teto, ela habilmente substituiu esse torrão pelo que havia apostado e, gritando "Loo Loo!", declarou que havia vencido a aposta. Seu cálculo era de que o arquiduque, com todo o seu conhecimento de esportes e corridas de cavalos, detectaria a fraude e, como trapacear no Loo é o mais hediondo dos crimes, e homens já haviam sido banidos para sempre da sociedade humana e enviados para a dos macacos nos trópicos por causa disso, ela calculou que ele seria homem o suficiente para se recusar a ter qualquer tipo de envolvimento com ela. Mas ela subestimou a simplicidade do amável nobre. Ele não era um bom juiz de moscas. Para ele, uma mosca morta parecia-se muito com uma viva. Ela pregou-lhe aquela peça vinte vezes e ele pagou mais de £17.250 (o que equivale a cerca de 40.885 libras, 6 xelins e 8 pence do nosso dinheiro atual) antes que Orlando trapaceasse de forma tão descarada que nem mesmo ele podia continuar sendo enganado. Quando finalmente percebeu a verdade, uma cena dolorosa se seguiu. O arquiduque ergueu-se em toda a sua altura. Assumiu um tom escarlate. Lágrimas rolaram por sua face, uma a uma. O fato de que ela ganhara uma fortuna dele não tinha importância — podia ficar com ela; o fato de tê-lo enganado, isso sim importava — doía-lhe pensar que ela fosse capaz disso; mas o fato de ela ter trapaceado no Loo era o fim. Amar uma mulher que trapaceava no jogo era, segundo ele, impossível. Nesse ponto, ele desmoronou completamente. Felizmente, disse, recuperando-se um pouco, não havia testemunhas. Afinal, ela era apenas uma mulher, afirmou. Em suma, estava preparando-se, no cavalheirismo de seu coração, para perdoá-la e já havia se inclinado para pedir-lhe perdão pela violência de suas palavras, quando ela pôs fim à questão, enquanto ele abaixava a cabeça orgulhosa, deixando cair um pequeno sapo entre sua pele e a camisa.

Para sermos justos com ela, é preciso dizer que ela teria preferido infinitamente um florete. Os sapos são criaturas úmidas para se esconder durante toda a manhã. Mas, se os floretes são proibidos, devemos recorrer aos sapos. Além disso, os sapos e o riso às vezes fazem o que o aço frio não faz. Ela riu. O arquiduque corou. Ela riu. O arquiduque praguejou. Ela riu. O arquiduque saiu batendo a porta.

— Que os céus sejam louvados! — gritou Orlando, ainda rindo.

Ela ouviu o som das rodas de uma carruagem andando em um ritmo furioso pelo pátio. Ela as ouviu chacoalhar ao longo da estrada. O som foi ficando cada vez mais fraco. Depois sumiu completamente.

— Estou só — disse Orlando, em voz alta, já que não havia ninguém para ouvir.

O fato de o silêncio ser mais profundo do que o ruído ainda carece de confirmação pela ciência. Mas, que a solidão se torna mais evidente logo após ter sido objeto de amor, muitas mulheres jurariam de pés juntos. À medida que o som das rodas da carruagem do arquiduque se distanciava, Orlando sentia que se distanciavam cada vez mais um arquiduque (não se importava com isso), uma fortuna (não se importava com isso), um título (não se importava com isso), a segurança e as circunstâncias da vida conjugal (não se importava com isso), mas o que realmente ouvia se afastando dela era a vida e um amante.

— A vida e um amante — murmurou; e, indo até a escrivaninha, mergulhou a pena na tinta e escreveu:

"A vida e um amante"; uma linha que não rimava e que não fazia sentido com o que havia sido escrito antes; algo sobre a maneira correta de banhar as ovelhas para evitar a sarna. Ao ler o texto, ela corou e repetiu:

— A vida e um amante.

Depois, deixando a pena de lado, foi para o quarto, ficou em frente ao espelho e arrumou as pérolas em torno do pescoço. Então, como as pérolas não se destacam em um vestido matinal de algodão, ela trocou o vestido por outro de tafetá cinza-pombo; depois, por um de flores de pessegueiro; depois, por um de brocado cor de vinho. Talvez fosse necessário um pouco de pó de arroz e, se o cabelo fosse disposto — assim — sobre a testa, poderia ficar bem nela. Em seguida, calçou um par de sandálias de bico fino e colocou um anel de esmeralda em um dos dedos.

— Agora sim — disse ela quando tudo estava pronto e acendeu as arandelas de prata de cada lado do espelho.

Que mulher não teria se inflamado para ver o que Orlando viu então

queimando na neve? Pois ao redor do espelho havia gramados nevados, e ela era como um fogo, uma sarça ardente, e as chamas das velas em volta de sua cabeça eram folhas de prata; ou ainda, o espelho era água verde, e ela uma sereia, adornada com pérolas, uma sereia em uma caverna, cantando de tal forma que os barqueiros se inclinavam em seus barcos e caíam tentando abraçá-la; tão escura, tão brilhante, tão dura, tão suave, tão surpreendentemente sedutora, que era uma infinita pena que não houvesse ninguém ali para colocar isso em linguagem simples e dizer claramente:

— Maldição, madame, a senhora é a encarnação da beleza.

O que era a verdade. Até mesmo Orlando (que não era dada à vaidade) sabia disso, pois sorriu o sorriso involuntário que as mulheres sorriem quando sua própria beleza, que parece não ser sua, surge como uma gota caindo ou uma fonte subindo e as confronta subitamente no espelho — esse foi o sorriso que ela sorriu e, em seguida, pôs-se a escutar por um momento e ouviu apenas o sopro das folhas e o gorjeio dos pardais, e então suspirou:

— A vida, um amante.

E então se virou com extraordinária rapidez; tirou as pérolas do pescoço, despiu os cetins do corpo, ficou ereta em seus elegantes calções à inglesa de seda preta de nobre comum e tocou a sineta. Quando o criado chegou, ela lhe ordenou que mandasse preparar imediatamente uma carruagem de seis cavalos. Estava sendo convocada para ir a Londres por questões urgentes. Uma hora depois da partida do arquiduque, ela saiu.

E, enquanto ela viaja, podemos aproveitar a oportunidade, já que a paisagem era do tipo simples inglês, que não precisa de descrição, para chamar a atenção do leitor, mais particularmente do que conseguiríamos no momento, para uma ou duas observações que surgiram aqui e ali no decorrer da narrativa. Por exemplo, é possível notar que Orlando escondia seus manuscritos quando era interrompida. Além disso, que ela se olhava muito e atentamente para o espelho; e agora, enquanto se dirigia a Londres, podia-se notar que ela se sobressaltava e reprimia um grito quando os cavalos galopavam mais rápido do que ela gostaria. Seu pudor em relação a seus escritos, sua vaidade em relação à sua pessoa, os temores por sua segurança, tudo isso parece indicar que o que foi dito há pouco tempo, sobre não haver mudança entre Orlando, o homem, e Orlando, a mulher, deixava de ser totalmente verdadeiro. Ela estava se tornando um pouco mais recatada, como as mulheres são, em relação à sua inteligência, e um pouco mais vaidosa, como as mulheres são, em relação à sua pessoa. Certas suscetibilidades estavam se afirmando, e outras estavam diminuindo. A mudança de roupas teve, diriam alguns filósofos, muito a ver com isso. Por mais fúteis que pareçam, as roupas têm, segundo eles, funções mais importantes do que apenas nos manter aquecidos. Elas mudam nossa visão do mundo e a visão do mundo sobre nós. Por exemplo, quando o capitão Bartolus viu a saia de Orlando, mandou estender um toldo para ela imediatamente, insistiu para que ela pegasse outra fatia de carne e a convidou para acompanhá-lo até a praia no barco a remo. Essas homenagens certamente não teriam sido feitas a ela se suas saias, em vez de esvoaçantes, estivessem ajustadas às pernas no estilo de calções. E, quando recebemos atenções, cabe a nós retribuirmos de alguma forma. Orlando fazia reverências; concordava; bajulava os humores do bom homem como não teria feito se suas calças justas fossem saias de mulher e seu casaco bordado fosse um corpete de cetim feminino. Assim, há muito que corrobora a opinião de que são as roupas que nos vestem, e não nós a elas; podemos fazê-las tomar o molde do braço ou do peito, mas elas moldam nossos corações, nossos cérebros e nossas línguas a seu gosto. Assim, tendo agora usado saias por um tempo considerável, uma certa mudança era visível em Orlando, que pode ser encontrada até mesmo em seu rosto. Se compararmos a imagem de Orlando como homem à de Orlando como mulher, veremos que, embora ambos sejam, sem dúvida, a mesma pessoa, há certas mudanças. O homem deixa a mão livre para pegar sua espada; a mulher precisa usar a sua para evitar que o cetim escorregue de seus ombros. O homem encara o mundo de frente, como se tivesse sido feito para seu uso e moldado a seu gosto. A mulher lança-lhe um olhar de soslaio, cheio de sutileza, até mesmo de suspeita. Tivessem ambos usado as mesmas roupas, é possível que suas perspectivas fossem iguais também.

Essa é a opinião de alguns filósofos e sábios, mas, de modo geral, inclinamo-nos para outra. A diferença entre os sexos é, de fato, de grande profundidade. As roupas são apenas um símbolo de algo que se esconde bem lá no fundo. Foi uma mudança em Orlando em si que ditou sua escolha de um vestido de mulher e de um sexo de mulher. E talvez, com isso, ela estivesse apenas se expressando mais abertamente do que o normal — a franqueza era, de fato, a alma de sua natureza —, algo que acontece com a maioria das pessoas sem ser expresso tão claramente. Pois aqui, novamente, chegamos a um dilema. Embora os sexos sejam diferentes, eles se mesclam. Em todo ser humano, ocorre um vaivém de um sexo para o outro e, muitas vezes, são apenas as roupas que mantêm a aparência masculina ou feminina, enquanto, por baixo, o sexo é exatamente o oposto do que é por cima. Todos têm experiência das complicações e confusões que resultam disso; mas aqui deixamos a questão geral e observamos apenas o efeito estranho que isso teve no caso particular da própria Orlando.

Pois era essa mistura de homem e mulher, um sendo mais importante e depois o outro, que muitas vezes dava uma guinada inesperada em sua conduta. As curiosas de seu próprio sexo discutiam, por exemplo, como, se Orlando era uma mulher, ela nunca levava mais de dez minutos para se vestir? Além disso, suas roupas não pareciam ter sido escolhidas ao acaso e, às vezes, estavam até um tanto gastas. E depois diriam, ainda, que ela não tem nada da formalidade de um homem, ou do amor de um homem pelo poder. Ela era excessivamente afetuosa. Não suportaria ver um burro sendo espancado ou um gatinho sendo afogado. Por outro lado, notavam que ela detestava assuntos domésticos, levantava-se de madrugada e, no verão, saía para os campos antes de o sol nascer. Nenhum fazendeiro sabia mais sobre as plantações do que ela. Era capaz de beber com os mais resistentes e gostava de jogos de azar. Cavalgava bem e conduzia seis cavalos a galope pela Ponte de Londres. Ainda assim, apesar de ser ousada e ativa como um homem, comentava-se que a visão de outra pessoa em perigo provocava-lhe as mais femininas palpitações. Irrompia em lágrimas com a mais leve provocação. Não era versada em geografia, achava a matemática insuportável e possuía algumas crenças que são mais comuns entre as mulheres do que entre os homens, como, por exemplo, a de que viajar para o sul é viajar morro abaixo. Se Orlando era mais homem ou mulher, é difícil dizer e, neste momento, ainda não é possível decidir. Pois sua carruagem estava agora chacoalhando sobre os paralelepípedos. Ela havia chegado à sua casa na cidade. Os degraus estavam sendo abaixados; os portões de ferro se abriam. Estava entrando na casa de seu pai em Blackfriars que, embora as tendências estivessem rapidamente abandonando aquela parte da cidade, ainda era uma mansão agradável e espaçosa, com jardins que desciam até o rio e um agradável bosque de nogueiras onde se podia caminhar.

Ali ela se alojou e começou imediatamente a procurar à sua volta por aquilo que viera buscar — ou seja, a vida e um amante. Quanto à primeira, poderia haver alguma dúvida; em relação ao segundo, ela o encontrou sem a menor dificuldade dois dias após sua chegada. Foi em uma terça-feira que ela apareceu na cidade. Na quinta-feira, foi passear na avenida cerimonial conhecida como Mall, como era o hábito de pessoas de condição na época. Ela não havia dado mais do que uma ou duas voltas na avenida antes de ser observada por um pequeno grupo de pessoas vulgares que iam até lá para espiar os mais nobres. Quando passou por eles, uma mulher comum carregando uma criança no colo deu um passo à frente, examinou com familiaridade o rosto de Orlando e gritou:

— Valha-nos Deus, se não é a Lady Orlando!

Suas acompanhantes se aglomeraram e, em um momento, Orlando se viu em meio a uma turba de cidadãos e esposas de comerciantes, todos ansiosos para contemplar a heroína do célebre processo judicial. Tal era o interesse que o caso despertava na mente das pessoas comuns. Ela poderia, de fato, ter se sentido seriamente perturbada pela pressão da multidão — havia se esquecido de que as damas não devem andar sozinhas em locais públicos — se um cavalheiro alto não tivesse dado um passo à frente e lhe oferecido a proteção de seu braço. Era o arquiduque. Sentiu-se angustiada e, ao mesmo tempo, entretida com a visão. Aquele nobre magnânimo não apenas a havia perdoado, mas, para mostrar que aceitara de bom grado sua leviandade com o sapo, havia adquirido uma joia feita na forma desse réptil, que lhe oferecia ao reiterar sua proposta enquanto a conduzia para a sua carruagem.

Devido à multidão, ao duque e à joia, ela voltou para casa com o temperamento mais vil que se possa imaginar. Seria impossível sair para passear sem ser quase asfixiada, apresentada a um sapo cravejado de esmeraldas e pedida em casamento por um arquiduque? No dia seguinte, ela teve uma visão mais amena do caso, quando encontrou em sua mesa do café da manhã meia dúzia de cartas de algumas das maiores damas do país — Lady Suffolk, Lady Salisbury, Lady Chesterfield, Lady Tavistock e outras que lhe lembraram, da maneira mais educada, as antigas alianças entre suas famílias e a dela, que desejavam ter a honra de conhecê-la. No dia seguinte, que era um sábado, muitas dessas grandes damas a receberam pessoalmente. Na terça-feira, por volta do meio-dia, seus criados trouxeram convites para vários saraus, jantares e reuniões que aconteceriam em breve; assim, Orlando lançou-se sem demora, e com certo alarde e agitação, nas águas da sociedade londrina.

Apresentar um relato verdadeiro da sociedade londrina naquela época, ou, de fato, em qualquer outra, está além dos poderes do biógrafo ou do historiador. Somente àqueles que têm pouca necessidade da verdade e nenhum respeito por ela — os poetas e os romancistas — pode-se confiar a tarefa, pois este é um dos casos em que a verdade não existe. Nada existe. Tudo é miasma — uma miragem. Para deixar claro o que queremos dizer — Orlando chegava de uma dessas saídas às três ou quatro da manhã com as maçãs do rosto como uma árvore de Natal e os olhos como estrelas. Ela desamarrava um laço, andava pelo quarto várias vezes e desamarrava outro laço, parava e andava pelo cômodo novamente. Com frequência, o sol já brilhava sobre as chaminés de Southwark antes que ela conseguisse convencer a si mesma a ir para a cama, e lá ficava, deitada, revirando-se de um lado para o outro, rindo e suspirando por uma hora ou mais antes de finalmente adormecer. E qual era o motivo de toda essa agitação? A sociedade. E o que a sociedade havia dito ou feito para deixar uma dama sensata tão agitada? Em uma palavra, nada. Por mais que remexesse em sua memória, no dia seguinte, Orlando não conseguia se lembrar de uma única palavra que pudesse amplificar a ponto de tornar-se o nome de algo. Lorde O. havia sido galante. Lorde A., educado. O marquês de C., encantador. O sr. M., divertido. Mas, quando ela tentava se lembrar em que consistira a galanteria, a educação, o charme ou a sagacidade deles, era obrigada a supor que sua memória estava falha, pois não conseguia citar nada. Era sempre a mesma coisa. Nada restava para o dia seguinte, embora o entusiasmo do momento fosse intenso. Assim, somos forçados a concluir que a sociedade é como uma daquelas bebidas que as empregadas domésticas habilidosas servem quentes na época do Natal, cujo sabor depende da mistura e da agitação adequadas de uma dúzia de ingredientes diferentes. Retire-se um deles e se tornará totalmente insípida. Retire-se o Lorde O., o Lorde A., o marquês de C. ou o sr. M. e, separadamente, cada um, não é nada. Misture-os todos e eles se combinam para produzir o mais inebriante dos sabores, o mais sedutor dos aromas. No entanto, essa embriaguez e essa sedução escapam completamente à nossa análise. Portanto, ao mesmo tempo, a sociedade é tudo e a sociedade não é nada. A sociedade é a mistura mais poderosa do mundo e a sociedade não tem existência alguma. Somente os poetas e os romancistas podem lidar com tal monstro; é com esse algo-nada que suas obras se enchem até atingir um tamanho prodigioso; e, com a melhor vontade do mundo, deixamos isso para eles.

Seguindo o exemplo de nossos predecessores, portanto, diremos apenas que a sociedade no reinado da Rainha Ana era de um brilho sem igual. Ingressar nela era o objetivo de toda pessoa de boa estirpe. As graças eram supremas. Os pais instruíam seus filhos, as mães suas filhas. Não havia educação completa para nenhum dos sexos que não incluísse a ciência das boas maneiras, a arte de se curvar e fazer reverências, o manejo da espada e do leque, o cuidado com os dentes, a conduta da perna, a flexibilidade do joelho, os métodos adequados de entrar e sair da sala, com mil etc., tais como os que imediatamente se sugerem a qualquer pessoa que tenha estado em sociedade. Como Orlando havia recebido elogios da Rainha Elisabete pela maneira como entregou uma tigela de água de rosas quando era menino, era de se supor que ela fosse suficientemente experiente para ser aprovada. No entanto, é verdade que havia uma falta de atenção nela que às vezes a tornava desajeitada; costumava pensar em poesia quando deveria estar pensando em tafetá; seu andar talvez fosse um pouco exagerado para uma mulher, e seus gestos, por serem bruscos, ocasionalmente podiam colocar em risco uma xícara de chá.

Se essa ligeira inabilidade era suficiente para contrabalançar o esplendor de seu porte, ou se ela herdou uma dose excessiva daquele temperamento ácido que corria nas veias de toda a sua linhagem, é certo que não havia estado no mundo mais do que uma vintena de vezes antes de se ouvir perguntando a si mesma, quando não havia ninguém além do seu cocker spaniel Pippin para ouvi-la:

— Que diabos há de errado comigo?

A ocasião foi na terça-feira, dezesseis de junho de 1712; ela havia acabado de voltar de um grande baile em Arlington House; o dia estava amanhecendo e ela estava tirando as meias.

— Não me importa se não encontrar mais nenhuma alma enquanto eu viver — exclamou Orlando, desatando a chorar. Amantes, tivera muitos, mas a vida, que, afinal de contas, é o que importa, essa escapou-lhe. — Será que é isto — perguntou, mas não havia ninguém para responder —, é isto que as pessoas chamam de vida?

O spaniel levantou a pata dianteira em sinal de compaixão. O spaniel lambeu Orlando com sua língua. Orlando acariciou o spaniel com a mão. Orlando beijou o spaniel com seus lábios. Em suma, havia entre eles a mais verdadeira solidariedade que pode haver entre um cão e sua dona, no entanto não se pode negar que a mudez dos animais é um grande impedimento para as complexidades do relacionamento. Eles abanam o rabo; eles curvam a parte dianteira do corpo e elevam a traseira; rolam, pulam, arranham com a pata, choramingam, latem, babam; têm todos os tipos de cerimônias e artifícios próprios, mas tudo isso é inútil, pois não conseguem falar. Essa era a sua luta, pensou ela, colocando o cão no chão com delicadeza, com as personalidades da Arlington House. Elas também abanam o rabo, se curvam, rolam, pulam, arranham com a pata e babam, mas não conseguem falar.

— Durante todos esses meses em que estive no mundo — disse Orlando, arremessando uma meia para o outro lado da sala —, não ouvi nada além do que Pippin poderia ter dito. Estou com frio. Estou feliz. Estou com fome. Peguei um rato. Enterrei um osso. Por favor, beije meu nariz.

E isso não era suficiente.

Como, em tão pouco tempo, ela passou da sensação de embriaguez para a de repulsa, só tentaremos explicar supondo que essa misteriosa composição a que chamamos de sociedade não fosse absolutamente boa ou ruim em si mesma, mas que tivesse um espírito volátil, porém potente, que embriaga ao considerá-la, como Orlando a considerava, deliciosa, ou que dá dor de cabeça ao considerá-la, como Orlando a considerava, repulsiva. Duvidamos que a faculdade da fala tenha muito a ver com um ou outro aspecto, de qualquer forma. Muitas vezes, um momento de silêncio é o mais fascinante de todos; uma inteligência brilhante pode ser tediosa além de qualquer descrição. Entretanto, deixemos isso para os poetas, e prossigamos com nossa história.

Orlando jogou a segunda meia depois da primeira e foi para a cama com um ar triste, determinada a abandonar a sociedade para sempre. Todavia, mais uma vez, como já se viu, foi muito precipitada ao chegar às suas conclusões. Pois, na manhã seguinte, acordou e encontrou, entre os convites habituais em sua mesa, um de uma certa grande dama, a condessa de R. Tendo decidido durante a noite que nunca mais frequentaria a sociedade, a única explicação para o comportamento de Orlando — que enviou um mensageiro a pé para a Casa de R_____ para dizer que compareceria com todo o prazer do mundo — é o fato de que ela ainda estava sofrendo com o veneno de três palavras melosas que lhe foram ditas no convés do *Enamoured Lady* pelo capitão Nicholas Benedict Bartolus enquanto navegavam pelo Tâmisa. Addison, Dryden, Pope, ele havia dito, apontando para a Cocoa Tree, e Addison, Dryden, Pope passaram a ecoar em sua cabeça, como um encantamento, desde então. Quem poderia acreditar em tal loucura? Mas foi assim. Toda a sua experiência com Nick Greene não havia lhe ensinado nada. Tais nomes ainda exerciam sobre ela o mais intenso fascínio. Algo, talvez, em que devemos acreditar, e como Orlando, conforme já dissemos, não acreditava nas divindades usuais, ela concedeu sua credulidade a grandes homens — mas com alguma distinção. Almirantes, soldados, estadistas não a comoviam de forma alguma. No entanto, o simples fato de pensar em um grande escritor despertava nela tamanhaconvicção que quase acreditava em sua invisibilidade. Seu instinto era bem fundamentado. Talvez só se possa acreditar inteiramente naquilo que não se pode ver. O lampejo que ela teve dos poetas do convés do navio fora semelhante a uma visão. Ela duvidava que a xícara fosse de porcelana ou o jornal de papel. Quando o Lorde O. disse um dia que havia jantado com Dryden na noite anterior, ela recusou-se a acreditar. Ora, o salão de recepções de Lady R. tinha a reputação de ser a antessala para o recinto da genialidade; era o lugar onde homens e mulheres se reuniam para agitar incensários e cantar hinos ao busto do gênio em um nicho na parede. Às vezes, o próprio Deus concedia sua presença por um momento. Somente o intelecto abria às portas ao suplicante, e nada (segundo o relato) era dito lá dentro que não fosse espirituoso.

Foi assim, com grande apreensão, que Orlando entrou no salão. Encontrou um grupo já reunido em um semicírculo ao redor da lareira. Lady R., uma senhora idosa, de pele escura, com uma mantilha de renda preta na cabeça, estava sentada em uma grande poltrona no centro. Dessa maneira, por ser um pouco surda, podia controlar a conversa de ambos os lados. Em ambos os lados dela sentavam-se homens e mulheres da mais alta distinção. Dizia-se que todos os homens haviam sido primeiros-ministros e que todas as mulheres haviam sido amantes de algum rei. O certo é que todos eram brilhantes e todos eram famosos. Orlando tomou seu assento com uma profunda reverência e em silêncio... Depois de três horas, ela fez uma profunda reverência e saiu.

Porém, o leitor pode perguntar, com certa exasperação, o que aconteceu nesse intervalo? Em três horas, tal círculo deve ter dito as coisas mais espirituosas, mais profundas e mais interessantes do mundo. Assim pareceria, de fato. A verdade, no entanto, é que eles não disseram nada. Essa é uma característica curiosa que eles têm em comum com todas as sociedades mais brilhantes que o mundo já conheceu. A velha Madame du Deffand e suas amigas conversaram por cinquenta anos sem parar. E, de tudo isso, o que restou? Talvez três frases espirituosas. Portanto, temos a liberdade de supor que nada foi dito, ou que nada de espirituoso foi dito, ou que a parcela de três frases espirituosas durou dezoito mil duzentas e cinquenta noites, o que não deixa muito espaço para que nenhuma delas seja realmente espirituosa.

A verdade parece ser — se ousarmos empregar essa palavra em relação a tal assunto — que todos esses grupos de pessoas estão sob um encantamento. A anfitriã é a nossa Sibila moderna. Ela é uma bruxa que enfeitiça todos os seus convidados. Nesta casa, eles se consideram felizes; naquela, espirituosos; em uma terceira, profundos. É tudo ilusão (nada contra, pois as ilusões são o que há de mais valioso e necessário em todos os aspectos, e aquele que consegue criá-las está entre os maiores benfeitores do mundo), mas como é sabido que as ilusões são destruídas pelo conflito com a realidade, assim nenhuma verdadeira felicidade, nenhuma verdadeira espirituosidade e nenhuma verdadeira profundidade são toleradas onde a ilusão prevalece. Isso serve para explicar por que Madame du Deffand não disse mais do que três coisas espirituosas no decorrer de cinquenta anos. Se ela tivesse dito mais, seu círculo teria sido destruído. A espirituosidade, quando saía de seus lábios, abatia a conversa em curso, como uma bala de canhão abate violetas e margaridas. Quando ela pronunciou a famosa piada conhecida como *mot de Saint Denis*, a própria grama foi chamuscada. Depois disso, seguiram-se a desilusão e a desolação. Mais nenhuma palavra foi dita.

— Pelo amor de Deus, poupe-nos de mais uma dessas, senhora! — gritaram suas amigas em uníssono.

E ela obedeceu. Por quase dezessete anos, ela não disse nada de memorável, e tudo correu bem. O belo manto da ilusão permaneceu intacto em seu círculo, assim como permaneceu intacto no círculo de Lady R. Os convidados pensavam que eram felizes, pensavam que eram espirituosos, pensavam que eram profundos e, ao pensarem isso, outras pessoas pensavam com ainda mais convicção; e então correu a notícia de que nada era mais encantador do que uma das reuniões de Lady R.; todos invejavam aqueles que eram admitidos; aqueles que eram admitidos invejavam a si mesmos porque outras pessoas os invejavam; e assim parecia não haver fim para aquilo — exceto pela parte que agora nos cabe relatar.

Por volta da terceira vez que Orlando foi até lá, um certo incidente ocorreu. Ela ainda tinha a ilusão de que estava ouvindo os epigramas mais brilhantes do mundo, embora, na verdade, o velho general C. estivesse apenas dizendo, com certa demora, como a gota havia abandonado sua perna esquerda e passado para a perna direita, enquanto o sr. L. interrompia quando algum nome próprio era mencionado: "R.? Oh! Eu conheço Billy R. tanto quanto conheço a mim mesmo. S.? Meu amigo mais querido. T.? Fiquei com ele quinze dias em Yorkshire" — algo que, tal é a força da ilusão, soava como a mais espirituosa réplica, o mais perspicaz comentário sobre a vida humana, e mantinha a sociedade em polvorosa; de repente, a porta se abriu e entrou um pequeno cavalheiro cujo nome Orlando não entendeu. Logo ela teve uma sensação curiosamente desagradável. A julgar por seus rostos, os demais também começaram a senti-la. Um cavalheiro disse que havia uma corrente de ar. A marquesa de C. temia que um gato estivesse embaixo do sofá. Era como se seus olhos estivessem se abrindo lentamente depois de um sonho agradável e nada estivesse diante deles a não ser um lavatório barato e uma colcha suja. Era como se os vapores de um vinho delicioso estivessem esvaindo-se lentamente. O general ainda falava e o sr. L. ainda se lembrava. No entanto, tornou-se cada vez mais evidente a vermelhidão no pescoço do general e a calvície no sr. L. Quanto

ao que eles diziam — nada mais tedioso e trivial poderia ser imaginado. Todos se agitavam e, aqueles que tinham leques, bocejavam por trás deles. Por fim, Lady R. bateu com a mão no braço de sua enorme poltrona. Os dois cavalheiros pararam de falar.

Então o pequeno cavalheiro disse,

A seguir, ele disse,

Finalmente, ele disse,[11]

Ali, não se pode negar, estava a verdadeira espirituosidade, a verdadeira sabedoria, a verdadeira profundidade. O grupo ficou totalmente desconcertado. Uma frase dessas já era ruim o suficiente; mas três, uma após a outra, na mesma noite! Nenhuma sociedade poderia sobreviver a isso.

— Sr. Pope — disse a velha Lady R. com a voz trêmula de fúria sarcástica —, o senhor se deleita em ser espirituoso.

O sr. Pope enrubesceu. Ninguém disse uma palavra. Permaneceram sentados em um silêncio mortal por cerca de vinte minutos. Depois, um

[11] Essas frases são conhecidas demais para serem repetidas e, além disso, todas podem ser encontradas em suas obras publicadas.

a um, eles se levantaram e saíram furtivamente do salão. Duvidava-se que pudessem voltar depois de uma experiência como aquela. Ouvia-se os rapazes que guiavam as pessoas com tochas à noite pelas ruas chamando suas carruagens por toda a South Audley Street. Portas se fechavam e carruagens partiam. Orlando se viu perto do sr. Pope na escadaria. Sua estrutura magra e malformada estava abalada por uma variedade de emoções. Dardos de malícia, raiva, triunfo, espirituosidade e terror (ele estava tremendo como uma folha) disparavam de seus olhos. Parecia um réptil atarracado munido de um topázio em chamas na testa. Ao mesmo tempo, a mais estranha tempestade de emoções se abateu sobre a desafortunada Orlando. Uma desilusão tão completa quanto a que fora infligida apenas uma hora atrás deixa a mente balançando de um lado para o outro. Tudo parece dez vezes mais despido e nítido do que antes. É um momento repleto do mais alto perigo para o espírito humano. É nessas horas que mulheres se tornam freiras e homens, padres. É nessas horas que homens abastados dão adeus à sua riqueza e homens felizes cortam a própria garganta com facas de trinchar. Orlando teria feito tudo isso de bom grado, mas ainda havia uma coisa mais temerária a se fazer, e foi o que ela fez. Convidou o sr. Pope para ir para casa com ela.

Pois, se é temerário entrar desarmado na toca de um leão, é temerário navegar pelo Atlântico em um barco a remo, é temerário ficar em um pé só no topo da catedral de St. Paul, é ainda mais temerário ir para casa a sós com um poeta. Um poeta é o Atlântico e o leão em um só. Enquanto um nos afoga, o outro nos devora. Se sobrevivermos aos dentes, sucumbiremos às ondas. Um homem capaz de destruir ilusões é tanto uma fera quanto uma enchente. As ilusões são para a alma o que a atmosfera é para a Terra. Basta recolher esse ar suave e a planta morre, a cor se desvanece. A terra sobre a qual caminhamos se torna um carvão ressequido. Pisamos em marga e seixos ardentes queimam nossos pés. Por meio da verdade, somos desfeitos. A vida é um sonho. É o despertar que nos mata. Aquele que nos rouba os sonhos nos rouba a vida —— (e assim por diante, por mais seis páginas, se quiserem, mas o estilo é enfadonho e bem poderia ser descartado).

No entanto, se assim fosse, Orlando já deveria ter se transformado em um montículo de cinzas quando a carruagem chegasse à sua casa em Blackfriars. O fato de ela ainda ser de carne e osso, embora certamente exausta, deve-se inteiramente a um fato para o qual chamamos a atenção no início da narrativa. Quanto menos vemos, mais acreditamos. Ora, naquela época, as ruas entre Mayfair e Blackfriars eram muito mal iluminadas. É verdade que a iluminação era muito melhor do que a da era elisabetana. Naquele tempo, o viajante, ao se deparar com a noite, tinha que confiar nas estrelas ou na chama vermelha de algum vigia noturno para evitar as armadilhas do cascalho em Park Lane ou os bosques de carvalhos onde os porcos fuçavam na Tottenham Court Road. Apesar disso, faltava-lhe muito da nossa eficiência moderna. Postes de luz iluminados com lampiões a óleo surgiam a cada duzentas jardas, mas entre eles havia um trecho considerável de escuridão total. Assim, por dez minutos, Orlando e o sr. Pope ficavam na escuridão; e, então, por cerca de meio minuto, novamente sob a luz. Um estado de espírito muito estranho se instalou em Orlando. À medida que a luz se dissipava, começava a sentir o mais delicioso bálsamo. "É realmente uma grande honra para uma jovem andar de carruagem com o sr. Pope", começou a pensar, olhando para o contorno do nariz dele. "Sou a mais abençoada de meu sexo. A meia polegada de mim — na verdade,

sinto o nó de suas fitas no joelho pressionando minha coxa — está a maior espirituosidade nos domínios de Sua Majestade. Eras futuras pensarão em nós com curiosidade e me invejarão com fúria." Lá vinha o poste de luz novamente. "Que tola infeliz eu sou!", pensou. "Não existe algo como fama e glória. As eras futuras jamais pensarão em mim nem no sr. Pope. O que é uma 'era', de fato? O que somos nós?" E seu percurso pela Berkeley Square parecia o tatear de duas formigas cegas, momentaneamente reunidas sem interesse ou preocupação comum, em um deserto enegrecido. Ela se arrepiou. Mas aqui novamente havia escuridão. Sua ilusão reviveu. "Como a fronte dele é nobre", pensou (confundindo uma saliência em uma almofada com a testa do sr. Pope na escuridão). "Que enorme carga de genialidade vive nela! Que espirituosidade, sabedoria e verdade — que abundância de todas essas joias pelas quais, sem dúvida, pessoas estariam dispostas a negociar suas vidas! É sua a única luz que arde para sempre. Se não fosse pelo senhor, a peregrinação humana seria realizada na mais completa escuridão"; (aqui a carruagem deu um grande solavanco ao cair em uma valeta em Park Lane) "sem a genialidade, estaríamos abalados e arruinados. O mais augusto, o mais lúcido dos feixes" — assim, ela enaltecia a corcunda da almofada quando passaram por baixo de um dos postes de luz na Berkeley Square e ela percebeu seu erro. O sr. Pope tinha uma fronte não maior do que a de qualquer outro homem. "Desgraçado", pensou, "como me enganou! Achei que essa saliência era sua testa. Quando alguém o vê de forma clara, percebe quão ignóbil, quão desprezível o senhor é! Deformado e fraco, não há nada a venerar no senhor, muito para lamentar, a maior parte para desprezar."

Novamente eles estavam na escuridão, e sua raiva se atenuou assim que ela não viu mais nada além dos joelhos do poeta.

"Mas sou eu a desgraçada", refletiu ela, assim que voltaram a ficar na total escuridão, "pois, por mais vil que o senhor seja, não sou eu ainda mais vil? É o senhor quem me alimenta e me protege, quem assusta a fera, amedronta o selvagem, faz-me roupas de fios do bicho-da-seda e tapetes de lã de ovelha. Se desejo adorar, por acaso o senhor não me deu uma imagem sua e a colocou no céu? As mostras de seu cuidado não estão em toda parte? Portanto, quão humilde, quão grata, quão dócil eu deveria ser? Que toda minha felicidade seja servi-lo, honrá-lo e obedecê-lo."

Ali, chegaram ao grande poste de luz na esquina do que hoje é Piccadilly Circus. A luz brilhou em seus olhos, e ela viu, além de algumas criaturas degradadas de seu próprio sexo, dois miseráveis pigmeus em uma terra estéril e inóspita. Ambos estavam nus, solitários e indefesos. Nenhum deles tinha forças para ajudar ao outro. Cuidar de si mesmo já era o suficiente para cada um deles. Olhando o sr. Pope de frente, pensou: "É igualmente vão que o senhor pense que pode me proteger ou que eu pense que posso adorá-lo. A luz da verdade incide sobre nós sem sombra, e a luz da verdade é irreparavelmente desonrosa para ambos."

Durante todo esse tempo, é claro, eles continuaram conversando agradavelmente, como as pessoas de berço e educação costumam fazer, sobre o temperamento da Rainha e a gota do Primeiro-Ministro, enquanto a carruagem ia da luz à escuridão pela Haymarket, percorria a Strand, subia a Fleet Street e chegava, finalmente, à sua casa em Blackfriars. Por algum tempo, os espaços escuros entre os lampiões foram tornando-se cada vez mais claros e os próprios lampiões menos brilhantes — ou seja, o sol estava nascendo, e foi sob a luz constante, embora confusa, de uma manhã de verão, na qual tudo se vê, mas nada se vê nitidamente, que eles desembarcaram, o sr. Pope estendendo a mão para que Orlando descesse da carruagem e Orlando fazendo uma reverência ao sr. Pope, e precedendo-o até sua mansão com a mais escrupulosa atenção aos ritos das Graças.

Tendo como referência a passagem anterior, no entanto, não se deve supor que a genialidade (embora a doença esteja agora erradicada nas Ilhas Britânicas, tendo sido o falecido Lorde Tennyson, segundo se diz, o último a padecer dela) esteja constantemente acesa, pois assim veríamos tudo claramente e talvez corrêssemos até risco de morte no processo. Ao contrário, assemelha-se a um farol em funcionamento, que emite um raio e depois não emite mais nenhum por algum tempo; exceto que a genialidade é muito mais caprichosa em suas manifestações e pode emitir seis ou sete raios em rápida sucessão (como o sr. Pope fizera naquela noite) e depois cair na escuridão por um ano ou para sempre. Portanto, é impossível guiar-se por seus raios e, quando o feitiço da escuridão está sobre eles, os gênios são, segundo se diz, muito parecidos com as demais pessoas.

Foi uma sorte para Orlando, embora no início tenha sido decepcionante, que assim fosse, pois passou a conviver com mais frequência com homens de gênio, e, afinal, eles não eram muito diferentes das outras pessoas. Descobriu que Addison, Pope e Swift apreciavam o chá. Gostavam de pérgolas. Colecionavam pequenos pedaços de vidro colorido. Adoravam grutas. O status não era desagradável para eles. Apreciavam elogios. Usavam ternos cor de ameixa em um dia e cinza em outro. O sr. Swift tinha uma bela bengala de malaca. O sr. Addison perfumava seus lenços. O sr. Pope sofria de dor de cabeça. Uma fofoca não era de todo ruim para eles. Também não deixavam de ter seus ciúmes. (Estamos anotando algumas reflexões que ocorreram a Orlando de forma bem rápida). No início, ela se irritava consigo mesma por notar tais ninharias e mantinha um livro para anotar as frases memoráveis deles, mas as páginas permaneciam vazias. Mesmo assim, seu espírito se reanimou, e ela começou a rasgar os convites que chegavam para comparecer a grandes festas; manteve suas tardes livres; começou a esperar ansiosamente pela visita do sr. Pope, do sr. Addison, do sr. Swift — e assim por diante. Se o leitor consultar *O Cacho Roubado*, *O Espectador*[12], *As Viagens de Gulliver*, entenderá exatamente o que essas

[12] *Rape of the Lock* e *The Spectator*, no título original. Em português, ambos em tradução livre (N. T.)

palavras misteriosas podem significar. De fato, os biógrafos e críticos poderiam poupar todo o seu trabalho se os leitores seguissem esse conselho. Pois quando lemos:

> **Se a ninfa violar a Lei de Diana,**
> **Ou algum frágil Pote de Porcelana sofrer uma avaria,**
> **Ou manchar sua Honra, ou seu novo Brocado,**
> **Esquecer suas preces — ou faltar a um Baile de Máscaras,**
> **Ou perder o coração, ou o Colar, em um Baile**

— sabemos, como se o ouvíssemos, como a língua do sr. Pope lancetava como a de um lagarto, como seus olhos brilhavam, como sua mão tremia, como ele amava, como mentia, como sofria. Em suma, todos os segredos da alma de um escritor, todas as experiências de sua vida, todas as qualidades de sua mente estão gravadas em suas obras, porém exigimos dos críticos que expliquem umas e dos biógrafos que expliquem outras. O fato de o tempo pesar nas mãos das pessoas é a única explicação para esse crescimento monstruoso.

Portanto, agora que lemos uma ou duas linhas de *O Cacho Roubado*, sabemos exatamente por que Orlando estava tão entretida e tão assustada e com as bochechas tão rosadas e os olhos tão cintilantes naquela tarde.

A sra. Nelly então bateu à porta para dizer que o sr. Addison esperava por sua senhoria. Diante disso, o sr. Pope se levantou com um sorriso irônico, fez uma reverência e saiu mancando. Entrou o sr. Addison. Enquanto ele toma seu assento, vamos ler a seguinte passagem d'O *Espectador* .

"Considero a mulher como um animal belo e romântico, que pode ser adornado com peles e plumas, pérolas e diamantes, minerais e sedas. O lince lançará sua pele a seus pés para fazer-lhe um manto, o pavão, o papagaio e o cisne contribuirão para o seu adereço de cabeça; o mar será vasculhado em busca de conchas e as rochas em busca de pedras preciosas, e cada parte da natureza fornecerá sua cota para o embelezamento de uma criatura que é a sua obra mais completa. Tudo isso eu lhes concederei, mas, quanto à anágua de que falei, não posso nem vou permitir."

Mantemos esse cavalheiro, com chapéu de três pontas e tudo, na palma de nossas mãos. Olhemos mais uma vez para o cristal. Não está nítido até a última ruga de sua meia? Não estão expostas diante de nós todas as ondulações e todas as curvas de sua espirituosidade, e sua benevolência, e sua timidez, e sua civilidade, e o fato de que ele se casaria com uma condessa e morreria de forma muito respeitável no fim? Tudo está claro. E, quando o sr. Addison terminou de dizer o que tinha a dizer, ouviu-se uma batida forte na porta, e o sr. Swift, que tinha esses modos arbitrários, entrou sem ser anunciado. Um momento, onde está *As Viagens de Gulliver*? Aqui está! Vamos ler uma passagem da viagem aos Houyhnhnms:

"Gozei de perfeita Saúde Física e Tranquilidade de Espírito; não encontrei a Traição ou a Inconstância de um Amigo, nem as Injúrias de um Inimigo secreto ou declarado. Não tive necessidade de subornar, bajular ou fazer favores a ninguém para obter a Benevolência de qualquer grande Homem ou de seu Subordinado. Não precisei de nenhuma Defesa contra a Fraude ou a Opressão; aqui não havia nenhum Médico para destruir meu Corpo, nem Advogado para arruinar minha Fortuna; não havia Delator para vigiar minhas Palavras e Ações, ou forjar Acusações contra mim por Dinheiro. Não havia Zombadores, Censuradores, Caluniadores, Ladrões, Assaltantes, Saqueadores, Advogados, Vadios, Bufões, Jogadores, Políticos, Espirituosos rabugentos ou Faladores enfadonhos...".

Mas pare, pare com essa chuva de palavras de ferro, antes que nos esfolemos vivos, e a si mesmo também! Nada pode ser mais claro do que aquele homem violento. Ele é tão grosseiro e, ao mesmo tempo, tão límpido; tão brutal, mas tão gentil; despreza o mundo inteiro, porém fala em linguagem infantil com uma menina, e morrerá, sem sombra de dúvidas, em um manicômio.

Então Orlando servia chá para todos eles; e às vezes, quando o tempo estava bom, ela os levava para o campo com ela e os oferecia banquetes régios no Salão Redondo, que havia decorado com os retratos deles, todos dispostos em círculo, para que o sr. Pope não pudesse dizer que o sr. Addison estava antes dele, ou o contrário. Eles também eram muito espirituosos (mas a espirituosidade deles está toda em seus livros) e ensinaram a ela a parte mais importante do estilo, que é a naturalidade da voz ao falar — uma qualidade que ninguém que não a tenha ouvido pode imitar, nem mesmo Greene, com toda a sua habilidade, pois ela nasce do ar, e rebenta como uma onda na mobília, e rola e desaparece, e nunca mais poderá ser recuperada, muito menos por aqueles que, meio século depois, aguçam os ouvidos e tentam. Eles lhe ensinaram isso, pela simples cadência de suas vozes na fala; de modo que o estilo dela mudou um pouco, e ela escreveu alguns agradáveis e espirituosos versos e personagens em prosa. E assim ela esbanjava seu vinho com eles e colocava notas de banco, que eles aceitavam com muita gentileza, sob seus pratos no jantar, e aceitava suas dedicatórias e se considerava muito honrada com a troca.

Assim, o tempo foi passando, e Orlando podia ser ouvida com frequência dizendo para si mesma, com uma ênfase que talvez deixasse o ouvinte um pouco desconfiado:

— Pela minha alma, que vida é essa!

(Pois ela ainda estava em busca desse bem.) Contudo, as circunstâncias logo a forçaram a considerar a questão com mais rigor. Um dia, estava servindo chá para o sr. Pope enquanto, como qualquer um pode perceber pelos versos citados anteriormente, ele estava sentado com os olhos cintilantes, atento e todo encolhido em uma cadeira ao lado dela.

"Meu Deus", pensou ela, enquanto erguia as pinças de açúcar, "como as mulheres dos tempos vindouros me invejarão! E apesar disso..." ela fez uma pausa; pois o sr. Pope precisava de sua atenção. E apesar disso — permitam-nos terminar seu pensamento por ela —, quando alguém disser "Como as eras futuras me invejarão", é razoável acreditar que esse alguém está extremamente incomodado na atualidade. Será que essa vida era realmente tão empolgante, tão lisonjeira, tão gloriosa quanto parece quando o escritor de memórias terminar de trabalhar nelas? Por um lado, Orlando tinha um ódio absoluto por chá; por outro, o intelecto, por mais divino que seja, e todo venerável, tem o hábito de se alojar nas carcaças mais sujas, e muitas vezes, infelizmente, age como um canibal entre as outras faculdades, de modo que, muitas vezes, onde a Mente é maior, o Coração, os Sentidos, a Magnanimidade, a Caridade, a Tolerância, a Bondade e o resto dela s mal têm espaço para respirar. Logo, a elevada opinião que os poetas têm de si mesmos; logo, a baixa opinião que têm dos outros; logo, as inimizades, injúrias, invejas e vinganças em que estão constantemente envolvidos; logo, a volubilidade com que as transmitem; logo, a rapacidade com que exigem compaixão por elas; tudo isso, podemos sussurrar, para que os intelectuais não nos ouçam, faz com que servir chá seja uma ocupação mais precária e, de fato, mais árdua do que geralmente se admite. Além disso (sussurramos novamente, para que as mulheres não nos ouçam), há um segredinho que os homens compartilham entre si; Lorde Chesterfield o sussurrou para seu filho, com instruções estritas de sigilo, "As mulheres são apenas crianças de um porte maior... Um homem inteligente apenas se diverte com elas, faz brincadeiras com elas, as agrada e as lisonjeia", e, como as crianças sempre ouvem o que não devem ouvir e, às vezes, até amadurecem, isso pode ter se espalhado, de modo que toda a cerimônia de servir o chá é curiosa. Uma mulher sabe muito bem que, embora um espirituoso lhe envie seus poemas, elogie seu julgamento, solicite sua crítica e beba seu chá, isso não significa, de forma alguma, que ele respeite suas opiniões, admire sua compreensão ou se recuse, embora o florete lhe seja negado, a atravessar-lhe o corpo com sua pena. Tudo isso, dizemos, sussurrando o mais baixo que conseguirmos, pode ter se espalhado a esta altura; de modo que, mesmo com a jarra de creme suspensa e as pinças de açúcar abertas, as senhoras podem se remexer um pouco, olhar um pouco pela janela, bocejar um pouco e, assim, deixar o açúcar cair com um grande *plop* — como Orlando fez agora — no chá do sr. Pope. Nunca houve um mortal tão pronto para suspeitar de um insulto ou tão rápido para se vingar de um como o sr. Pope. Ele se voltou para Orlando e lhe apresentou instantaneamente o rascunho de uma certa passagem famosa de *Characters of Women*. Posteriormente, ela seria muito aperfeiçoada, mas, mesmo em sua forma original, era bastante marcante. Orlando a recebeu com uma reverência. O sr. Pope a deixou com uma reverência. Orlando, para refrescar suas maçãs do rosto, pois realmente se sentia como se o homenzinho a tivesse golpeado, passeou pelo bosque de nogueiras no fundo do jardim. Logo a brisa fresca fez seu trabalho. Para seu espanto, ela descobriu que se sentia extremamente aliviada por se encontrar sozinha. Observou os alegres barcos subindo o rio. Sem dúvida, a visão trouxe à sua mente um ou dois incidentes de sua vida passada. Sentou-se em profunda meditação debaixo de um salgueiro. Ficou ali até que as estrelas surgissem no céu. Depois, levantou-se, virou-se e entrou na casa, onde foi para seu quarto e trancou a porta. Abriu um armário no qual ainda estavam penduradas muitas das roupas que usara quando era um rapaz da moda e, dentre elas, escolheu um terno de veludo preto com um rico acabamento em renda veneziana. Na verdade, estava um pouco ultrapassado, mas lhe servia perfeitamente e, vestindo-o, ela parecia a própria figura de um nobre Lorde.

Deu uma ou duas voltas diante do espelho para se certificar de que suas anáguas não haviam causado a perda da liberdade de suas pernas e, em seguida, saiu secretamente para a rua.

Era uma bela noite do início de abril. Uma miríade de estrelas misturada à luz de uma lua em formato de foice, que, mais uma vez, era reforçada pelos lampiões da rua, criava uma luz infinitamente agradável para o semblante humano e para a arquitetura do sr. Wren. Todas as coisas apareciam em sua forma mais tenra e, quando davam a impressão de estarem prestes a se dissolver, alguma gota de prata as trazia de volta à vida. Era assim que a conversa deveria ser, pensou Orlando (entregando-se a um devaneio tolo); que a sociedade deveria ser, que a amizade deveria ser, que o amor deveria ser. Pois, sabe-se lá por que, no momento em que perdemos a fé no convívio humano, algum agrupamento ao acaso de celeiros e de árvores ou de um palheiro e de um vagão apresenta-se a nós como um símbolo tão perfeito do que é inatingível que nos faz recomeçar a busca.

Ela entrou na Leicester Square enquanto fazia essas observações. Os prédios tinham uma simetria arejada, porém formal, que não era a que apresentavam durante o dia. A abóbada do céu parecia ter sido habilmente lavada para preencher o contorno dos telhados e das chaminés. Uma jovem que estava sentada desanimada, com um braço caído ao lado do corpo e o outro apoiado no colo, em um banco sob um plátano no meio da praça, parecia a própria imagem da graça, da simplicidade e da desolação. Orlando tirou o chapéu para ela, como um cavalheiro se dirige a uma dama da alta sociedade em um lugar público. A jovem levantou a cabeça. Esta tinha o formato mais requintado. A jovem levantou os olhos. Orlando viu que eles eram de um brilho como o que às vezes se vê em bules de chá, mas raramente em um rosto humano. Através desse reflexo prateado, a moça olhou para ele (pois ele era um homem para ela) com apelo, esperança, tremor e medo. Ela se levantou; ela aceitou seu braço. Pois — será que precisamos enfatizar isso? — ela era da tribo que todas as noites lustra suas mercadorias e as coloca em ordem no balcão comum à espera do maior lance. Conduziu Orlando até o quarto na Gerrard Street onde era seu alojamento. Senti-la pender levemente em seu braço, mas como uma suplicante, despertou em Orlando todos os sentimentos que cabem a um homem. Ela parecia, sentia, falava como homem. No entanto, por ter sido mulher tão recentemente, ela desconfiava que a timidez da moça, suas respostas hesitantes, a própria falta de jeito com a chave no trinco, a dobra de seu manto e a flexão de seu pulso haviam sido todas postas em prática para satisfazer sua masculinidade. Foram para o andar de cima, e o esforço que a pobre criatura havia feito para decorar seu quarto e esconder o fato de que não tinha outro não enganou Orlando nem por um momento. O engano despertava seu desprezo; a verdade despertava sua piedade. Uma coisa revelando-se através da outra deu origem a uma estranha variedade de sentimentos, de modo que ela não sabia se ria ou se chorava. Enquanto isso, Nell, como a moça se autodenominava, desabotoou as luvas; escondeu cuidadosamente o polegar da mão esquerda, que precisava ser remendado; depois se refugiou atrás de um biombo, onde, talvez, tenha retocado a cor das bochechas, arrumado as roupas, colocado um lenço novo no pescoço — o tempo todo tagarelando como as mulheres fazem, para divertir seu amante, embora Orlando pudesse jurar, pelo tom de sua voz, que seus pensamentos estavam em outro lugar. Quando tudo estava pronto, ela saiu, preparada — mas Orlando não conseguiu mais suportar aquilo. No mais

estranho acesso de raiva, alegria e piedade, ela se livrou de qualquer disfarce e admitiu ser mulher.

Diante disso, Nell soltou tamanha gargalhada que poderia ter sido ouvida do outro lado da rua.

— Bem, minha querida — disse ela, quando conseguiu se recuperar —, não lamento de forma alguma ouvir isso. Pois a dura verdade é que — (e foi notável como, ao descobrir que eram do mesmo sexo, seus modos mudaram e ela deixou de lado seu jeito melancólico e atraente) — a dura verdade é que não estou com disposição para a companhia do sexo oposto esta noite. Na verdade, estou em uma encrenca danada.

E então, acendendo o fogo e remexendo em uma tigela de ponche, ela contou a Orlando toda a história de sua vida. Como é a vida de Orlando que nos interessa no momento, não precisamos relatar as aventuras da outra dama, mas é certo que Orlando nunca vira as horas passarem mais rápido ou mais alegremente, embora a sra. Nell não tivesse um pingo de espirituosidade, e, quando o nome do sr. Pope surgiu em uma conversa, perguntou inocentemente se ele estava ligado ao fabricante de perucas com esse nome na Jermyn Street. No entanto, para Orlando, tal é o encanto da naturalidade e a sedução da beleza, que a conversa dessa pobre moça, embora estivesse repleta das expressões vulgares das esquinas, tinha sabor de vinho depois das frases finas com as quais ela se habituara, e foi obrigada a concluir que havia algo na zombaria do sr. Pope, na condescendência do sr. Addison e no segredo de Lorde Chesterfield, que lhe tirou o gosto pela sociedade dos espirituosos, embora ela devesse continuar respeitando profundamente suas obras.

Ela constatou que essas pobres criaturas, pois Nell trouxe Prue, e Prue trouxe Kitty, e Kitty trouxe Rose, tinham uma sociedade própria da qual agora a elegeram membro. Cada uma delas contava a história das aventuras que as haviam conduzido ao seu modo de vida atual. Várias delas eram filhas naturais de condes, e uma estava muito mais próxima do que deveria da pessoa do Rei. Nenhuma era tão infeliz ou tão pobre que não tivesse algum anel ou lenço no bolso que servisse como um símbolo de sua linhagem. Assim, elas se reuniam em torno da tigela de ponche que Orlando se encarregava de fornecer generosamente, e eram várias as belas histórias que contavam e várias as observações divertidas que faziam, pois não se pode negar que, quando as mulheres se reúnem — mas shhhh —, elas sempre têm o cuidado de fechar as portas e não publicar uma palavra sequer. Tudo o que desejam — mas shhhhhh novamente — não é o passo de um homem na escada? Tudo o que desejam, estávamos prestes a dizer quando o cavalheiro tirou as palavras diretamente de nossas bocas. As mulheres não têm desejos, diz esse cavalheiro, entrando na sala de Nell; apenas afetações. Sem desejos (ela o serviu e ele se foi), a conversa delas não pode ter o menor interesse para ninguém.

— É bem sabido — diz o sr. S. W. — que, quando lhes falta o estímulo do outro sexo, as mulheres não encontram nada para dizer umas às outras. Quando estão sozinhas, elas não conversam; arranham-se.

— E como elas não podem conversar quando estão juntas e não podem se arranhar sem interrupção, e é bem sabido que as mulheres são incapazes de qualquer sentimento de afeição por seu próprio sexo e têm a maior aversão umas pelas outras — o sr. T. R. comprovou isso —, o que podemos supor que as mulheres façam quando procuram a companhia umas das outras?

Como essa não é uma questão que possa atrair a atenção de um homem sensato, nós, que gozamos da imunidade de todos os biógrafos e historiadores de qualquer sexo, vamos deixá-la de lado e apenas afirmar que Orlando professava grande prazer no convívio com seu próprio sexo, e deixemos que os cavalheiros comprovem, como gostam muito de fazer, que isso é impossível.

Contudo, fazer um relato exato e específico da vida de Orlando nessa época está cada vez mais fora de questão. Quando olhamos e tateamos pelos pátios mal iluminados, mal pavimentados e mal ventilados que circundavam a Gerrard Street e a Drury Lane naquela época, parece que ora a avistamos, ora a perdemos de vista. O que torna a tarefa de identificação ainda mais difícil é o fato de que, nessa época, ela achava conveniente mudar frequentemente de um tipo de roupas para outro. Assim, ela aparece com frequência nas memórias de seus contemporâneos como "Lorde" Fulano de Tal, que, na verdade, era seu primo; sua generosidade é atribuída a ele, e é ele quem dizem ter escrito os poemas que na verdade eram dela. Ao que parece, ela não tinha dificuldade em manter os diferentes papéis, pois seu sexo mudava com muito mais frequência do que podem imaginar aqueles que usam apenas um tipo de roupas; tampouco pode haver qualquer dúvida de que ela obtinha uma colheita dupla com esse artifício; os prazeres da vida aumentaram e suas experiências se multiplicaram. Da probidade dos calções, ela passava à sedução das anáguas, e desfrutava igualmente do amor de ambos os sexos.

Assim, é possível imaginá-la passando a manhã em uma túnica chinesa de gênero ambíguo, entre seus livros; depois, recebendo um ou dois clientes (pois ela tinha inúmeros suplicantes) com a mesma roupa; em seguida, dava uma volta no jardim e podava as nogueiras — e para isso era conveniente usar calções até o joelho; depois, trocava para um vestido de tafetá florido, que era mais adequado para um passeio até Richmond e para uma proposta de casamento de algum grande nobre; e então voltava à cidade, onde usava uma roupa de cor escura, como a de um advogado, e visitava os tribunais para saber como estavam seus processos — pois sua fortuna estava se esvaindo a cada hora, e os litígios pareciam não estar mais próximos de serem consumados do que há cem anos; e assim, finalmente, quando a noite chegava, ela geralmente se transformava em um nobre completo da cabeça aos pés e andava pelas ruas em busca de aventura.

Ao voltar de alguns desses passeios secretos — dos quais se contavam muitas histórias na época, como a de que ela lutou em um duelo, serviu em um dos navios do Rei como Capitão, foi vista dançando nua em uma sacada e fugiu com uma certa dama para os Países Baixos, aonde o marido da dama as seguiu (mas não expressamos nenhuma opinião sobre a veracidade ou não dessas histórias) —, ao retornar de qualquer que fosse sua atividade, ela às vezes fazia questão de passar por baixo das janelas de um café, onde podia ver os homens de espírito afiado sem ser vista e, assim, podia imaginar, por seus gestos, as coisas sábias, sagazes ou maldosas que estavam dizendo sem ouvir uma palavra sequer, o que talvez fosse uma vantagem; e, certa vez, ela ficou meia hora observando três sombras na persiana tomando chá juntas em uma casa na Bolt Court.

Nunca um espetáculo foi tão envolvente. Ela queria gritar:

— Bravo! Bravo!

Pois, sem dúvida, que belo drama era aquele — que página arrancada do mais grosso volume da vida humana! Lá estava a pequena sombra com os lábios carnudos, remexendo-se para um lado e para o outro em sua cadeira, inquieta, petulante, intrometida; lá estava a sombra feminina curvada, enfiando um dedo na xícara para sentir a profundidade do chá, pois ela era cega; e lá estava a sombra imponente de aparência romana na grande poltrona — aquela que torcia os dedos de forma tão estranha e balançava a cabeça de um lado para o outro e sorvia o chá em grandes goles. Dr. Johnson, sr. Boswell e sra. Williams, esses eram os nomes das sombras. Ela estava tão imersa na visão que se esqueceu de pensar em como as outras eras a teriam invejado, embora pareça provável que naquela ocasião o tivessem feito. Contentou-se em olhar e olhar. Por fim, o sr. Boswell se levantou. Ele saudou a velha senhora com uma aspereza ácida. Porém, com que humildade ele não se rebaixou diante da grande sombra, que agora se erguia em toda sua altura e, oscilando um pouco enquanto se erguia, proferia as frases mais magníficas que já saíram dos lábios humanos; assim as considerou Orlando, embora ela nunca tenha ouvido uma palavra do que as três sombras diziam enquanto estavam sentadas ali, tomando chá.

Por fim, certa noite, depois de um desses passeios, ela chegou à sua casa e foi para o quarto. Tirou o casaco rendado e ficou lá, de camisa e calções, olhando pela janela. Havia algo agitado no ar que a impedia de ir para a cama. Uma névoa branca pairava sobre a cidade, pois era uma noite gelada em pleno inverno, e havia uma vista magnífica ao seu redor. Podia ver a St. Paul, a Torre, a Abadia de Westminster, com todos os pináculos e cúpulas das igrejas da cidade, o volume suave das margens do rio, as curvas opulentas e amplas de seus salões e locais de reunião. Ao norte, erguiam-se as alturas suaves e desbastadas de Hampstead e, a oeste, as ruas e praças de Mayfair brilhavam em um único resplendor. Sobre essa paisagem serena e ordenada, as estrelas olhavam para baixo, brilhantes, positivas, duras, de um céu sem nuvens. Na extrema nitidez da atmosfera, a linha de cada telhado e a campânula de cada chaminé eram perceptíveis. Até mesmo os paralelepípedos das ruas se distinguiam uns dos outros; e Orlando não pôde deixar de comparar essa cena ordenada com o ambiente irregular e amontoado que havia sido a cidade de Londres sob o reinado da Rainha Elisabete. Naquela época, ela se lembrava, a cidade, se é que se podia chamá-la assim, encontrava-se apinhada, um mero emaranhado e conglomerado de casas, sob suas janelas em Blackfriars. As estrelas se refletiam em valas profundas de água estagnada que ficavam no meio das ruas. Uma sombra escura na esquina onde ficava a loja de vinhos era, muito provavelmente, o cadáver de um homem assassinado. Ela se lembrava dos gritos dos muitos feridos nessas brigas noturnas, quando era um garotinho, abraçado à janela com vidros em formato de diamante nos braços de sua ama. Tropas de rufiões, homens e mulheres, indescritivelmente entrelaçados, cambaleavam pelas ruas, cantando canções desvairadas, com joias tilintando em suas orelhas e facas brilhando em seus punhos. Em noites como esta, o emaranhado impermeável das florestas em Highgate e Hampstead estaria delineado, enroscando-se em uma complexidade contorcida contra o céu. Aqui e ali, em uma das colinas que se erguiam acima de Londres, havia uma árvore de enforcamento, com um cadáver pregado para apodrecer ou ressecar em sua cruz; pois o perigo e a insegurança, a luxúria e a violência, a poesia e a imundície pululavam nas tortuosas vias elisabetanas e zumbiam e empestavam — Orlando podia se lembrar até hoje do cheiro delas em uma noite quente — nos pequenos cômodos e caminhos estreitos da cidade. Agora — ela se inclinou para fora da janela — tudo era luz, ordem e serenidade. Havia o leve ruído de uma carruagem nos paralelepípedos. Ela ouviu o grito distante do vigia noturno:

— Doze horas em ponto de uma manhã gelada.

Assim que as palavras saíram de seus lábios, soou a primeira badalada da meia-noite. Orlando, então, pela primeira vez, notou uma pequena nuvem acumulada atrás da cúpula de St. Paul. Ao soar da badalada, a nuvem aumentou, e ela a viu escurecer e espalhar-se com extraordinária velocidade. Ao mesmo tempo, uma leve brisa surgiu e, quando soou a sexta badalada da meia-noite, todo o céu ao leste estava coberto por uma escuridão irregular, embora o céu a oeste e ao norte permanecesse claro como sempre. Em seguida, a nuvem se espalhou para o norte. Cada altura acima da cidade foi engolfada por ela. Em contraste, apenas Mayfair, com todas as suas luzes, brilhava mais do que nunca. Com a oitava badalada, alguns farrapos apressados de nuvem se espalharam por Piccadilly. Eles pareciam se aglomerar e avançar com extraordinária rapidez em direção ao extremo oeste. Com a nona, a décima e a décima primeira badaladas, uma enorme escuridão se espraiou por toda a cidade de Londres. Com a décima segunda badalada da meia-noite, a escuridão se completou. Um turbilhão de nuvens cobriu a cidade. Tudo estava escuro; tudo era dúvida; tudo era confusão. O século XVIII terminara; o século XIX começara.

5

Essa grande nuvem, que pairava, não apenas sobre Londres, mas sobre todas as Ilhas Britânicas no primeiro dia do século XIX, permaneceu, ou melhor, não permaneceu, pois era fustigada constantemente por ventos tempestuosos, por tempo suficiente para provocar consequências extraordinárias naqueles que viviam sob sua sombra. Parecia ter ocorrido uma mudança no clima da Inglaterra. Chovia com frequência, mas apenas em rajadas irregulares, que logo acabavam e começavam novamente. O sol brilhava, é claro, mas estava tão envolto por nuvens e o ar estava tão saturado de água, que seus raios eram descoloridos, e tons roxos, laranja e vermelhos sem graça tomaram o lugar das paisagens mais vibrantes do século XVIII. Sob esse dossel machucado e sombrio, o verde dos repolhos era menos intenso, e o branco da neve, enlameado. O pior, porém, era que a umidade agora começava a entrar em todas as casas — sendo a umidade o mais insidioso de todos os inimigos, pois, enquanto o sol pode ser bloqueado por persianas e a geada combatida por uma lareira quente, a umidade infiltra-se enquanto dormimos; a umidade é silenciosa, imperceptível, onipresente. A umidade incha a madeira, forma crostas na chaleira, enferruja o ferro, apodrece a pedra. O processo é tão gradual que só quando pegamos uma cômoda ou um balde de carvão e tudo se despedaça em nossas mãos é que suspeitamos que a doença está em ação.

Assim, de forma furtiva e imperceptível, sem que ninguém marcasse o dia ou a hora exata da mudança, a constituição da Inglaterra foi alterada, e ninguém se deu conta disso. Os efeitos foram sentidos por toda parte. O cavalheiro do campo, sentado alegremente para uma refeição de cerveja e carne em uma sala projetada, talvez, pelos irmãos Adam, com dignidade clássica, agora sentia frio. Tapetes apareceram, barbas cresceram e as calças foram ajustadas firmemente sob o pé. O frio que ele sentia nas pernas logo foi transferido para sua casa; os móveis foram cobertos; as paredes e as mesas, também. Então, uma mudança na dieta se tornou essencial. Inventaram-se o *muffin* e o *crumpet*. O café substituiu o vinho do Porto depois do jantar e, como o café conduzia a uma sala de estar onde era tomado, e a sala de estar a cristaleiras, e as cristaleiras a flores artificiais, e as flores artificiais a cornijas de lareira, e as cornijas de lareira a pianofortes, e as pianofortes a baladas de sala de estar, e as baladas de sala de estar (pulando uma ou duas etapas) a inúmeros cachorrinhos, tapetinhos e capas de poltronas, o lar — que havia se tornado extremamente importante — foi completamente alterado.

No exterior do lar — outro efeito da umidade — a hera crescia em profusão sem precedentes. Casas que antes eram de pedra nua ficaram

cobertas de vegetação. Em nenhum jardim, por mais formal que fosse seu projeto original, faltava um arbusto, uma vegetação selvagem, um labirinto. A luz que penetrava nos quartos onde as crianças nasciam era naturalmente de um verde-escuro, e a luz que penetrava nas salas de estar onde homens e mulheres adultos conviviam atravessava cortinas de pelúcia marrom e roxa. Contudo, a mudança não parou nos aspectos externos. A umidade infiltrou-se no interior. Os homens sentiam o frio em seus corações; a umidade em suas mentes. Em um esforço desesperado para aconchegar seus sentimentos em algum tipo de calor, tentava-se um subterfúgio após o outro. Amor, nascimento e morte foram envoltos em uma variedade de belas expressões. Os sexos se distanciavam cada vez mais. Não se tolerava nenhuma conversa franca. As evasivas e as dissimulações eram sedutoramente praticadas por ambos os lados. E, assim como a hera e a sempre-viva se revoltavam na terra úmida do lado de fora, a mesma fertilidade se manifestava do lado de dentro. A vida de uma mulher comum era uma sucessão de partos. Ela se casava aos dezenove anos e tinha quinze ou dezoito filhos quando chegava aos trinta; pois havia muitos gêmeos. Assim surgiu o Império Britânico; e assim — pois não há como impedir a umidade; ela entra no tinteiro assim como entra na madeira — as frases se avolumaram, os adjetivos se multiplicaram, os versos líricos se tornaram épicos, e pequenas trivialidades, que tinham sido ensaios de apenas uma coluna, passaram a ser enciclopédias em dez ou vinte volumes. Entretanto, Eusebius Chubb será nossa testemunha do efeito que tudo isso teve sobre a mente de um homem sensível que não podia fazer nada para impedi-lo. Há um trecho no final de suas memórias em que ele relata como, após escrever trinta e cinco páginas in-fólio em uma manhã, "tudo sobre nada", fechou a tampa do tinteiro e saiu para passear no jardim. Logo, ele se viu envolto pelos arbustos. Inúmeras folhas estalavam e reluziam acima de sua cabeça. Parecia-lhe estar "esmagando mais um milhão sob seus pés". Fumaça espessa subia de uma fogueira úmida no final do jardim. Ele refletiu que nenhum incêndio na Terra poderia chegar a consumir aquela vasta carga vegetal. Para onde quer que ele olhasse, a vegetação era desenfreada. Pepinos "vinham rolando pela grama até seus pés". Couves-flores gigantes erguiam-se como terraço sobre terraço até se equipararem, para sua imaginação desordenada, aos próprios olmos. As galinhas não paravam de botar ovos sem coloração especial. Então, lembrando-se com um suspiro de sua própria fecundidade e de sua pobre esposa Jane, agora no auge de seu décimo quinto confinamento em casa, como, perguntou-se, poderia culpar as aves? Olhou para o céu. Será que o próprio paraíso, ou aquele grande frontispício do paraíso, que é o céu, indicava o consentimento, na verdade, a instigação da hierarquia celestial? Pois ali, no inverno ou no verão, ano após ano, as nuvens giravam e se reviravam, como baleias, ponderou, ou melhor, como elefantes; todavia não, não havia como escapar da comparação que lhe foi imposta a partir de mil acres arejados; o próprio céu como um todo, ao se estender sobre as Ilhas Britânicas, não passava de um vasto colchão de plumas; e a fecundidade indistinta do jardim, do quarto e do galinheiro estava refletida ali. Ele entrou na casa, escreveu a passagem citada anteriormente, enfiou a cabeça em um forno a gás e, quando o encontraram mais tarde, já era impossível reanimá-lo.

Enquanto isso ocorria por toda parte na Inglaterra, era muito conveniente para Orlando enclausurar-se em sua casa em Blackfriars e fingir que o clima permanecia o mesmo; que ainda era possível dizer o que se desejasse e usar calções ou saias de acordo com a própria vontade. Até mesmo ela, por fim, foi forçada a reconhecer que os tempos estavam mudando. Uma tarde, no início do século, ela atravessava o parque St. James em sua antiquada carruagem almofadada, quando um desses raios de sol, que ocasionalmente, embora não com frequência, conseguia alcançar a Terra, surgiu, marmorizando as nuvens com estranhas cores prismáticas ao passar. Tal visão era suficientemente estranha após os céus claros e uniformes do século XVIII para que ela abrisse a janela e a olhasse. As nuvens de tom marrom-avermelhado e rosa-flamingo a fizeram pensar com uma angústia prazerosa, o que prova que ela já estava inconscientemente afetada pela umidade, em golfinhos morrendo nos mares jônicos. Mas qual não foi a sua surpresa quando, ao atingir a Terra, o raio de sol pareceu convocar, ou iluminar, uma pirâmide, uma hecatombe ou um troféu (pois tinha um ar de mesa de confraternização) — um conglomerado de objetos dos mais heterogêneos e desordenados, empilhados caoticamente em um vasto monte onde hoje se encontra a estátua da Rainha Vitória! Enrolados em uma imensa cruz de ouro retorcido e ornamentado, havia trajes de luto de viúvas e véus de noiva; enganchados em outras excrescências havia palácios de cristal, berços, capacetes militares, coroas fúnebres, calças, costeletas, bolos de casamento, canhões, árvores de Natal, telescópios, monstros extintos, globos, mapas, elefantes e instrumentos matemáticos — tudo isso sustentado como um gigantesco brasão, do lado direito, por uma figura feminina vestida em uma túnica branca esvoaçante; do lado esquerdo, por um cavalheiro corpulento vestindo fraque e calças bufantes de pano. A incongruência dos objetos, a associação entre o que estava completamente vestido e o que estava parcialmente coberto, a extravagância das diferentes cores e suas justaposições semelhantes ao padrão xadrez afligiram Orlando com a mais profunda consternação. Nunca, em toda a sua vida, havia visto algo tão indecente, tão hediondo e, ao mesmo tempo, tão monumental. Poderia ser, e de fato deveria ser, o efeito do sol no ar carregado de umidade; desapareceria com a primeira brisa que soprasse; mas, apesar de tudo isso, parecia, enquanto ela passava pelo local, como se estivesse destinado a durar para sempre. Nada, ela sentiu, afundando no canto de sua carruagem, nem vento, chuva, sol ou trovão poderia demolir aquela estrutura espalhafatosa. Somente os narizes ficariam manchados e as trombetas enferrujariam; mas ali permaneceriam, apontando para o leste, oeste, sul e norte, eternamente. Ela olhou para trás enquanto sua carruagem subia a Constitution Hill. Sim, lá estava aquilo, ainda brilhando placidamente sob uma luz que — ela tirou o relógio do bolso — era, naturalmente, a luz do meio-dia. Nenhuma outra poderia ser tão prosaica, tão objetiva, tão impermeável a qualquer indício de amanhecer ou pôr do sol, tão aparentemente calculada para durar para sempre. Ela estava determinada a não olhar de novo. Já estava sentindo as marés de seu sangue correrem lentamente. Entretanto, o que era mais peculiar, um rubor, vívido e singular, tomou conta de sua face quando ela passou pelo Palácio de Buckingham e parecia que seus olhos haviam sido forçados por um poder superior a direcionar-se para seus próprios joelhos. De repente, ela percebeu, sobressaltada, que estava vestindo calções pretos. Continuou corando até chegar à sua casa de campo, o que, considerando o tempo que quatro cavalos levam para trotar trinta milhas, será visto, esperamos, como prova significativa de sua virtude.

Chegando lá, ela cedeu àquilo que se tornara a necessidade mais imperiosa de sua natureza e se enrolou o melhor que pôde em uma colcha cor de damasco que retirou da cama. Ela explicou à viúva Bartholomew (que havia sucedido à velha e bondosa Grimsditch como governanta) que estava sentindo frio.

— Todos nós também, senhora — disse a viúva, soltando um profundo suspiro. — As paredes estão transpirando — comentou, com uma curiosa e lúgubre complacência.

E, de fato, bastava apoiar a mão sobre os painéis de carvalho para que as impressões digitais ficassem marcadas. A hera havia crescido de maneira tão abundante que muitas janelas ficaram vedadas. A cozinha estava tão escura que mal se podia distinguir uma chaleira de um coador. Um pobre gato preto havia sido confundido com carvão e atirado na lareira. A maioria das criadas já estava usando três ou quatro anáguas de flanela vermelha, embora fosse agosto.

— Mas será verdade, minha senhora — perguntou a boa mulher, envolvendo-se em um abraço, enquanto o crucifixo dourado balançava em seu peito —, que a Rainha, abençoada seja, está usando um... como se diz, um... — A boa mulher hesitou e enrubesceu.

— Uma crinolina — Orlando completou (pois a notícia havia chegado a Blackfriars).

A sra. Bartholomew assentiu. As lágrimas já escorriam pelo seu rosto, mas, enquanto chorava, sorria. Pois era agradável chorar. Não eram todas elas mulheres fracas? Usando crinolinas para melhor esconder o fato; o grande fato; o único fato; todavia, não obstante, o deplorável fato; que toda mulher recatada fazia o possível para negar até que a negação se tornasse impossível; o fato de que ela estava prestes a ter um filho? A ter quinze ou vinte filhos, na verdade, de modo que a maior parte da vida de uma mulher recatada era gasta, afinal, em negar o que, ao menos um dia, todos os anos, se tornava óbvio.

— Os muffins estão quentinhos — disse a sra. Bartholomew no sotaque típico da classe operária do leste de Londres, enxugando as lágrimas — na biblioteca.

E, envolta na colcha cor de damasco, Orlando se sentou diante de uma bandeja de muffins.

— Os muffins estão quentinhos — Orlando pronunciou a horrenda frase no estilo do leste de Londres, com o refinado sotaque do leste de Londres da sra. Bartholomew enquanto bebia (embora não, pois ela detestava este líquido insípido) seu chá.

Foi neste mesmo cômodo, ela se lembrou, que a Rainha Elisabete ficou diante da lareira, com uma caneca de cerveja na mão que, de repente, atirou na mesa quando o Lorde Burghley usou o imperativo em vez do subjuntivo:

— Homenzinho, homenzinho — Orlando podia ouvi-la dizer —, o *must* é uma palavra a ser dirigida aos príncipes? — E lá se foi a caneca em cima da mesa: a marca ainda estava lá.

No entanto, quando Orlando saltou para se levantar, como o simples pensamento daquela grande Rainha ordenava, a colcha da cama a fez tropeçar e ela caiu de volta na poltrona com um xingamento. Amanhã, ela supôs, teria que comprar vinte metros ou mais de bombazina preta para fazer uma saia. E então (neste ponto enrubesceu), teria que comprar uma crinolina, e depois (neste ponto enrubesceu) um berço, e depois outra crinolina, e assim por diante... Os rubores iam e vinham com a mais requintada reafirmação de recato e vergonha que se possa imaginar. Era possível ver o espírito da época soprando, ora quente, ora frio, em suas maçãs do rosto. E se o espírito da época soprava de forma um pouco desigual, com a crinolina sendo motivo de embaraço antes mesmo do marido, sua posição ambígua deveria desculpá-la (até mesmo seu sexo ainda estava em disputa) assim como a vida irregular que levara antes.

Por fim, a cor de sua face retomou a estabilidade, como se o espírito da época — se é que existia — adormecesse por um tempo. Então Orlando apalpou o peitoral de sua camisa, como se estivesse procurando algum medalhão ou a relíquia de um afeto perdido, embora não tenha retirado nada disso, mas sim um rolo de papel, manchado de mar, manchado de sangue, manchado de viagem — o manuscrito de seu poema, "O Carvalho". Ela o carregara consigo por tantos anos, e em circunstâncias tão arriscadas, que muitas das páginas estavam manchadas, algumas rasgadas, enquanto as dificuldades que enfrentara para conseguir papel de escrita quando estava com os ciganos a forçaram a preencher as margens e a cruzar as linhas até deixar o manuscrito com a aparência de um remendo feito com a maior dedicação. Ela voltou à primeira página e leu a data, 1586, escrita por sua própria mão de menino. Já estava trabalhando nisso havia quase trezentos anos. Era hora de pôr um ponto-final. E assim ela começou a folhear e a mergulhar e a ler e a pular e a pensar, enquanto lia quão pouco havia mudado em todos aqueles anos. Havia sido um menino sombrio, apaixonado pela morte, como os meninos são; depois, ela havia sido amorosa e florida; depois, havia sido alegre e satírica; às vezes, experimentara a prosa e, às vezes, experimentara o drama. No entanto, apesar de todas essas mudanças, ela permanecera, refletiu, fundamentalmente a mesma. Tinha o mesmo temperamento meditativo, o mesmo amor pelos animais e pela natureza, a mesma paixão pelo campo e pelas estações.

"Afinal", pensou, levantando-se e indo até a janela, "nada mudou. A casa e o jardim estão exatamente como estavam. Nem uma cadeira foi movida, nem uma quinquilharia foi vendida. Estão lá as mesmas trilhas, os mesmos gramados, as mesmas árvores e o mesmo lago, com, ouso dizer, as mesmas carpas. É verdade que a Rainha Vitória está no trono e não a Rainha Elisabete, mas que diferença faz...

Assim que o pensamento tomou forma, eis que como se para censurá-lo, a porta foi escancarada e entraram Basket, o mordomo, seguido por Bartholomew, a governanta, para limpar a mesa do chá. Orlando, que acabara de mergulhar sua caneta na tinta e estava prestes a compor algumas reflexões sobre a eternidade de todas as coisas, ficou muito irritada ao ser impedida por uma mancha que se espalhou e serpenteou em volta da caneta. Supôs que era algum defeito da caneta; estaria rachada ou suja. Mergulhou-a novamente. A mancha aumentou. Tentou continuar o que estava dizendo; as palavras não lhe vinham. Em seguida, tentou decorar o borrão com asas e bigodes, até que se tornou um monstro de cabeça redonda, algo entre um morcego e um vombate. Quanto a escrever poesia, no entanto, com Basket e Bartholomew no quarto, era impossível. Mal havia dito "impossível", para seu espanto e alarme, a caneta começou a curvar-se e a girar suavemente, com a maior fluidez possível. Sua página ficara escrita com a cursiva mais elegante e inclinada, com o verso mais insípido que ela já havia lido em sua vida:

Sou apenas um elo vil
Em meio à corrente cansada da vida,
Mas proferi palavras sagradas,
Oh, não diga que em vão!

Será que a jovem donzela, quando suas lágrimas,
Sozinha sob a luz do luar brilharem,
Lágrimas pelo ausente e pelo amado,
Murmurará ———

Ela escrevia sem parar enquanto Bartholomew e Basket grunhiam e resmungavam pelo quarto, arrumando a lareira, recolhendo os muffins. Mais uma vez, ela pegou a caneta e começou a escrever:

Ela estava tão mudada, a suave nuvem de cravos
Que antes cobria sua face, como aquela que à noite
Pende dos céus, brilhando com um tom rosado,
Desvanecera-se em palidez, quebrada por
Brilhantes rubores ardentes, tochas do túmulo,

Mas aqui, com um movimento brusco, ela derramou a tinta sobre a página e a eliminou da vista humana, esperava, para sempre. Era toda tremor, toda confusão. Nada mais repulsivo poderia ser imaginado do que sentir a tinta fluindo em cascatas de inspiração involuntária. O que havia acontecido com ela? Seria a umidade, seria Bartholomew, seria Basket, o que seria?, perguntava-se. Porém, o quarto estava vazio. Ninguém lhe respondia, a não ser que o gotejamento da chuva na hera pudesse ser interpretado como uma resposta.

Nesse meio-tempo, ela se deu conta, enquanto estava de pé junto à janela, de um formigamento e uma vibração extraordinários por toda a parte, como se fosse feita de milhares de fios sobre os quais uma brisa ou dedos errantes estivessem tocando uma escala. Ora seus dedos dos pés formigavam; ora sua medula. Tinha as sensações mais estranhas no fêmur. Seus pelos pareciam se eriçar. Seus braços vibravam e ressoavam como os fios do telégrafo estariam vibrando e ressoando dali a uns vinte anos. Mas toda essa agitação pareceu, por fim, concentrar-se nas mãos; e depois em uma só mão, e depois em um dedo dessa mão, e finalmente se contraiu de modo a formar um anel de sensibilidade trêmula em torno do segundo dedo da mão esquerda. E, quando ela a levantou para ver o que causava essa agitação, não viu nada — nada além da imensa esmeralda solitária que a Rainha Elisabete lhe havia dado. E isso não era suficiente?, perguntou. Era da mais fina essência. Valia pelo menos dez mil libras. A vibração parecia, da maneira mais estranha (mas lembre-se de que estamos lidando com algumas das manifestações mais sombrias da alma humana), dizer Não, não é suficiente; e, em seguida, assumir um tom de interrogação, como se estivessem perguntando o que isso significava, esse hiato, esse estranho descuido? Até que a pobre Orlando sentiu verdadeira vergonha pelo segundo dedo de sua mão esquerda, sem saber por quê. Neste momento, Bartholomew entrou para perguntar que vestido ela escolheria para o jantar, e Orlando, cujos sentidos estavam muito aguçados, olhou instantaneamente para a mão esquerda de Bartholomew e percebeu o que ela nunca havia notado antes — um anel grosso de um amarelo bastante ictérico circundando o segundo dedo, onde o seu estava descoberto.

— Deixe-me ver o seu anel, Bartholomew — disse ela, estendendo a mão para pegá-lo.

Ao ouvir isso, Bartholomew agiu como se tivesse sido atingida no peito por um malfeitor. Recuou um ou dois passos, cerrou a mão e a afastou dela com um gesto extremamente nobre.

— Não — respondeu, com dignidade resoluta.

Vossa Senhoria poderia olhá-lo se quisesse, mas quanto a tirar a aliança de casamento, nem o Arcebispo, nem o Papa, nem a Rainha Vitória em seu trono poderiam obrigá-la a fazer isso. O seu Thomas a havia colocado em seu dedo há vinte e cinco anos, seis meses e três semanas; ela havia dormido com ela; trabalhado com ela; se lavado com ela; rezado com ela; e estava disposta a ser enterrada com ela. Na verdade, Orlando ouviu-a dizer, embora sua voz estivesse muito embargada pela emoção, que era pelo brilho de sua aliança de casamento que ela seria designada para sua posição entre os anjos e que seu brilho seria manchado para sempre se ela a deixasse de lado nem que fosse por um segundo.

— Que Deus nos ajude — comentou Orlando, parada na janela e observando os pombos em suas brincadeiras. — Que mundo é este em que vivemos! Que mundo, convenhamos.

Suas complexidades a surpreendiam. Agora, parecia-lhe que o mundo inteiro estava rodeado de ouro. Ela saiu para jantar. Havia muitas alianças de casamento. Foi à igreja. Havia alianças de casamento por toda parte. Saiu de carro. De ouro ou de *pinchbeck* finas, grossas, simples, lisas, elas brilhavam intensamente em todas as mãos. Os anéis enchiam as joalherias, não os com imitações de pedras, nem os de diamantes lembrados por Orlando,

mas simples anéis sem uma pedra sequer. Ao mesmo tempo, ela começou a notar um novo hábito entre as pessoas da cidade. Antigamente, costumava-se encontrar um rapaz brincando com uma moça debaixo de uma sebe de espinheiros. Orlando já havia atingido muitos casais com a ponta de seu chicote, e rido e seguido em frente. Agora, tudo isso havia mudado. Os casais caminhavam e vagavam pelo meio da estrada, indissoluvelmente unidos. A mão direita da mulher invariavelmente ficava enganchada à esquerda do homem e os dedos dela eram agarrados pelos dele com firmeza. Muitas vezes, somente quando os narizes dos cavalos estavam em cima deles os dois se moviam, e então, embora se movessem, faziam-no juntos, pesadamente, para o lado da estrada. Orlando só podia supor que alguma nova descoberta havia sido feita sobre a raça; eles estavam de alguma forma presos um ao outro, casal após casal, mas quem teria feito isso, e quando, ela não conseguia adivinhar. Não parecia ser a Natureza. Ela olhava para as pombas e os coelhos e os elkhounds e não conseguia enxergar na Natureza tal mudança ou correção de hábitos, pelo menos desde a época da Rainha Elisabete. Não havia nenhuma aliança indissolúvel entre os brutos que ela pudesse ver. Teria sido então a Rainha Vitória ou o Lorde Melbourne? Teria sido a partir deles que se deu, então, a grande descoberta do casamento? No entanto, ponderou, dizia-se que a Rainha gostava de cães, e que Lorde Melbourne, como ela ouvira, gostava muito de mulheres. Era estranho — era desagradável; de fato, havia algo nessa indissolubilidade dos corpos que era repugnante para seu senso de decência e higiene. Suas reflexões, no entanto, eram acompanhadas por um tal formigamento e tremor no dedo afetado, que ela mal conseguia manter suas ideias em ordem. Eram lânguidas e sonhadoras, como as fantasias de uma criada. Faziam-na corar. Não havia outra solução a não ser comprar uma daquelas alianças feias e usá-la como os demais. Foi o que fez, colocando-a, cheia de vergonha, no dedo à sombra de uma cortina; mas sem sucesso. O formigamento persistia mais violento e mais indignado do que nunca. Não dormiu nada naquela noite. Na manhã seguinte, quando pegou a caneta para escrever, ou não conseguia pensar em nada, e a caneta fazia um grande borrão lacrimoso após o outro, ou se desviava, o que era ainda mais alarmante, entrando por fluências melífluas sobre mortes prematuras e decomposição, o que era pior do que não pensar em nada. Pois parece — o caso dela é a prova disso — que escrevemos não com os dedos, mas com a pessoa inteira. O nervo que controla a caneta serpenteia por todas as fibras de nosso ser, entra no coração e perfura o fígado. Embora a sede de seu problema parecesse ser o dedo esquerdo, ela podia sentir-se envenenada por completo e, por fim, foi forçada a considerar o mais desesperado dos remédios, que era ceder completa e submissamente ao espírito da época, e arranjar um marido.

O fato de isso ser muito contrário ao seu temperamento natural já ficou suficientemente claro. Quando o som das rodas da carruagem do arquiduque se extinguiu, o grito que lhe escapou dos lábios foi "Vida! Um amante!" e não "Vida! Um marido!", e foi em busca desse objetivo que ela foi para a cidade e perambulou pelo mundo, como foi mostrado no capítulo anterior. No entanto, a natureza indomável do espírito da época é tal que derruba qualquer um que tente se opor a ele com muito mais eficácia do que aqueles que se curvam à sua vontade. Orlando estava naturalmente inclinada ao espírito elisabetano, ao espírito da Restauração, ao espírito do século XVIII e, consequentemente, mal tinha se dado conta da mudança de uma época para outra. Mas o espírito do século XIX era extremamente hostil a ela e, assim, ele a capturou e a quebrou, e ela estava ciente de sua derrota nas mãos dele como nunca estivera antes. Pois é provável que o espírito humano tenha seu lugar no tempo que lhe é atribuído; alguns nascem para esta época, outros para aquela; e agora que Orlando já era uma mulher adulta, um ou dois anos depois dos trinta, na verdade, as linhas de seu caráter estavam fixas, e dobrá-las para o lado errado era intolerável.

Assim, ela permaneceu triste na janela da sala de estar (Bartholomew havia batizado a biblioteca dessa forma), arrastada pelo peso da crinolina que havia adotado submissamente. Era mais pesada e mais sem graça do que qualquer outro vestido que ela já havia usado. Nenhum outro havia impedido tanto seus movimentos. Não podia mais passear pelo jardim com seus cães, nem correr com leveza até a colina elevada e se deitar sob o carvalho. Suas saias acumulavam folhas e palha úmidas. O chapéu de plumas balançava com a brisa. Os sapatos finos ficavam rapidamente encharcados e sujos de lama. Seus músculos haviam perdido a flexibilidade. Deixava-a nervosa a possibilidade de haver ladrões atrás do lambril e começou a ter medo, pela primeira vez em sua vida, de fantasmas nos corredores. Isso tudo a inclinava, passo a passo, a se submeter à nova descoberta, fosse ela

da Rainha Vitória ou de outra pessoa, de que cada homem e cada mulher têm alguém designado para a vida toda, a quem ampara e por quem é amparado, até que a morte os separe. Seria um conforto, ela sentiu, inclinar-se; sentar-se; sim, deitar-se; nunca, nunca, nunca ter que levantar-se novamente. Foi assim que o espírito agiu sobre ela, apesar de todo o seu orgulho passado, e, à medida que ela descia a escala das emoções para esse lugar humilde e inabitual, aqueles tremores e formigamentos que tinham sido tão capciosos e tão questionadores foram se transformando nas mais doces melodias, até parecer que os anjos estavam tocando as cordas da harpa com dedos brancos, e todo o seu ser estava permeado por uma harmonia seráfica.

Contudo, em quem ela poderia se apoiar? A pergunta foi feita aos ventos selvagens de outono. Pois já era outubro e estava úmido como sempre. Não no arquiduque; ele havia se casado com uma importante dama e caçava lebres na Romênia havia muitos anos; nem no sr. M.; ele se convertera ao catolicismo; nem no marquês de C.; ele fazia sacos em Botany Bay; nem no Lorde O.; há muito tempo servia de alimento para os peixes. De uma forma ou de outra, todos os seus antigos parceiros haviam desaparecido, e as Nells e as Kits, de Drury Lane, apesar de sua preferência por elas, dificilmente poderiam servir de apoio.

— Em quem — perguntou ela, olhando para as nuvens que giravam, juntando as mãos enquanto se ajoelhava no parapeito da janela e parecendo a própria imagem da feminilidade encantadora ao fazer isso — poderei me apoiar?

Suas palavras se formaram sozinhas, suas mãos se juntaram involuntariamente, assim como sua caneta havia escrito por vontade própria. Não era Orlando quem falava, mas o espírito da época. No entanto, fosse qual fosse, ninguém respondia. As gralhas se agitavam entre as nuvens violeta do outono. A chuva havia finalmente cessado e havia uma iridescência no céu que a instigou a colocar seu chapéu de plumas e seus sapatinhos de cordões e sair para passear antes do jantar.

"Todos têm seus pares, exceto eu", pensava, enquanto caminhava desconsoladamente pelo pátio. Lá estavam as gralhas; até mesmo Canute e Pippin — por mais transitórios que fossem seus compromissos, cada um parecia ter um parceiro naquela noite. "Enquanto isso, eu, que sou a dona de tudo", pensou Orlando, olhando de relance para as inúmeras janelas brasonadas do salão, "sou solteira, não tenho par, estou sozinha". Tais pensamentos nunca haviam passado por sua cabeça antes. Agora, eles a atormentavam de forma inevitável. Em vez de abrir o portão, bateu com a mão enluvada para que o porteiro o abrisse para ela. É preciso apoiar-se em alguém, pensou, mesmo que seja apenas em um porteiro; e metade dela desejava ter ficado ali para ajudá-lo a grelhar sua costela em um braseiro, mas era tímida demais para pedir isso. Assim, saiu sozinha para o parque, hesitante no início, e apreensiva com a possibilidade de haver ladrões ou guarda-caças ou até mesmo moleques de recados que se maravilhassem com o fato de uma grande dama estar passeando sozinha.

Orlando por volta do ano 1840

A cada passo, ela olhava nervosamente, com medo de que algum homem se escondesse atrás de um arbusto ou de que alguma vaca selvagem abaixasse os chifres para derrubá-la. Mas havia apenas as gralhas voando no céu. Uma pena azul-aço caiu de uma delas entre as urzes. Ela adorava as penas de pássaros selvagens. Costumava colecioná-las quando era menino. Ela a pegou e a colocou em seu chapéu. O ar soprou em seu espírito e a reanimou um pouco. Enquanto as gralhas rodopiavam e giravam acima de sua cabeça e pena após pena caía brilhando no ar arroxeado, ela as seguia, com seu longo manto flutuando atrás de si, sobre o campo, subindo a colina. Fazia anos que ela não andava até tão longe. Havia colhido seis penas da grama, colocando-as entre as pontas dos dedos e pressionando-as contra os lábios para sentir a plumagem lisa e cintilante, quando viu, reluzindo na encosta da colina, uma lagoa prateada, misteriosa como o lago no qual Sir Bedivere jogou a espada de Arthur. Uma única pena se agitou no ar e caiu no meio do lago. Então, um estranho êxtase tomou conta dela. Uma ideia selvagem de seguir os pássaros até a borda do mundo e se jogar na grama esponjosa e ali beber o esquecimento, enquanto o riso rouco das gralhas ressoava sobre ela. Acelerou o passo; correu; tropeçou; as raízes duras das urzes a derrubaram no chão. Havia quebrado o tornozelo. Não conseguia se levantar. Mas ali ficou, satisfeita. O aroma da murta-do-pântano e da ulmária estava em suas narinas. O riso rouco das gralhas estava em seus ouvidos.

— Encontrei meu companheiro — murmurou. — É a campina. Sou noiva da natureza — sussurrou, entregando-se em êxtase aos abraços frios da grama, enquanto se deitava, dobrada, sobre seu manto na depressão próxima à lagoa. — Aqui ficarei. (Uma pena caiu sobre sua testa.) Encontrei um louro mais verde do que todos os outros. Minha testa estará sempre fresca. Estas são penas de pássaros selvagens; corujas, noitibós. Terei sonhos selvagens. Minhas mãos não usarão aliança — continuou, tirando-a do dedo. — As raízes se entrelaçarão ao redor delas. Ah! — suspirou, pressionando a cabeça deliciosamente em seu travesseiro esponjoso. — Procurei a felicidade por muitas eras e não a encontrei; procurei a fama e a perdi; procurei o amor e não o conheci; a vida: e eis que a morte é melhor. Conheci muitos homens e muitas mulheres — prosseguiu —; não compreendi ninguém. É melhor que eu fique em paz aqui, apenas o céu acima de mim, como o cigano me disse anos atrás. Isso foi na Turquia.

E olhou diretamente para a maravilhosa espuma dourada onde as nuvens se agitavam e, no momento seguinte, viu nelas uma trilha e camelos passando em fila indiana pelo deserto rochoso entre nuvens de poeira vermelha; e então, quando os camelos passaram, restaram apenas montanhas, muito altas e cheias de fendas e com pináculos de rocha, e ela imaginou ter ouvido sinos de cabra tocando em suas passagens, e em seus vales havia campos de flores de íris e gencianas. Então o céu mudou e seus olhos foram se abaixando lentamente até chegarem à terra escurecida pela chuva e verem a grande elevação do South Downs, que fluía em uma onda ao longo da costa; e, onde a terra terminava, havia o mar, o mar com navios passando; e ela imaginou ter ouvido um canhão ao longe, no mar, e pensou a princípio "É a Armada", e depois pensou "Não, é Nelson", e então se lembrou de que aquelas guerras haviam terminado e que as embarcações eram navios mercantes em plena atividade; e as velas no rio sinuoso eram de barcos de lazer. Ela também viu o gado espalhado pelos campos escuros, ovelhas e vacas, e viu as luzes que apareciam, aqui e ali, nas janelas das fazendas e as lamparinas que se movimentavam em meio ao gado enquanto o pastor e o vaqueiro faziam suas rondas; e então as luzes se apagaram e as estrelas se ergueram e se emaranharam no céu. Na verdade, ela estava adormecendo com as penas molhadas no rosto e o ouvido pressionado contra o chão quando ouviu, lá no fundo, um martelo em uma bigorna, ou seria um coração batendo? Tique-taque, tique-taque, assim ele martelava, assim ele batia, a bigorna ou o coração no centro da Terra; até que, enquanto ouvia, pareceu-lhe que o som mudava para o trote dos cascos de um cavalo; um, dois, três, quatro, ela contou; então ouviu um solavanco; depois, à medida que ele se aproximava mais e mais, podia ouvir o estalar de um galho e a sucção do charco úmido em seus cascos. O cavalo estava quase em cima dela. Ela se sentou ereta. Erguendo-se imponente contra o céu raiado de dourado da alvorada, com os borrelhos subindo e descendo ao seu redor, ela viu um homem a cavalo. Ele sobressaltou-se. O cavalo parou.

— Senhora — gritou o homem, saltando ao chão —, está ferida!

— Estou morta, senhor! — respondeu ela.

Poucos minutos depois, eles ficaram noivos.

Na manhã seguinte, enquanto tomavam o café da manhã, ele lhe disse seu nome. Era Marmaduke Bonthrop Shelmerdine, Esquire.[13]

— Eu sabia! — exclamou.

Pois havia algo de romântico e cavalheiresco, apaixonado, melancólico, embora determinado nele, que combinava com o nome selvagem e de plumagem escura; um nome que tinha em sua mente o brilho azul de aço das asas das gralhas, o riso rouco de seus grasnados, a descida serpenteante de suas penas em uma lagoa prateada e mil outras coisas, que serão descritas a seguir.

— O meu é Orlando — disse ela.

Ele já havia adivinhado. Pois, quando se vê um navio a toda vela, com o sol sobre ele, atravessando orgulhosamente o Mediterrâneo vindo dos Mares do Sul, diz-se imediatamente, "Orlando", segundo explicou.

Na verdade, apesar de terem se conhecido há tão pouco tempo, eles haviam adivinhado, como sempre acontece entre os amantes, tudo de importante um sobre o outro, no máximo, em dois segundos, e agora restava apenas preencher detalhes sem importância, como seus nomes, onde moravam e se eram mendigos ou pessoas de posses. Ele tinha um castelo nas Hébridas, mas estava em ruínas, disse-lhe. Os alcatrazes faziam um festim no salão de banquetes. Ele havia sido soldado e marinheiro, e havia explorado o Oriente. Agora estava a caminho de se juntar ao seu brigue em Falmouth, mas o vento havia diminuído, e somente quando soprava do sudoeste era possível sair para o mar. Orlando olhou apressadamente pela janela da sala do café da manhã para o leopardo dourado no cata-vento. Felizmente, sua cauda apontava para o leste e estava firme como uma rocha.

— Oh! Shel, não me deixe! — ela gritou. — Estou perdidamente apaixonada por você.

Assim que as palavras saíram de sua boca, uma terrível suspeita surgiu simultaneamente na mente de ambos.

---

13 No contexto britânico, "Esquire" é um título de cortesia usado tradicionalmente após o nome de um homem como sinal de respeito, especialmente para pessoas de certo status social ou profissional. Não é um título nobiliárquico, mas carrega um tom de formalidade ou distinção. (N. T.)

— Você é mulher, Shel! — gritou ela.

— Você é homem, Orlando! — gritou ele.

Nunca houve uma cena de protesto e demonstração como a que ocorreu então, desde o início do mundo. Quando terminou e eles estavam sentados novamente, ela lhe perguntou o que era aquela conversa sobre um vendaval do sudoeste. Para onde ele estava indo?

— Para o Cabo Horn — disse ele brevemente, e corou. (Pois um homem tem de corar como uma mulher, só que diante de coisas bem diferentes.)

Foi somente à força de muita pressão da parte dela e do uso de muita intuição que ela percebeu que a vida dele havia sido vivida na mais desesperada e esplêndida das aventuras — que é a de navegar ao redor do Cabo Horn em meio a um vendaval. Os mastros haviam sido arrancados; as velas, rasgadas em tiras (ela teve de arrancar a confissão dele). Às vezes, o navio naufragava e ele era o único sobrevivente em uma jangada com um biscoito.

— É tudo o que um homem pode fazer hoje em dia — disse ele, envergonhado, e serviu-se de grandes colheradas de geleia de morango.

A visão que ela teve, então, desse menino (pois ele era pouco mais do que isso) chupando balas de hortelã, pelas quais ele tinha paixão, enquanto os mastros se partiam e as estrelas rodavam, e ele bradava ordens breves para cortar isto à deriva, lançar aquilo ao mar, trouxe-lhe lágrimas aos olhos, lágrimas que ela notava serem de um sabor mais refinado do que qualquer outra que já havia chorado antes. "Sou uma mulher", pensou, "uma mulher de verdade, finalmente". Ela agradeceu a Bonthrop do fundo do coração por ter lhe proporcionado esse raro e inesperado prazer. Se ela não estivesse manca do pé esquerdo, teria se sentado sobre os joelhos dele.

— Shel, meu querido — retomou —, conte-me...

E, assim, conversaram por duas horas ou mais, talvez sobre o Cabo Horn, talvez não, e, na verdade, não adiantaria escrever o que disseram, pois eles se conheciam tão bem que podiam dizer o que quisessem, o que equivale a não dizer nada, ou a dizer coisas tão idiotas e insignificantes, por exemplo, como preparar uma omelete ou onde comprar as melhores botas de Londres, daquelas que não têm brilho algum fora de seu lugar na loja, mas são positivamente, em si, de uma beleza estonteante. Porque veio a ser, pela sábia economia da natureza, que nosso espírito moderno pode quase dispensar a linguagem; as expressões mais comuns bastam, uma vez que nenhuma expressão basta; portanto, a conversa mais comum é frequentemente a mais poética, e a mais poética é precisamente aquela que não pode ser escrita. Por essas razões, deixamos um grande espaço em branco aqui, o que deve ser entendido como indicação de que o espaço está totalmente preenchido.

Depois de mais alguns dias com esse tipo de conversa, "Orlando, minha querida", Shel começava, houve uma confusão do lado de fora, e Basket, o mordomo, entrou com a informação de que havia dois policiais lá embaixo com um mandado da Rainha.

— Faça-os subir — ordenou Shelmerdine de forma sucinta, como se estivesse em seu próprio convés, assumindo, por instinto, uma postura com as mãos para trás em frente à lareira.

Dois oficiais em uniformes verde-garrafa, com cassetetes nos quadris, entraram na sala e ficaram em posição de sentido. Findas as formalidades, entregaram nas mãos de Orlando, como era sua incumbência, um documento legal de natureza imponente, a julgar pelas gotas de lacre, as fitas, os juramentos e as assinaturas, todos da maior importância.

Orlando passou os olhos por ele e, em seguida, usando o dedo indicador da mão direita como ponteiro, leu os seguintes fatos que seriam mais pertinentes ao assunto.

— Os processos foram julgados — leu ela —, alguns a meu favor, como, por exemplo... outros não. O casamento turco foi anulado... Eu era embaixador em Constantinopla, Shel — explicou. — Os filhos foram considerados ilegítimos (disseram que eu havia tido três filhos com Pepita, uma dançarina espanhola). Portanto, eles não herdarão nada, o que é muito bom... Sexo? Ah! E quanto ao sexo? Meu sexo — leu com certa solenidade — foi declarado indiscutivelmente, e sem sombra de dúvida (o que eu estava lhe dizendo há pouco, Shel?), feminino. As propriedades, que estão agora desembargadas em herança perpétua, passam a ser vinculadas e atribuídas aos herdeiros masculinos do meu corpo, ou, na falta de casamento — aqui, contudo, ela ficou impaciente com esse palavreado jurídico e disse: — Mas não haverá nenhuma falta de casamento, nem de herdeiros, assim, o resto pode ser considerado como lido.

Depois disso, ela apôs sua própria assinatura, abaixo da do Lorde Palmerston, e, a partir daquele momento, passou a possuir seus títulos, sua casa e seu patrimônio (que haviam encolhido muito, pois o custo dos processos havia sido prodigioso, e, embora ela fosse infinitamente nobre novamente, também era excessivamente pobre).

Quando o resultado da ação judicial foi divulgado (e os boatos voaram muito mais rápido do que o telégrafo que os substituiu), a cidade inteira se encheu de alegria.

[Cavalos foram enganchados em carruagens com o único propósito de serem levados para dar uma volta. Barouches e landaus vazios circulavam incessantemente pela High Street. Discursos foram lidos no pub Bull. Réplicas vieram do Stag. A cidade foi iluminada. Porta-joias de ouro foram seguramente trancados em caixas de vidro. Moedas foram devidamente colocadas sob pedras. Fundaram-se hospitais. Inauguraram-se clubes de ratos e pardais. Mulheres turcas, às dúzias, foram queimadas em efígie na praça do mercado, juntamente com dezenas de meninos camponeses com o rótulo "Sou um Impostor desprezível" pendurado em suas bocas. Os pôneis cor de creme da Rainha logo foram vistos trotando pela avenida com uma ordem para que Orlando jantasse e dormisse no Castelo, naquela mesma noite. Sua mesa, como em uma ocasião anterior, foi inundada por convites da condessa de R., de Lady Q., de Lady Palmerston, da marquesa de P., da sra. W. E. Gladstone e de outras, suplicando o prazer de sua companhia, lembrando-a de antigas alianças entre a família delas e a sua etc.] — tudo isso está devidamente colocado entre colchetes, como anteriormente, pela boa razão de que um parêntese não tinha qualquer importância na vida de Orlando. Ela pulou essa parte, para continuar com o texto. Pois, quando as fogueiras estavam ardendo na praça do mercado, ela estava sozinha na floresta escura com Shelmerdine. O tempo estava tão bom que as árvores estendiam seus galhos imóveis acima deles, e, se uma folha caísse, ela caía, manchada de vermelho e dourado, tão lentamente que era possível observá-la por meia hora, flutuando e caindo, até finalmente pousar nos pés de Orlando.

— Conte-me, Mar — dizia ela (e aqui é preciso explicar que, quando ela o chamava pela primeira sílaba de seu primeiro nome, encontrava-se em um estado de espírito sonhador, amoroso e aquiescente, doméstico, um pouco lânguido, como se toras de madeira estivessem queimando e anoitecesse, mas ainda não estivesse na hora de se vestir, e um pensamento talvez úmido lá fora, o suficiente para fazer as folhas brilharem, embora um rouxinol pudesse estar cantando entre as azaleias, dois ou três cães latindo em fazendas distantes, um galo cantando; tudo isso o leitor deve imaginar na voz dela). — Conte-me, Mar — dizia —, sobre o Cabo Horn.

Então Shelmerdine fazia, no chão, um pequeno esboço do Cabo com galhos e folhas mortas e uma ou duas conchas de caracol vazias.

— Aqui está o norte — explicava ele. — Ali está o sul. O vento está vindo daqui. O brigue está navegando para o oeste; acabamos de abaixar o mastro e a popa com o braço superior; e então, veja, aqui, onde está este pedaço de grama, o brigue entra na corrente que você verá marcada, onde estão meu mapa e minhas bússolas. Contramestre? Ah, obrigado, isto serve, onde está a concha do caracol. A correnteza pega a embarcação a estibordo, então temos de armar o *jib boom* ou seremos levados para bombordo, que é onde está aquela folha de faia, pois você precisa entender, minha querida...

E assim ele continuava, e ela ouvia cada palavra, interpretando-as corretamente, para ver, isto é, sem que ele tivesse de lhe dizer, a fosforescência nas ondas, os pingentes de gelo tilintando nas coberturas; como ele foi até o topo do mastro em um vendaval; lá refletiu sobre o destino do homem; desceu novamente; tomou um uísque com soda; foi para a praia; ficou enredado com uma mulher negra; arrependeu-se; raciocinou; leu Pascal; decidiu escrever filosofia; comprou um macaco; debateu o verdadeiro fim da vida; decidiu a favor do Cabo Horn, e assim por diante. Ela entendeu tudo isso e milhares de outras coisas que ele dizia e, portanto, quando ela respondeu "Sim, as negras são sedutoras, não são?" depois de avisar-lhe que o estoque de biscoitos já havia acabado, ele ficou surpreso e encantado ao perceber como ela havia entendido bem o significado daquilo que dissera.

— Tem certeza de que você não é um homem? — perguntava ele, ansioso.

E ela respondia:

— É possível que você não seja uma mulher?

E então eles puseram isso à prova sem mais delongas. Pois cada um ficou tão surpreso com a rapidez da sintonia do outro, e foi para cada um deles uma revelação tamanha que uma mulher pudesse ser tão tolerante e franca quanto um homem, e que um homem pudesse ser tão estranho e sutil quanto uma mulher, que tiveram que pôr a questão à prova imediatamente.

E assim eles continuavam conversando, ou melhor, compreendendo, o que se tornou a principal arte da fala em uma época em que as palavras se tornam a cada dia mais escassas em comparação com as ideias, de modo que "os biscoitos acabaram" tem que significar beijar uma negra no escuro quando se acabou de ler a filosofia do bispo Berkeley pela décima vez. (E daí se conclui que somente os mais profundos mestres do estilo podem dizer a verdade, e, quando se encontra um simples escritor mo-

nossilábico, pode-se concluir, sem qualquer dúvida, que o pobre homem está mentindo).

Então, eles conversaram; e depois, quando seus pés estavam bem cobertos de folhas de outono manchadas, Orlando se levantou e passeou pelo coração da floresta em solidão, deixando Bonthrop sentado entre as conchas de caracol, fazendo modelos do Cabo Horn.

— Bonthrop — disse ela —, estou indo.

E quando ela o chamava pelo segundo nome, "Bonthrop", isso deve significar para o leitor que ela estava em um estado de espírito solitário, sentia os dois como manchas em um deserto, desejava apenas encontrar a morte sozinha, pois as pessoas morrem diariamente, morrem em mesas de jantar ou assim, ao ar livre, nos bosques de outono; e, com as fogueiras ardendo e Lady Palmerston ou Lady Derby convidando-a para jantar todas as noites, o desejo de morrer a dominava e, assim, dizendo "Bonthrop", ela dizia, na verdade, "Estou morta", e abria caminho, como um espírito deve abrir, através das faias pálidas como espectros, e assim se lançava profundamente na solidão, como se o pequeno lampejo de barulho e movimento tivesse acabado e ela estivesse livre agora para seguir seu caminho

— tudo isso deve ser ouvido pelo leitor, na sua própria voz, quando ela diz "Bonthrop"; e também deve acrescentar, para melhor iluminar a palavra, que, para ele também, essa palavra significava, misticamente, separação e isolamento, e o caminhar sem corpo pelo convés de seu brigue em mares insondáveis.

Depois de algumas horas de morte, de repente um gaio gritou "Shelmerdine" e, abaixando-se, ela pegou um daqueles açafrões de outono que, para algumas pessoas, significam essa mesma palavra, e o colocou em seu peito junto com a pena do pássaro que veio caindo, azul, pelo bosque de faias. Em seguida, ela chamou:

— Shelmerdine!

E a palavra saiu disparada de um lado para o outro da floresta e o atingiu onde ele estava sentado, fazendo modelos de conchas de caracol na grama. Ele a viu e a ouviu vindo até ele com o açafrão e a pena de gaio no peito, e gritou:

— Orlando!

Isso significava (e é preciso lembrar que, quando cores vivas como o azul e o amarelo se misturam em nossos pensamentos, algumas delas se transferem para nossas palavras) primeiro o arquear e o balançar das samambaias, como se algo as estivesse rompendo, o que acabou se revelando um navio a toda vela, balançando e agitando-se de forma um tanto sonhadora, como se tivesse um ano inteiro de dias de verão para fazer sua viagem; e, assim, o navio se inclina para baixo, balançando para cá, balançando para lá, nobre, indolente, passando por cima da crista desta onda e afundando na cavidade daquela, e assim, de repente, ele fica em cima de você (que está em uma pequena concha de berbigão, olhando-o) com todas as velas tremulando e, então, eis que elas despencam amontoadas no convés — assim como Orlando despencou agora na grama ao lado dele.

Oito ou nove dias haviam transcorrido dessa forma, mas no décimo, vinte e seis de outubro, Orlando estava deitada na samambaia, enquanto Shelmerdine recitava Shelley (cujas obras completas ele sabia de cor), quando uma folha que havia começado a cair lentamente do topo de uma árvore passou com rapidez pelo pé de Orlando. Seguiu-se uma segunda folha e depois uma terceira. Orlando tremeu e ficou pálida. Era o vento.

Shelmerdine — mas agora seria mais apropriado chamá-lo de Bonthrop — ergueu-se de um salto.

— O vento! — bradou.

Juntos, eles correram pelo bosque, o vento os cobria de folhas enquanto corriam, até o grande pátio, atravessando-o, assim como os pátios menores, os criados assustados deixando suas vassouras e panelas para segui-los até chegarem à capela, onde várias luzes foram acesas o mais rápido possível, uma derrubando este banco, outra apagando aquele círio. Sinos tocaram. Pessoas foram convocadas. Por fim, lá estava o sr. Dupper, segurando as pontas de sua gravata branca e perguntando onde estava o livro de orações. Colocaram o livro de orações da Rainha Maria em suas mãos e ele procurou, apressadamente, revirando as páginas, e disse:

— Marmaduke Bonthrop Shelmerdine e Lady Orlando, ajoelhem-se.

E eles se ajoelharam, e ora estavam iluminados, ora estavam no escuro, à medida que a luz e a sombra passavam voando, de forma caótica, pelas janelas pintadas; e, entre o estrondo de inúmeras portas e um som como o de panelas de latão batendo, o órgão soou, com seu rugido alto e fraco alternadamente, e o sr. Dupper, que já era bem idoso, tentava elevar o tom de voz acima do tumulto, mas não conseguia ser ouvido e, então, tudo ficou quieto por um momento, e uma palavra — que poderia ser "as mandíbulas da morte" — ouviu-se claramente, enquanto todos os empregados da propriedade continuavam aproximando-se com ancinhos e chicotes ainda nas mãos para ouvir, e alguns cantavam em voz alta e outros oravam, e ora um pássaro era lançado contra a vidraça, ora havia um trovão, de modo que ninguém ouviu a palavra Obedecer sendo pronunciada nem viu, exceto como um clarão dourado, o anel passar de mão em mão. Tudo era movimento e confusão. E eles se levantaram com o órgão retumbando e os trovões rugindo e a chuva caindo, e Lady Orlando, com seu anel no dedo, saiu para o pátio em seu vestido fino e segurou o estribo balançando, pois o cavalo estava com as correias e os freios e a espuma ainda estava em seu flanco, para que seu marido montasse, o que ele fez com um salto; o cavalo pulou para a frente e Orlando, parada ali, gritou:

— Marmaduke Bonthrop Shelmerdine!

E ele lhe respondeu:

— Orlando!

E as palavras se chocaram e circularam como falcões selvagens entre os campanários e cada vez mais alto, cada vez mais longe, cada vez mais rápido, eles circularam, até que se chocaram e caíram em uma chuva de fragmentos no chão; e ela entrou.

Marmaduke Bonthrop Shelmerdine, Esquire

6

Orlando entrou. Tudo estava completamente parado. Tudo muito silencioso. Lá estava o tinteiro; lá estava a caneta; lá estava o manuscrito de seu poema, interrompido no meio de um tributo à eternidade. Ela estava prestes a dizer, quando Basket e Bartholomew interromperam com as coisas do chá, que nada muda. E então, no intervalo de três segundos e meio, tudo havia mudado: ela quebrara o tornozelo, apaixonara-se, casara-se com Shelmerdine.

A aliança de casamento em seu dedo era a prova disso. Era verdade que ela mesma a havia colocado lá antes de conhecer Shelmerdine, mas isso havia se mostrado mais do que inútil. Agora, ela girava a aliança sem parar, com uma reverência supersticiosa, tomando cuidado para que não escorregasse da articulação do dedo.

— A aliança de casamento deve ser colocada no dedo anelar da mão esquerda — disse, como uma criança repetindo cautelosamente sua lição —, caso contrário, não servirá de nada.

Falou assim, em voz alta e de maneira um pouco mais pomposa do que o habitual, como se quisesse que alguém, cuja aprovação mais desejava, ouvisse suas palavras. De fato, ela tinha em mente, agora que finalmente era capaz de organizar seus pensamentos, o efeito que seu comportamento teria tido sobre o espírito da época. Estava extremamente ansiosa para saber se as medidas que havia tomado em relação ao noivado com Shelmerdine e ao casamento com ele haviam sido aprovadas. Sem dúvida, estava se sentindo mais ela mesma. Seu dedo não havia formigado uma única vez, ao menos nada digno de nota, desde aquela noite na campina. No entanto, não podia negar que tinha suas reservas. Estava casada, é verdade; porém, se o marido estava sempre navegando pelo Cabo Horn, isso era casamento? Gostar dele era casamento? Gostar de outras pessoas era casamento? E, por fim, se ainda desejava, mais do que qualquer outra coisa no mundo inteiro, escrever poesia, isso era casamento? Ela tinha suas reservas.

Entretanto, poria isso à prova. Olhou para o anel. Olhou para o tinteiro. Ousaria? Não, não ousaria. Porém, deveria. Não, não podia. O que deveria fazer então? Desmaiar, se possível. Mas jamais havia se sentido tão bem na vida.

— Que se dane tudo! — gritou, com um toque de seu antigo espírito. — Vamos lá!

E mergulhou fundo a caneta na tinta. Para sua enorme surpresa, não houve explosão. Retirou a ponta. Estava molhada, mas não pingava. Escreveu. As palavras demoraram um pouco a chegar, mas chegaram.

— Ah! Mas será que elas faziam sentido? — perguntou-se, enquanto um pânico a invadia, temendo que a caneta pudesse estar pregando alguma de suas peças involuntárias novamente. Ela leu,

E então cheguei a um campo onde a relva que brotava
Era apagada pelas campânulas pendentes das fritilárias,
Sombria e de aparência exótica, a flor serpenteante,
Envolta em roxo fosco, como as jovens egípcias ———

Neste momento, sentiu aquele poder (lembre-se de que estamos lidando com as manifestações mais obscuras do espírito humano) que, lendo por cima de seu ombro, ordenava que parasse. Grama, parecia afirmar o poder, retornando com uma régua como as usadas pelas preceptoras, tudo bem; as campânulas das fritilárias — perfeitas; a flor serpenteante — talvez uma ideia forte para a caneta de uma dama, talvez, mas Wordsworth, sem dúvida, aprovaria; mas — jovens? As jovens são necessárias? Você tem um marido no Cabo? Ah, bem, isso é suficiente.

E assim o espírito passou adiante.

Orlando agora fez, em espírito (pois tudo isso se passou no espírito) uma profunda reverência ao espírito de sua época, como — para comparar coisas grandes com pequenas — um viajante, consciente de que tem uma caixa de charutos no canto da mala, faz para o funcionário da alfândega que, educadamente, faz um rabisco de giz branco na tampa. Pois ela duvidava muito que, caso o espírito tivesse examinado com cuidado o conteúdo de sua mente, não teria encontrado algo altamente contrabandeado, pelo qual ela teria de pagar a multa integral. Ela escapara por um triz. Por meio de uma deferência hábil ao espírito da época, colocando um anel e encontrando um homem em uma campina, amando a natureza e não sendo satírica, cínica ou psicológica — qualquer um desses bens teria sido descoberto imediatamente —, havia conseguido passar no exame com sucesso. E suspirou profundamente, aliviada, como, de fato, bem poderia estar, pois a transação entre um escritor e o espírito da época é de uma delicadeza infinita, e de um bom acordo entre os dois depende toda a fortuna de seus trabalhos. Orlando havia organizado tudo de modo a encontrar-se em uma posição extremamente feliz; não precisava lutar contra sua época, nem submeter-se a ela; pertencia a ela, mas continuava sendo quem era. Agora, portanto, podia escrever, e escreveu. Escreveu. Escreveu. Escreveu.

Já era novembro. Depois de novembro, vem dezembro. Depois, janeiro, fevereiro, março e abril. Depois de abril, vem maio. Seguem-se junho, julho e agosto. O próximo é setembro. Depois, outubro, e, assim, eis que estamos de volta a novembro, com um ano inteiro cumprido.

Esse método de escrever biografias, embora tenha seus méritos, talvez seja um pouco cansativo, e o leitor, se continuarmos com ele, poderá se queixar de que poderia recitar o calendário ele mesmo e, assim, economizar no bolso qualquer que seja a quantia que a editora possa julgar adequado cobrar por este livro. Mas o que o biógrafo pode fazer quando seu objeto de estudo o colocou no dilema em que Orlando nos colocou agora? A vida, segundo a opinião de todos os que merecem ser consultados, é o único tema adequado para romancistas ou biógrafos; a vida, segundo as mesmas autoridades, não tem relação alguma com ficar sentado quieto em uma cadeira, pensando. Pensamento e vida são como polos opostos. Portanto — já que sentar-se em uma cadeira e pensar é exatamente o que Orlando está fazendo agora —, não há nada a fazer a não ser recitar o calendário, rezar o rosário, assoar o nariz, atiçar o fogo, olhar pela janela, até que ela tenha terminado. Orlando sentou-se tão imóvel que era possível ouvir um alfinete cair. Na verdade, gostaria que um alfinete tivesse caído! Teria sido uma espécie de vida. Ou, se uma borboleta tivesse entrado pela janela e pousado em sua cadeira, poderíamos escrever sobre isso. Ou suponhamos que ela tivesse se levantado e matado uma vespa. Então, imediatamente, poderíamos pegar nossas canetas e escrever. Pois haveria derramamento de sangue, mesmo que fosse apenas o sangue de uma vespa. Onde há sangue, há vida. E se matar uma vespa é algo insignificante comparado a matar um homem, ainda assim é um assunto mais adequado para um romancista ou biógrafo do que este mero devaneio; este pensar; este sentar-se em uma cadeira dia após dia, com um cigarro, uma folha de papel, uma caneta e um tinteiro. Se ao menos os biografados, podemos reclamar (pois nossa paciência está se esgotando), tivessem mais consideração por seus biógrafos! O que é mais irritante do que ver o biografado, a quem dedicamos tanto tempo e trabalho, fugindo completamente do controle e se entregando — testemunhar seus suspiros e arfadas, seu rubor, sua palidez, seus olhos ora brilhando como lamparinas, ora desfigurados como auroras — o que é mais humilhante do que ver toda essa demonstração muda de emoção e entusiasmo sendo realizada diante de nossos olhos, quando sabemos que o que a causa — o pensamento e a imaginação — não tem a menor importância?

No entanto, Orlando era uma mulher — Lorde Palmerston acabara de comprovar isso. E, quando estamos escrevendo a vida de uma mulher, podemos, de acordo com o consenso, renunciar à nossa exigência de ação e substituí-la pelo amor. O amor, disse o poeta, é toda a existência da mulher. E, se olharmos por um momento para Orlando escrevendo em sua mesa, devemos admitir que nunca houve uma mulher mais apta para essa ocupação. Certamente, como ela é uma mulher, e uma mulher bonita, e uma mulher no auge da vida, logo abandonará essa pretensão de escrever e pensar e começará a pensar, pelo menos, em um guarda-caça (e, desde que ela pense em um homem, ninguém se oporá a uma mulher pensando). E então ela escreverá um bilhetinho para ele (e, desde que sejam bilhetinhos, ninguém tampouco se oporá ao fato de uma mulher escrever) e marcará um encontro para o entardecer de domingo; e o entardecer de domingo chegará; e o guarda-caça assobiará debaixo da janela — tudo isso é, evidentemente, o próprio material da vida e o único tema possível para a ficção. Não haverá feito Orlando uma dessas coisas? Ai de mim —, mil vezes, ai de mim, Orlando não fez nenhuma delas. Ter-se-á então de admitir que Orlando era um desses monstros da iniquidade que não amam? Ela era bondosa com os cães, fiel aos amigos, a generosidade em pessoa para com uma dúzia de poetas esfomeados, tinha uma paixão pela poesia. Mas o amor — tal como o definem os romancistas masculinos —, e quem, afinal, fala com mais autoridade — não tem nada a ver com bondade, fidelidade, generosidade ou poesia. O amor é tirar as anáguas e... Contudo, todos nós sabemos o que é o amor. Orlando fez isso? A verdade obriga-nos a dizer que não, não o fez. Se o sujeito da biografia não ama nem mata, mas apenas pensa e imagina, podemos concluir que ele ou ela não é melhor do que um cadáver e, portanto, abandoná-lo.

O único recurso que nos resta agora é olhar pela janela. Havia pardais, havia estorninhos, havia vários pombos e uma ou duas gralhas, todos ocupados à sua maneira. Um encontra uma minhoca, outro um caracol. Um voa para um galho; outro dá uma corridinha no gramado. Em seguida, um criado atravessa o pátio, vestindo um avental de baeta verde. Talvez esteja envolvido em alguma intriga com uma das criadas na despensa, porém, já que nenhuma prova visível nos é oferecida no pátio, só nos resta esperar pelo melhor e deixar para lá. As nuvens passam, finas ou grossas, causando alguma perturbação na cor da grama abaixo. O relógio de sol registra a hora em sua forma enigmática habitual. A mente começa a fazer uma ou duas perguntas, ociosamente, em vão, sobre essa mesma vida. A vida, ela canta, ou melhor, sibila como uma chaleira em um fogão, Vida, vida, o que és? Luz ou escuridão, o avental de baeta do criado ou a sombra do estorninho na grama?

Vamos, então, explorar, nesta manhã de verão, quando todos estão adorando a flor de ameixa e a abelha. E, cantarolando e assobiando, perguntemos ao estorninho (que é um pássaro mais sociável do que a cotovia) em que ele pensa à beira da lixeira, de onde ele colhe, entre os gravetos, fios de cabelo de um criado. O que é a vida, perguntamos, apoiando-nos na porteira da fazenda; Vida, Vida, Vida!, grita o pássaro, como se tivesse ouvido e soubesse exatamente o que queríamos dizer com esse nosso hábito bisbilhoteiro de fazer perguntas dentro e fora de casa, de espiar e colher margaridas, como fazem os escritores quando não sabem o que dizer a seguir. Então eles vêm aqui, diz o pássaro, e me perguntam o que é a vida; Vida, Vida, Vida!

Seguimos, então, pelo caminho da campina, até o alto da colina de um azul-vinho púrpura-escuro, e lançamo-nos lá, e sonhamos lá e vemos lá um gafanhoto, carregando uma palha de volta para sua casa em um buraco. E ele diz (se é que se pode dar um nome tão sagrado e tenro a sons como os dele) a Vida é trabalho, ou assim interpretamos o ronco de sua garganta obstruída por poeira. E a formiga concorda, assim como as abelhas, mas se ficarmos aqui tempo suficiente para perguntar às mariposas, quando elas vierem à noite, insinuando-se por entre os sinos mais pálidos da urze, elas soprarão em nossos ouvidos um desatino total, igual ao que se ouve nos fios de telégrafo durante tempestades de neve; hi hi hi, ha, ha, ha, Risos, Risos!, dizem as mariposas.

Tendo perguntado então ao homem e ao pássaro e ao inseto, pois os peixes, dizem-nos os homens, que viveram em cavernas verdes, solitários durante anos para ouvi-los falar, nunca, nunca dizem, e talvez por isso

saibam o que é a vida — tendo perguntado a todos eles sem por isso ficarmos mais sábios, apenas mais velhos e frios (pois não rezamos certa vez, de alguma forma, para encapsular em um livro algo tão difícil, tão raro, que se poderia jurar ser o significado da vida?), temos de voltar e dizer diretamente ao leitor que espera na ponta dos pés para saber o que é a vida... Infelizmente, não sabemos.

Neste momento, mas apenas a tempo de salvar o livro da extinção, Orlando afastou sua cadeira, esticou os braços, largou a caneta, foi até a janela e exclamou:

— Feito!

Ela quase caiu no chão com a visão extraordinária diante dos seus olhos. O jardim e alguns pássaros. O mundo acontecendo como sempre. Durante todo o tempo em que ela estivera escrevendo, o mundo havia prosseguido.

— E, se eu estivesse morta, seria a mesma coisa! — exclamou ela.

A intensidade de seus sentimentos era tão grande que ela podia até imaginar que havia sofrido uma dissolução, e talvez algum desmaio, na verdade, a tivesse atacado. Por um momento, ficou olhando para o belo e indiferente espetáculo com olhos arregalados. Por fim, reanimou-se de uma maneira singular. O manuscrito que estava sobre seu coração começou a se mexer e a se debater como se fosse um ser vivo e, o que era ainda mais estranho, e demonstrava a fina sintonia entre eles, é que Orlando, ao inclinar a cabeça, conseguia entender o que ele estava dizendo. Desejava ser lido. Precisava ser lido. Aquilo morreria em seu peito se não fosse lido. Pela primeira vez em sua vida, ela se voltou com violência contra a natureza. Elkhounds e roseiras estavam ao seu redor em profusão. Mas nem os elkhounds nem as roseiras sabem ler. É um lamentável descuido por parte da Providência que nunca lhe ocorrera antes. Somente os seres humanos têm esse poder. Os seres humanos haviam se tornado necessários. Ela tocou a sineta. Ordenou que a carruagem a levasse para Londres imediatamente.

— Resta pouco tempo para pegar o das onze e quarenta e cinco, senhora — disse Basket.

Orlando ainda não havia se dado conta da invenção da máquina a vapor, mas tamanha era sua dedicação aos sofrimentos de um ser que, embora não fosse ela mesma, dependia inteiramente dela, que ela viu um trem pela primeira vez, sentou-se em um vagão e permitiu que lhe colocassem uma manta sobre os joelhos sem pensar "naquela invenção estupenda, que (dizem os historiadores) mudara completamente a face da Europa nos últimos vinte anos" (como, de fato, acontece com muito mais frequência do que os historiadores supõem). Ela notou apenas que era extremamente sujo; chacoalhava horrivelmente; e as janelas emperravam. Abstraída em seus pensamentos, foi levada para Londres em menos de uma hora e ficou na plataforma de Charing Cross, sem saber para onde ir.

A antiga casa em Blackfriars, onde ela havia passado tantos dias agradáveis no século XVIII, havia sido vendida, parte para o Exército da Salvação, parte para uma fábrica de guarda-chuvas. Ela havia comprado outra casa, em Mayfair, que era higiênica, prática e ficava no coração do mundo elegante; no entanto, seria em Mayfair que seu poema cumpriria seu desejo? Deus queira, pensou, lembrando-se do brilho nos olhos das senhoras e da simetria das pernas dos senhores, "que não tenham se entregado à leitura por lá". Pois isso seria uma verdadeira pena. Depois, estava a casa de Lady R. O mesmo tipo de conversa deveria estar acontecendo lá, não tinha dúvida. Talvez a gota tenha se deslocado da perna esquerda do general para a direita. Talvez o sr. L. tenha ficado dez dias com R. em vez de com T. Então chegaria o sr. Pope. Ah, mas o sr. Pope estava morto. Quem seriam os espirituosos agora, perguntava-se — mas essa não era uma pergunta que se pudesse fazer a um carregador, e assim ela seguiu em frente. Seus ouvidos estavam agora distraídos pelo tilintar de inúmeros sinos nas cabeças de inúmeros cavalos. Frotas das mais estranhas caixinhas sobre rodas eram puxadas pelo calçamento. Ela saiu para a Strand. Lá, o tumulto era ainda pior. Veículos de todos os tamanhos, puxados por cavalos de raça e por cavalos de tração, transportando alguma viúva solitária ou lotados de homens com grandes costeletas e chapéus de seda, estavam inextricavelmente misturados. Carruagens, carroças e ônibus pareciam aos seus olhos, há tanto tempo acostumados com a aparência de uma simples folha de papel almaço, estar em alarmante conflito; e aos seus ouvidos, habituados ao arranhar de uma caneta, o tumulto da rua soava violento e horrivelmente cacofônico. Cada centímetro da via estava lotado. Torrentes de pessoas, atravessando entre seus próprios corpos e o tráfego cambaleante e torpe com incrível agilidade, fluíam incessantemente a leste e a oeste. Ao longo da calçada, homens seguravam bandejas de brinquedos e gritavam. Nas esquinas, mulheres sentavam-se ao lado de grandes cestos de flores da primavera e bradavam. Meninos, correndo por entre as narinas dos cavalos, segurando folhas impressas coladas nos corpos, também gritavam:

— Desastre! Desastre!

A princípio, Orlando supôs que havia chegado em algum momento de crise nacional; entretanto, não sabia dizer se se tratava de algo feliz ou trágico. Olhou ansiosamente para os rostos das pessoas. Isso, porém, a confundiu ainda mais. Ali vinha um homem imerso em desespero, murmurando para si mesmo como se conhecesse alguma pena terrível. Depois dele, um sujeito gordo e de rosto alegre, abria caminho como se fosse um festival para todo mundo. Com efeito, ela chegou à conclusão de que não havia lógica alguma em tudo aquilo. Cada homem e cada mulher estavam ocupados com seus próprios assuntos. E para onde ela iria?

Caminhou sem pensar, subindo uma rua e descendo outra, passando por grandes vitrines repletas de bolsas, e espelhos, e roupões, e flores, e varas de pesca, e cestas de piquenique; enquanto tecidos de todos os matizes e estampas, grossos ou finos, ficavam amarrados e enlaçados, formando festões e balões por toda parte. Às vezes, ela passava por avenidas de mansões tranquilas, sobriamente numeradas como "um", "dois", "três", e assim por diante, até duzentos ou trezentos, cada uma delas sendo a cópia da outra, com dois pilares e seis degraus e cortinas bem fechadas e almoços de família dispostos sobre as mesas, um papagaio olhando por uma janela e um criado por outra, até que sua mente ficou aturdida com a monotonia. Então ela chegou a grandes praças abertas com estátuas pretas, brilhantes, de homens corpulentos bem abotoados no centro e cavalos de guerra empinados e colunas erguendo-se e fontes caindo e pombos esvoaçando. Assim, ela andou e andou pelas calçadas entre as casas até sentir muita fome, e algo que vibrava por cima de seu coração a repreendeu por tê-lo esquecido. Era seu manuscrito, "O Carvalho".

Ela ficou perplexa com sua própria negligência. Parou imóvel onde estava. Não havia nenhuma carruagem à vista. A rua, que era larga e bonita, estava notavelmente vazia. Apenas um senhor idoso se aproximava. Vira algo vagamente familiar em seu andar. À medida que foi chegando mais perto, ela teve certeza de que já o havia encontrado em algum momento. Mas quando? Mas onde? Será que aquele cavalheiro, tão elegante, tão imponente, tão próspero, com uma bengala na mão e uma flor na lapela, rosto rosado e rechonchudo e bigodes brancos penteados, será que, Sim, por Júpiter, era ele! — seu velho, seu muito velho amigo, Nick Greene!

Ele a olhou ao mesmo tempo; lembrou-se dela; reconheceu-a:

— Lady Orlando! — gritou, fazendo seu chapéu de seda quase varrer a poeira.

— Sir Nicholas! — respondeu ela.

Pois ela estava intuitivamente ciente, devido a algo em seu comportamento, de que o escroque, que havia ridicularizado a ela e a muitos outros na época da Rainha Elisabete, agora havia ascendido no mundo e se tornado certamente Cavaleiro e, provavelmente, uma série de outras coisas grandiosas, para completar.

Com outra reverência, ele reconheceu que a conclusão dela estava correta; ele era Cavaleiro; era Doutor em Letras; era Professor. Era autor de uma vintena de livros. Era, em suma, o crítico mais influente da era vitoriana.

Um violento tumulto de emoções a assaltou ao encontrar o homem que lhe causara tanta dor anos atrás. Seria aquele o sujeito atormentado e inquieto que havia queimado furos em seus tapetes, torrado queijo na lareira italiana e contado histórias tão alegres sobre Marlowe e os outros que acabaram vendo o sol nascer nove noites em cada dez? Agora estava elegantemente vestido com um terno cinza, tinha uma flor rosa na lapela e luvas de camurça cinza para combinar. Entretanto, enquanto ela se maravilhava, ele fez outra profunda reverência e perguntou se ela lhe daria a honra de acompanhá-lo para o almoço. A reverência talvez tenha sido um pouco exagerada, mas a imitação de uma boa educação era digna de crédito. Ela o seguiu, deslumbrada, até um restaurante magnífico, todo de pelúcia vermelha, toalhas de mesa brancas e galheteiros de prata, o mais diferente possível de uma antiga taberna ou cafeteria com seu piso arenoso, seus bancos de madeira, suas tigelas de ponche e chocolate, seus jornais e suas cuspideiras para tabaco. Ele colocou as luvas cuidadosamente sobre a mesa ao seu lado. Ela ainda mal podia acreditar que se tratava do mesmo homem. Suas unhas estavam limpas; antes tinham um centímetro de comprimento. Seu queixo estava barbeado; antes brotava dele uma barba preta. Usava abotoaduras de ouro; antes sua vestimenta esfarrapada costumava mergulhar no caldo. Na verdade, foi só depois que ele pediu o vinho, o que fez com um cuidado que lhe lembrou de seu antigo gosto por vinho malvasia, que ela se convenceu de que era o mesmo homem.

— Ah! — disse ele, soltando um ligeiro suspiro, que ainda assim era bastante confortável. — Ah, minha cara senhora, os grandes dias da literatura acabaram. Marlowe, Shakespeare, Ben Jonson... aqueles eram gigantes. Dryden, Pope, Addison, aqueles eram heróis. Todos, todos estão mortos agora. E quem eles nos deixaram? Tennyson, Browning, Carlyle! — Havia um imenso tom de desprezo em sua voz. — A verdade é que — comentou, servindo-se de uma taça de vinho — todos os nossos jovens escritores estão a soldo dos livreiros. Eles produzem qualquer lixo que sirva para pagar as contas de seus alfaiates. É uma época — afirmou, servindo-se de *hors d'oeuvres* — marcada por conceitos preciosos e experimentos desvairados, nenhum dos quais os elisabetanos teriam tolerado por um instante. Não, minha cara senhora — prosseguiu, aprovando o linguado *au gratin*, que o garçom exibia para aprovação —, os grandes dias acabaram.

Vivemos em tempos degenerados. Devemos valorizar o passado; honrar aqueles escritores (os que ainda restam), que tomam a antiguidade como modelo e escrevem, não por dinheiro, mas por...

Aqui Orlando quase gritou "Glour!". De fato, ela poderia jurar que o ouvira dizer exatamente as mesmas coisas trezentos anos atrás. Os nomes eram diferentes, é claro, mas o espírito era o mesmo. Nick Greene não havia mudado, apesar de todo o status de cavaleiro. E, no entanto, houve alguma mudança. Pois, enquanto ele falava sobre tomar Addison como modelo (antes fora Cícero, pensou ela) e ficar deitado na cama pela manhã (o que, orgulhava-se em acreditar, a pensão que ela pagava trimestralmente permitia-lhe fazê-lo), saboreando as melhores obras dos melhores autores por uma hora, pelo menos, antes de colocar a caneta no papel, de modo que a vulgaridade do tempo presente e a condição deplorável de nossa língua nativa (ela acreditava que ele havia vivido muito tempo nos Estados Unidos) pudessem ser purificadas — enquanto ele continuava da mesma forma que Greene fizera trezentos anos atrás, ela teve tempo de se perguntar: como foi então que ele mudou? Ele ficara mais rechonchudo; mas era um homem que beirava os setenta anos. Tornou-se elegante: a literatura fora uma atividade próspera, evidentemente, mas, de alguma forma, a antiga vivacidade inquieta e incômoda havia desaparecido. Suas histórias, por mais brilhantes que fossem, não eram mais tão livres e fáceis. Ele mencionava, é verdade, "meu querido amigo Pope" ou "meu ilustre amigo Addison" a cada segundo, mas tinha um ar de respeitabilidade que era deprimente, e parecia que ele preferia iluminá-la sobre os feitos e ditos de seus próprios familiares, em vez de contar-lhe, como costumava fazer, escândalos sobre os poetas.

Orlando estava incrivelmente desapontada. Ela pensara na literatura durante todos aqueles anos (sua reclusão, seu status, seu sexo devem ser sua desculpa) como algo livre como o vento, quente como o fogo, rápido como o raio; algo errante, incalculável, abrupto, e eis que a literatura era um cavalheiro idoso em um terno cinza, falando sobre duquesas. A violência de sua desilusão foi tamanha que algum broche ou botão que prendia a parte superior de seu vestido se abriu, e sobre a mesa caiu "O Carvalho", um poema.

— Um manuscrito! — disse Sir Nicholas, colocando seu *pince nez* de ouro. —Que interessante, que extraordinariamente interessante! Permita-me dar uma olhada.

E, mais uma vez, após um intervalo de cerca de trezentos anos, Nicholas Greene pegou o poema de Orlando e, apoiando-o entre as xícaras de café e as taças de licor, começou a lê-lo. No entanto, seu veredicto agora era muito diferente daquele anterior. Ao folhear as páginas, ele disse que o poema o fazia lembrar de *Cato*, de Addison. Comparou-o favoravelmente ao *Seasons*, de Thomson. Não havia nele nenhum traço, disse agradecido, do espírito moderno. Era composto com um respeito à verdade, à natureza, aos ditames do coração humano, o que era raro, de fato, nesses dias de excentricidade inescrupulosa. É claro que deveria ser publicado imediatamente.

Na verdade, Orlando não sabia o que ele queria dizer. Ela sempre carregava seus manuscritos no corpete do vestido. A ideia agradou muito a Sir Nicholas.

— Mas e quanto aos royalties? — ele perguntou.

A mente de Orlando voou para o Palácio de Buckingham e para alguns dos exóticos *royals*, que por acaso estavam hospedados lá.

Sir Nicholas estava muito distraído. Explicou que estava aludindo ao fato de que os senhores ——— (aqui ele mencionou uma conhecida firma de editores) ficariam encantados, se ele lhes escrevesse uma linha, em incluir o livro no seu catálogo. Provavelmente poderia conseguir royalties de dez por cento sobre todas as cópias até duas mil; depois disso, seriam quinze. Quanto aos críticos, ele mesmo escreveria algo para o sr. ———, que era o mais influente; depois, uma cortesia (digamos, uma pequena amostra de seus próprios poemas), dirigida à esposa do editor do jornal ———, não faria mal algum. Ele telefonaria para ———. E assim continuou. Orlando não entendia nada daquilo e, devido à experiência anterior, não confiava totalmente em sua boa índole, porém não havia nada a fazer senão submeter-se ao que era claramente seu desejo e ao desejo fervoroso do próprio poema. Assim, Sir Nicholas transformou o pacote manchado de sangue em um embrulho limpo; achatou-o e colocou-o no bolso interno do paletó, para não perturbar o caimento do casaco; e, com muitos cumprimentos de ambas as partes, eles se separaram.

Orlando subiu a rua. Agora que o poema havia partido — e ela sentia um vazio em seu peito onde estava habituada a carregá-lo —, não tinha nada a fazer a não ser refletir sobre o que quisesse — as extraordinárias coincidências da vida humana. Ali estava, em St. James Street; uma mulher casada; com uma aliança no dedo; onde antes havia uma cafeteria, agora havia um restaurante; eram três e meia da tarde; o sol estava brilhando; havia três pombos; um cão de origem terrier; dois táxis hansom e um barouche landau. O que era, então, a Vida? O pensamento surgiu em sua mente de forma violenta e despropositada (a menos que o velho Greene fosse, de alguma forma, a causa disso). E pode ser considerado um comentário, adverso ou favorável, como o leitor preferir, sobre suas relações com o marido (que estava em Horn), que sempre que alguma coisa surgia violentamente em sua cabeça, ela ia direto para o telégrafo mais próximo e escrevia para ele. Havia um, por acaso, bem próximo. "Meu Deus, Shel", escreveu; "vida literatura Greene bajulador" — aqui recorreu a uma linguagem cifrada que haviam inventado entre ambos para que todo um estado espiritual da mais alta complexidade pudesse ser transmitido em uma ou duas palavras, sem que o funcionário do telégrafo percebesse, e acrescentou as palavras "Rattigan Glumphoboo", que resumiam tudo com precisão. Pois não apenas os eventos da manhã haviam lhe causado uma profunda impressão, mas também não pode haver escapado à atenção do leitor o fato de que Orlando estava crescendo — o que não necessariamente significa que seja para melhor — e "Rattigan Glumphoboo" descrevia um estado espiritual muito complicado — que se o leitor colocar toda a sua inteligência a nosso serviço poderá descobrir por si mesmo.

Não haveria resposta para seu telegrama por algumas horas; de fato, era provável, pensou ela, olhando para o céu, onde as nuvens altas passavam rapidamente, que houvesse um vendaval em Cabo Horn, de modo que seu marido estaria, provavelmente, no topo do mastro, ou retirando alguma peça desgastada, ou mesmo sozinho em um barco com um biscoito. E assim, saindo da agência dos correios, ela decidiu entrar na loja ao lado, que era tão comum em nossa época que não precisaria de descrição, no entanto, aos seus olhos, era extremamente estranha: uma loja onde se vendiam livros. Durante toda a sua vida, Orlando conhecera manuscritos; segurou as toscas folhas marrons nas quais Spenser havia escrito com sua caligrafia retorcida; vira os textos escritos por Shakespeare e Milton. Na verdade, possuía um bom número de quartos e fólios, muitas vezes com um soneto em seu louvor e, às vezes, uma mecha de cabelo. Contudo, aqueles inúmeros livrinhos alegres, idênticos, efêmeros, pois pareciam encadernados em papelão e impressos em papel de seda, a surpreenderam infinitamente. As obras completas de Shakespeare custavam meia coroa e podiam ser levadas no bolso. É certo que mal se podia lê-las, pois a letra era muito pequena, mas, mesmo assim, era uma maravilha. "Obras" — as obras de todos os escritores que ela conhecia ou tinha ouvido falar, além de muitos outros, se estendiam de ponta a ponta das longas prateleiras. Sobre as mesas e cadeiras, mais "obras" estavam empilhadas e espalhadas, e ela viu que, ao virar uma página ou duas, tratava-se frequentemente de obras sobre outras obras de Sir Nicholas e de dezenas de outros que, em sua ignorância, ela supôs, já que estavam encadernados e impressos, também eram grandes escritores. Assim, ela fez uma encomenda surpreendente ao livreiro para que lhe enviasse tudo o que houvesse de importância na loja e partiu.

Entrou no Hyde Park, que conhecia de longa data (sob aquela árvore fraturada, lembrava-se, o duque de Hamilton caíra, tendo sido atravessado pela espada do Lorde Mohun), e seus lábios, que muitas vezes são os culpados, começaram a formar as palavras de seu telegrama em um cântico sem sentido: Vida literatura Greene bajulador, Rattigan Glumphoboo; de modo que vários guardas do parque a olharam com desconfiança e somente passaram a ter uma opinião favorável sobre sua sanidade ao notar o colar de pérolas que ela usava. Havia levado consigo um maço de jornais e revistas especializadas da livraria e, por fim, acomodando-se sobre o cotovelo embaixo de uma árvore, espalhou as páginas ao seu redor e fez o melhor que pôde para compreender a nobre arte da composição em prosa tal como esses mestres a praticavam. Pois a velha credulidade ainda estava viva nela; até mesmo a tipografia embaçada de um jornal semanal tinha algum valor sagrado diante dos seus olhos. Assim, ela leu, apoiada no cotovelo, um artigo de Sir Nicholas sobre as obras completas de um homem que ela havia conhecido no passado — John Donne. Sem saber, no entanto, ela havia se instalado não muito longe do lago Serpentine. O latido de mil cães soava em seus ouvidos. Rodas de carruagens corriam incessantemente em círculos ao seu redor. Folhas suspiravam sobre sua cabeça. De vez em quando, uma saia com fios trançados e calças escarlates justas cruzavam o gramado a poucos passos dela. Em uma ocasião, uma gigantesca bola de borracha quicou sobre o jornal. Violeta, laranja, vermelhos e azuis irrompiam pelos interstícios das folhas e resplandeciam na esmeralda em seu dedo. Ela estava distraída entre os dois. Olhava para o jornal e olhava para cima; olhava para o céu e olhava para baixo. Vida? Literatura? Uma deveria transformar-se na outra? Mas que dificuldade monstruosa! Pois — eis que surgiram as calças escarlates justas — como Addison teria dito isso? Neste momento, dois cães se aproximaram dançando em suas patas traseiras. Como Lamb teria descrito isso? Ao ler Sir Nicholas e seus amigos (como fazia nos intervalos em que olhava ao seu redor), ela, de alguma forma, teve a impressão de que — aqui ela se levantou e caminhou — faziam-nos sentir — era uma sensação extremamente desconfortável — que nunca, nunca se deveria dizer o que se pensa. (Ela estava às margens do Serpentine. Era cor de bronze; barcos delicados como aranhas deslizavam de um lado para o outro.) Faziam-nos sentir, prosseguiu, que sempre, sempre devemos escrever como outra pessoa. (Lágrimas formaram-se em seus olhos.) Porque, na verdade, pensou, empurrando um barquinho com o dedo do pé, creio que não conseguiria (aqui todo o artigo de Sir Nicholas apareceu diante dela como costumam fazer os artigos, dez minutos após serem lidos, com a aparência de seu quarto, sua cabeça, seu gato, sua escrivaninha e a hora do dia em que o escreveu), creio que não conseguiria, continuou, considerando o artigo sob esse ponto de vista, ficar sentada em um escritório, não, não é um escritório, é um tipo de sala de estar mofada, o dia inteiro, e conversar com jovens bonitos e contar-lhes pequenas histórias sobre o que Tupper disse sobre Smiles; e, além disso, continuou, chorando amargamente, eles são todos tão másculos; e, além disso, detesto duquesas; e não gosto de bolo; e, embora eu seja bastante maldosa, nunca conseguiria aprender a ser tão maldosa quanto tudo isso, então como poderia ser crítica e escrever a melhor prosa inglesa de minha época?

— Que se dane — exclamou, lançando um barquinho a vapor com tanto vigor que o pobre quase afundou nas ondas cor de bronze.

Agora, a verdade é que, quando se está em um certo estado mental (como dizem as enfermeiras) — e as lágrimas ainda estavam nos olhos de Orlando —, aquilo que olhamos se torna não ele mesmo, mas outra coisa, maior e muito mais importante, mas, ainda assim, continua sendo a mesma coisa. Se olharmos para o Serpentine nesse estado mental, as ondas logo se tornam tão grandes quanto as ondas do Atlântico; os barcos de brinquedo se tornam indistinguíveis dos transatlânticos. E assim Orlando confundiu o barco de brinquedo com o brigue de seu marido; e a onda que ela havia feito com o dedo do pé com uma montanha de água ao largo do Cabo Horn; e, enquanto observava o barco de brinquedo subir a ondulação, ela pensou ter visto o navio de Bonthrop subir e subir uma parede envidraçada; ele subiu e subiu, e uma crista branca com mil mortes se arqueou sobre ele; e atravessou mil mortes e desapareceu:

— Ele afundou! — gritou ela em agonia, e então, eis que lá estava ele novamente, navegando são e salvo entre os patos do outro lado do Atlântico. — Êxtase! — gritou ela. — Êxtase! Onde fica o correio? — perguntou-se. — Pois preciso mandar um telegrama imediatamente para Shel e contar-lhe...

E repetindo "um barco de brinquedo no Serpentine" e "êxtase" alternadamente, pois os pensamentos eram intercambiáveis e significavam exatamente a mesma coisa, ela se apressou em direção a Park Lane.

— Um barco de brinquedo, um barco de brinquedo, um barco de brinquedo — repetia ela, reforçando, dessa forma, para si mesma o fato de que o que importa não são os artigos de Nick Greene sobre John Donne, nem as jornadas de oito horas, nem os convênios, nem os atos de fábrica importam; é algo inútil, repentino, violento; algo que custa uma vida; vermelho, azul, púrpura; um espírito; um respingo; como aqueles jacintos (ela estava passando por um belo canteiro deles); livre de mácula, dependência, sujeira de humanidade ou cuidado com a própria espécie; algo precipitado, ridículo: — Como meu jacinto, marido, quero dizer, Bonthrop: é isso o que ele é: um barco de brinquedo no Serpentine, é êxtase... êxtase.

Foi assim que ela falou, em voz alta, esperando que as carruagens passassem em Stanhope Gate, pois a consequência de não morar com o marido, exceto quando o vento está fraco, é falar bobagens em voz alta na Park Lane. Sem dúvida, teria sido diferente se ela tivesse vivido o ano inteiro com ele, como recomendava a Rainha Vitória. Assim como as coisas estavam, a lembrança dele lhe vinha à mente num lampejo. Achava absolutamente necessário falar-lhe imediatamente. Não se importava nem um pouco com o absurdo que isso poderia provocar, nem com o deslocamento que poderia causar na narrativa. O artigo de Nick Greene a havia mergulhado nas profundezas do desespero; o barco de brinquedo a havia elevado às alturas da alegria. Então, enquanto esperava para atravessar, repetia:

— Êxtase, êxtase.

No entanto, o tráfego estava intenso naquela tarde de primavera e a manteve ali, de pé, repetindo êxtase, êxtase, ou um barco de brinquedo no Serpentine, enquanto a riqueza e o poder da Inglaterra estavam sentados, como esculpidos, de chapéu e capa, carruagens de quatro cavalos, carroças victorias e barouches landau. Era como se um rio de ouro tivesse se coagulado e se agrupado em blocos dourados ao longo de Park Lane. Damas seguravam estojos com cartões de visita entre os dedos; cavalheiros equilibravam bengalas com detalhes em ouro entre os joelhos. Ela ficou ali, olhando, admirando, boquiaberta. Uma única ideia a perturbava, uma ideia familiar a todos os que contemplam grandes elefantes ou baleias de uma magnitude incrível, então é assim que esses leviatãs, para os quais o estresse, a mudança e a atividade são obviamente repugnantes, propagam sua espécie? Talvez, pensou Orlando, olhando para os rostos imponentes e imóveis, seu tempo de propagação tenha terminado; este é o fruto; esta é a consumação. O que ela contemplava agora era o triunfo de uma era. Portentosos e esplêndidos, eles ali se sentavam. Agora, porém, o policial abaixou a mão; o fluxo se tornou líquido; a enorme aglomeração de objetos esplêndidos se moveu, se dispersou e desapareceu em Piccadilly.

Então, ela atravessou a Park Lane e foi para sua casa na Curzon Street, onde, quando o ulmeiro-do-campo florescia ali, podia lembrar-se do canto do maçarico e de um homem muito velho com uma arma.

Ela se lembrava, pensou, ao cruzar a soleira da porta de sua casa, de como Lorde Chesterfield havia dito… porém sua recordação foi ofuscada. Seu discreto hall do século XVIII, onde ela podia imaginar Lorde Chesterfield tirando o chapéu aqui e o casaco ali, com uma elegância de comportamento que era um prazer observar, agora estava completamente tomado por pacotes. Enquanto ela estivera sentada no Hyde Park, o livreiro entregara sua encomenda, e a casa estava abarrotada — havia pacotes amontoados pela escada com toda a literatura vitoriana embrulhada em papel cinza e bem amarrada com barbante. Ela levou o maior número possível desses pacotes para seu quarto, ordenou que os criados trouxessem os outros e, cortando rapidamente inúmeros barbantes, logo se viu cercada por inúmeros volumes.

Habituada à pouca literatura dos séculos XVI, XVII e XVIII, Orlando ficou impressionada com as consequências de seu pedido. Pois, é claro, para os próprios vitorianos, a literatura vitoriana significava não apenas quatro grandes nomes separados e distintos, mas quatro grandes nomes afundados e incorporados em uma massa de Alexander Smiths, Dixons, Blacks, Milmans, Buckles, Taines, Paynes, Tuppers, Jamesons — todos expressivos, clamorosos, proeminentes e exigindo tanta atenção quanto qualquer outro. A reverência de Orlando pela palavra impressa impunha-lhe uma tarefa árdua pela frente, todavia, aproximando sua cadeira da janela para aproveitar a luz que poderia se infiltrar entre as casas altas de Mayfair, ela tentou chegar a uma conclusão.

E agora está claro que há apenas dois caminhos para se chegar a uma conclusão sobre a literatura vitoriana — um é escrevê-la em sessenta volumes em formato octavo, o outro é espremê-la em seis linhas do tamanho desta. Dos dois caminhos, a economia, já que o tempo é curto, nos leva a escolher o segundo; e assim prosseguimos. Orlando então chegou à conclusão (abrindo meia dúzia de livros) de que era muito estranho que não houvesse uma única dedicatória a um nobre entre eles; depois (revirando uma vasta pilha de memórias), que vários desses escritores tinham árvores genealógicas tão altas quanto a dela; depois, que seria extremamente indelicado embrulhar uma nota de dez libras em torno da pinça de açúcar quando a srta. Christina Rossetti viesse para o chá; depois (aqui havia meia dúzia de convites para comemorar centenários em jantares), que a literatura, já que comia todos esses jantares, deveria estar ficando muito corpulenta; depois (ela foi convidada para uma vintena de palestras sobre a Influência disso sobre aquilo; o renascimento do Clássico; a sobrevivência do Romantismo e outros títulos do mesmo tipo envolvente), que a literatura, por ter ouvido todas essas palestras, deveria estar ficando muito seca; depois (aqui ela foi a uma recepção dada por uma dama da nobreza), que a literatura, ao usar todas essas pontas de pele, deveria estar ficando muito respeitável; depois (aqui ela visitou a sala à prova de som de Carlyle em

Chelsea), que o gênio, por precisar de todo esse aconchego, deveria estar se tornando muito delicado; e assim, por fim, ela chegou à sua conclusão definitiva, que era da mais alta importância, mas que, como já ultrapassamos em muito nosso limite de seis linhas, devemos omitir.

Orlando, tendo chegado a essa conclusão, ficou olhando pela janela por um tempo considerável. Pois, quando alguém chega a uma conclusão, é como se tivesse arremessado a bola por cima da rede e precisasse esperar que o adversário invisível a devolvesse. O que lhe seria enviado em seguida, vindo do céu incolor que paira sobre Chesterfield House?, ela se perguntava. E, com as mãos entrelaçadas, permaneceu refletindo por um tempo considerável. De repente, sobressaltou-se — e aqui só poderíamos desejar, como em uma ocasião anterior, que a Pureza, a Castidade e a Modéstia empurrassem a porta deixando-a entreaberta e proporcionassem, pelo menos, um espaço para respirar, no qual pudéssemos pensar em como encerrar o que agora tem de ser contado delicadamente, como um biógrafo deveria fazer. Mas não! Tendo jogado suas vestes brancas sobre a Orlando nua e visto que tinham ficado curtas por várias polegadas, essas senhoras haviam desistido de qualquer relação com ela durante muitos anos; e agora estavam ocupadas com outros assuntos. Será que nada, então, acontecerá nesta pálida manhã de março para atenuar, velar, cobrir, ocultar, esconder esse inegável acontecimento, seja ele qual for? Pois, após Orlando ter tido aquele sobressalto súbito e violento — mas, que os Céus sejam louvados —, naquele exato momento, começou a soar do lado de fora um desses frágeis, ruidosos, agudos, sibilantes e antiquados realejos que ainda são tocados às vezes por músicos italianos nas ruas secundárias. Aceitemos a intervenção, por mais humilde que seja, como se fosse a música das esferas, e permitamos que ela, com todos os seus estertores e gemidos, preencha esta página de som até que chegue o momento que é impossível negar que está chegando; que o criado o viu chegar, assim como a camareira; e o leitor também terá que vê-lo; pois a própria Orlando é claramente incapaz de ignorá-lo por mais tempo — deixe que o realejo toque e nos transporte em pensamento, que não é nada mais do que um pequeno barco, ao som da música, balançando nas ondas; no pensamento, que é, de todos os veículos, o mais desajeitado, o mais errático, sobre os telhados e os jardins dos fundos onde a roupa lavada está pendurada — que lugar é este? Reconhece o verde e, no meio, o campanário e os portões com um leão repousando de cada lado? Ah, sim, é Kew! Bem, Kew serve. Então, aqui estamos em Kew, e mostrar-lhe-ei hoje (dia dois de março), sob a ameixeira, um jacinto-da-uva, e um açafrão e um broto, também, na amendoeira; de modo que caminhar por ali é pensar em bulbos, peludos e vermelhos, fincados na terra em outubro; florescendo agora; e sonhar com mais do que se poderia descrever com justiça, e tirar do estojo um cigarro ou até mesmo um charuto, e lançar um manto sob (como exige a rima) um carvalho, e ali sentar-se, aguardando o martim-pescador, que, segundo dizem, foi visto certa vez atravessando a noite, de uma margem à outra.

Espere! Espere! O martim-pescador vem; o martim-pescador não vem.

Enquanto isso, contemple as chaminés das fábricas e sua fumaça; contemple os funcionários dos distrito financeiros de Londres passando velozes em seus barcos a remo. Contemple a anciã levando seu cachorro para passear e a criada usando, pela primeira vez, seu novo chapéu — embora não exatamente no ângulo certo. Contemple a todos. Embora o céu tenha misericordiosamente decretado que os segredos de todos os corações sejam ocultos, de modo que somos atraídos eternamente a suspeitar de algo que talvez nem exista; ainda assim, através da fumaça de nosso cigarro, vemos arder e saudar a esplêndida concretização dos desejos naturais por um chapéu, por um barco, por um rato em uma vala; como outrora viu-se arder — tão tolos são os pulos e saltos que a mente dá quando escorre assim por toda a borda do pires e o realejo toca — viu-se arder um incêndio em um campo contra minaretes perto de Constantinopla.

Salve! desejo natural! Salve! felicidade! felicidade divina! e prazeres de todos os tipos, flores e vinho, embora um murche e o outro inebrie; e passagens custando meia-coroa para sair de Londres aos domingos, e cantar em uma capela escura hinos sobre a morte, e qualquer coisa, qualquer coisa que interrompa e embaralhe o teclar das máquinas de escrever e o arquivar de cartas e a forja de elos e correntes, unindo o Império. Salve até mesmo os grosseiros arcos vermelhos nos lábios das vendedoras das lojas (como se o Cupido, muito desajeitadamente, tivesse mergulhado o polegar em tinta vermelha e rabiscado um símbolo ao passar). Salve, felicidade! Martim-pescador piscando de uma margem à outra, e toda a concretização do desejo natural, seja ela o que o romancista masculino diz que é; ou a oração; ou a negação; salve! em qualquer forma que venha, e que haja mais formas, e mais estranhas. Pois escura flui a correnteza — quem me dera fosse verdade, como o verso insinua "como um sonho" —, porém mais monótono e pior do que isso é o nosso destino habitual; sem sonhos, mas vivos, satisfeitos, fluentes, habituais, sob árvores cuja sombra de um verde-oliva afoga o azul da asa do pássaro, que desaparece quando se lança de repente de uma margem à outra.

Salve, felicidade, então, e, depois da felicidade, salve não aqueles sonhos que incham a imagem nítida como espelhos manchados distorcem o rosto em uma sala de pousada do interior; sonhos que fragmentam o todo e nos rasgam, nos ferem e nos separam na noite em que deveríamos dormir; mas o sono, o sono tão profundo que todas as formas se reduzem a pó de suavidade infinita, água de penumbra inescrutável, e ali, dobrados, envoltos, como uma múmia, como uma mariposa, deitados, deixemo-nos repousar na areia no fundo do sono.

Mas espere! Mas espere! Não estamos indo, desta vez, visitar a terra cega. Azul, como um fósforo aceso bem no centro do olho, ele voa, queima, rompe o lacre do sono; o martim-pescador; de modo que agora retorna, fluindo como uma maré, a vermelha e espessa corrente da vida novamente; borbulhando, pingando; e nós nos erguemos, e nossos olhos (pois quão útil é uma rima para nos guiar com segurança pela transição desconfortável da morte para a vida) caem — (aqui o realejo para de tocar abruptamente).

— É um belo menino, senhora — disse a sra. Banting, a parteira.

Em outras palavras, Orlando deu à luz um filho com segurança na quinta-feira, dia vinte de março, às três horas da manhã.

Mais uma vez Orlando se postou à janela, mas deixemos que o leitor tome coragem; nada parecido acontecerá hoje, que não é, de forma alguma, o mesmo dia. Não — pois se olharmos pela janela, como Orlando estava fazendo naquele momento, veremos que a própria Park Lane mudou consideravelmente. Na verdade, pode-se permanecer ali por dez minutos ou mais, como Orlando estava agora, sem ver um único barouche landau.

— Olhe para aquilo! — exclamou ela, alguns dias depois, quando uma carruagem absurdamente truncada, sem cavalos, começou a deslizar por conta própria.

Realmente uma carruagem sem cavalos! Chamaram-na para ir embora justamente quando disse isso, mas voltou depois de algum tempo e deu outra olhada pela janela. O tempo estava estranho hoje em dia. Ela não podia deixar de pensar que o próprio céu havia mudado. Não era mais tão espesso, tão aguado, tão prismático, agora que o Rei Eduardo — pois é, lá estava ele, saindo de seu elegante carro de passeio para visitar uma certa dama do outro lado — havia sucedido à Rainha Vitória. As nuvens haviam encolhido e se transformado em uma fina gaze; o céu parecia feito de metal, o que, no tempo quente, ficava manchado de um tom esverdeado, cobreado ou alaranjado, como metal em um nevoeiro. Era algo alarmante — esse encolhimento. Tudo parecia ter encolhido. Ao passar pelo Palácio de Buckingham ontem à noite, não havia nem um traço daquela imensa construção que ela pensava ser eterna; cartolas, viúvas de luto, trombetas, telescópios, coroas de flores, tudo havia desaparecido sem deixar nem um único rastro, nem mesmo uma poça no pavimento. Mas era agora — depois de outro intervalo, ela retornara à sua posição favorita junto à janela — agora, à noite, é que a mudança era mais notável.

— Veja as luzes das casas!

Com um simples toque, um aposento inteiro era iluminado; centenas de aposentos eram iluminados; e um era exatamente igual ao outro. Podia-se ver tudo através dessas caixinhas quadradas; não havia privacidade; nenhuma daquelas sombras persistentes e cantos estranhos que costumavam existir; nenhuma daquelas mulheres de avental carregando lamparinas que balançavam e que colocavam cuidadosamente sobre esta e aquela mesa. Com um simples toque, toda a sala estava iluminada. E o céu estava claro durante toda a noite; e as calçadas estavam claras; tudo estava claro. Ela voltou novamente ao meio-dia. Quão delgadas as mulheres haviam se tornado ultimamente! Pareciam talos de milho, retas, brilhantes, idênticas. E os rostos dos homens estavam tão lisos quanto a palma de uma mão. A secura da atmosfera realçava a cor de tudo e parecia enrijecer os músculos das faces. Era mais difícil chorar agora. As pessoas estavam muito mais alegres. A água ficava quente em dois segundos. A hera havia morrido ou sido arrancada das casas. Os vegetais eram menos férteis; as famílias eram muito menores. As cortinas e as coberturas haviam sido removidas e as paredes estavam nuas para que novos quadros de cores vivas sobre coisas reais, como ruas, guarda-chuvas, maçãs, estivessem pendurados em molduras ou pintados sobre a madeira. Havia algo definido e distinto na época, que lhe lembrava o século XVIII, exceto que havia uma distração, um desespero — enquanto ela pensava nisso, o túnel imensamente longo através do qual ela parecia estar viajando há centenas de anos se alargou; a luz entrou; seus pensamentos se tornaram misteriosamente apertados e tensos, como se um afinador de piano tivesse colocado a chave em suas costas e esticado os nervos; ao mesmo tempo, sua audição se aguçou; ela podia ouvir todos os sussurros e estalos no cômodo, de modo que o tique-taque do relógio na lareira batia como um martelo. E assim, por alguns segundos, a luz continuou a se tornar cada vez mais brilhante, e ela via tudo cada vez mais claramente, e o relógio batia cada vez mais alto, até que houve uma explosão terrível bem em seu ouvido. Orlando deu um salto como se tivesse levado um violento golpe na cabeça. Foi atingida dez vezes. Na verdade, eram dez horas da manhã. Era o dia onze de outubro. Estávamos em 1928. Era o momento presente.

Não é de se admirar que Orlando tenha se sobressaltado, levado a mão ao coração e ficado pálida. Pois que revelação mais aterrorizante poderia haver do que o fato de se tratar do momento presente? O fato de sobrevivermos ao choque somente é possível porque o passado nos protege de um lado e o futuro de outro. Mas agora não temos tempo para reflexões; Orlando já estava terrivelmente atrasada. Ela desceu as escadas correndo, entrou em seu automóvel, pressionou o autoarranque e partiu. Vastos blocos azuis de prédios se erguiam no ar; os capuzes vermelhos das chaminés se espalhavam irregularmente pelo céu; a estrada brilhava como pregos com cabeça de prata; os ônibus passavam por ela com esculturais motoristas de rostos brancos; ela notou esponjas, gaiolas de pássaros, caixas de tecido americano verde. Porém, não permitiu que essas visões se fixassem em sua mente, nem em uma ínfima parte, enquanto atravessava a tábua estreita do presente, evitando cair na torrente furiosa logo abaixo.

— Por que não olha por onde anda? Ponha sua mão para fora, não? — foi tudo o que ela disse, bruscamente, como se as palavras tivessem sido arrancadas dela.

Pois as ruas estavam extremamente lotadas; as pessoas andavam sem olhar para onde estavam indo. As pessoas zuniam e sibilavam em torno das vitrines, dentro das quais se podia ver um brilho vermelho, um brilho amarelo, como se fossem abelhas, pensou Orlando — mas seu pensamento de que eram abelhas foi violentamente cortado e ela viu, recuperando a perspectiva com um movimento do olho, que eram corpos.

— Por que não olha por onde anda? — reagiu de repente.

No entanto, por fim, ela estacionou na Marshall & Snelgrove e entrou na loja. A sombra e o aroma a envolveram. O presente caía dela como gotas d'água escaldante. A luz balançava para cima e para baixo, como tecidos finos soprados por uma brisa de verão. Tirou uma lista da bolsa e começou a lê-la com uma voz curiosa e rígida, a princípio como se estivesse segurando as palavras — botas de menino, sais de banho, sardinhas — sob uma torneira d'água multicolorida. Ela observava como mudavam à medida que a luz incidia sobre elas. Banho e botas se tornaram contundentes, obtusos; sardinhas serrilharam a si mesmas como um serrote. Então, assim permaneceu no departamento do andar térreo da loja dos srs. Marshall & Snelgrove; olhou para um lado e para o outro; aspirou este e aquele aroma e assim desperdiçou alguns segundos. Em seguida, entrou no elevador,

porque a porta estava aberta, e subiu suavemente. O próprio tecido da vida agora, pensou, enquanto subia, é mágico. No século XVIII, sabíamos como tudo era feito; mas aqui eu me elevo pelo ar; escuto vozes na América; vejo homens voando — mas como isso é feito, não consigo nem começar a imaginar. Portanto, minha crença na magia retorna. Agora, o elevador deu um pequeno solavanco ao parar no primeiro andar; e ela teve uma visão de inúmeros tecidos coloridos balançando em uma brisa da qual vinham aromas distintos e estranhos; e, cada vez que o elevador parava e abria suas portas, havia outra fatia do mundo exibida com todos os aromas daquele mundo agarrados a ela. Foi lembrada do rio ao largo de Wapping na época de Elisabete, onde os navios do tesouro e os navios mercantes costumavam ancorar. Que cheiro rico e peculiar eles tinham! Como ela se lembrava bem da sensação dos ásperos rubis deslizando por seus dedos quando ela os tocava em um saco do tesouro! E depois, deitada com Sukey — ou qualquer que fosse o nome dela — e com o lampião de Cumberland piscando sobre elas! Os Cumberland tinham uma casa em Portland Place agora e ela havia almoçado com eles um dia desses e arriscou uma piadinha com o velho sobre as casas de caridade na Sheen Road. Ele deu uma piscadela. Entretanto, como o elevador não podia subir mais, ela precisava sair — sabe-se lá em que "departamento", como eles chamavam. Ficou parada para consultar sua lista de compras, mas não conseguia encontrar, como a lista indicava, sais de banho ou botas de menino em lugar algum. Aliás, estava prestes a descer novamente sem comprar nada, mas foi salva da afronta ao dizer automaticamente, em voz alta, o último item de sua lista, que por acaso era "lençóis para cama de casal".

— Lençóis para cama de casal — disse a um homem que estava em um balcão e, por uma graça da Providência, o homem daquele balcão em particular vendia lençóis.

Pois Grimsditch, não, Grimsditch estava morta; Bartholomew, não, Bartholomew estava morta; Louise, então — Louise a havia procurado muito agitada no outro dia, pois havia encontrado um furo na parte inferior do lençol da cama real. Muitos reis e rainhas haviam dormido ali, Elisabete, Jaime, Carlos, Jorge, Vitória, Eduardo; não era de admirar que o lençol tivesse um furo. Louise, no entanto, tinha certeza de que sabia quem havia feito aquilo. Fora o príncipe consorte.

— *Sale bosch*! — disse ela (porque houvera outra guerra, desta vez contra os alemães).

— Lençóis para cama de casal — repetiu Orlando, com ar sonhador, para uma cama de casal com contraforte de prata em um dormitório decorado com um gosto que ela agora achava talvez um pouco vulgar: todo em prata; mas ela o mobiliara quando tinha uma paixão por esse metal.

Enquanto o homem ia buscar lençóis para cama de casal, ela tirou um pequeno espelho e pó de arroz. As mulheres já não eram tão complicadas nos seus modos, pensou ela, retocando-se com a maior despreocupação, como haviam sido quando ela própria se tornou mulher enquanto repousava no convés do *Enamoured Lady*. Deu ao nariz a tonalidade correta deliberadamente. Jamais retocava as faces. Honestamente, embora tivesse agora trinta e seis anos, não parecia nem um dia mais velha. Continuava tão amuada, tão rabugenta, tão bonita, tão rosada (como uma árvore de Natal com um milhão de velas, dissera Sasha) como naquele dia no gelo, quando o Tâmisa estava congelado e haviam ido patinar:

— O melhor linho irlandês, senhora — disse o lojista, estendendo os lençóis sobre o balcão; e haviam encontrado uma anciã catando gravetos.

Enquanto ela mexia nos lençóis de forma abstraída, uma das portas vaivém entre os departamentos se abriu e deixou passar, talvez vindo do departamento de artigos de luxo, um sopro de perfume, encerado, matizado como se fosse com velas cor-de-rosa, e o aroma se curvou como uma concha em torno de uma silhueta — de um menino ou de uma menina —, vestida com peles e pérolas, em calças russas — jovem, esbelta, sedutora —, uma menina, por Deus! Mas infiel, infiel!

— Infiel! — gritou Orlando (o homem havia ido embora).

E toda a loja pareceu se agitar e se mexer em águas amarelas e, ao longe, ela viu os mastros do navio russo se erguendo no mar, e então, milagrosamente (talvez a porta tenha se aberto novamente), a concha que o perfume havia feito se transformou em uma plataforma, um estrado, de onde saiu uma mulher gorda e coberta de peles, maravilhosamente bem conservada, sedutora, com diademas, a amante de um grão-duque; ela que, debruçada sobre as margens do Volga, comendo sanduíches, vira homens se afogarem; e começou a caminhar pela loja em sua direção.

— Oh, Sasha! — exclamou Orlando.

Estava verdadeiramente chocada com o fato de que ela tivesse chegado àquele ponto; estava tão gorda, tão letárgica; e abaixou a cabeça sobre a roupa de cama para que aquela aparição de uma mulher grisalha vestida com peles e uma garota de calças russas, com todos esses aromas de velas de cera, flores brancas e marinheiros russos que ela trazia consigo, pudesse passar por trás de suas costas sem que ela a visse.

— Gostaria de guardanapos, toalhas ou panos de pó hoje, senhora? — insistiu o lojista.

E foi por grande mérito da lista de compras, que Orlando agora consultava, que ela tenha sido capaz de responder, com toda a aparência de serenidade, que só havia uma coisa no mundo que ela queria, sais de banho; que estavam em outro departamento.

Porém, ao descer novamente pelo elevador — tão insidiosa é a repetição de qualquer cena —, ela estava novamente submersa no momento presente; e, quando o elevador chegou ao térreo, pensou ter ouvido um vaso se quebrando contra a margem de um rio. Quanto a encontrar o departamento certo, qualquer que fosse, ela ficou absorta entre as bolsas, surda às sugestões de todos aqueles funcionários educados, vestidos de preto, penteados e alegres que, ainda que tivessem descendido, com tanto orgulho, de profundezas do passado tão distantes quanto as dela, escolheram baixar a tela impermeável do presente, de modo que hoje pareciam meros funcionários da loja Marshall & Snelgrove. Orlando ficou ali, hesitando. Através das grandes portas de vidro, ela podia ver o tráfego na Oxford Street. Um ônibus parecia empilhar-se sobre outro e depois separar-se. Assim como blocos de gelo haviam se lançado e se agitado naquele dia no Tâmisa. Um nobre ancião com chinelos com detalhes em pele havia se sentado em um deles. Podia vê-lo agora, gritando maldições contra os rebeldes irlandeses. Ele afundara ali, onde o carro dela estava.

"O tempo passou por mim", pensou, tentando se recompor; "eis o início da meia-idade. Quão estranho é! Nada mais é uma coisa só. Pego uma bolsa e penso em uma anciã no barco, congelada no gelo. Alguém acende uma vela rosa e vejo uma jovem vestindo calças russas. Quando saio de casa, como estou fazendo agora", e aqui ela avançou para a calçada da Oxford Street, "do que sinto o gosto? De algumas ervinhas. Ouço sinos de cabras. Vejo montanhas. Turquia? Índia? Pérsia?" Seus olhos se encheram de lágrimas.

O fato de Orlando ter se afastado um pouco demais do momento presente talvez não surpreenda o leitor que agora a vê preparando-se para entrar no automóvel com os olhos cheios de lágrimas e visões de montanhas persas. E, de fato, não se pode negar que os praticantes com maior êxito na arte de viver, aliás, muitas vezes, pessoas desconhecidas, de algum modo conseguem sincronizar os sessenta ou setenta tempos diferentes que batem simultaneamente em todo sistema humano normal; assim, quando o relógio marca onze horas, todos os outros tempos soam em uníssono, e o presente não é nem uma ruptura violenta nem completamente esquecido no passado. Deles, podemos dizer, com justiça, que vivem exatamente os sessenta e oito ou setenta e dois anos que lhes são atribuídos na lápide. Dos demais, alguns sabemos que estão mortos, embora andem entre nós; alguns ainda não nasceram, embora assumam outras formas de vida; outros têm centenas de anos, embora considerem ter trinta e seis. A verdadeira duração da vida de uma pessoa, independentemente do que o *Dictionary of National Biography* possa dizer, é sempre uma questão controversa. De fato, é uma tarefa difícil — essa de controlar o tempo; nada o desorganiza mais rapidamente do que o contato com qualquer uma das artes; e pode ter sido o seu amor pela poesia o culpado por fazer Orlando perder sua lista de compras e voltar para casa sem as sardinhas, os sais de banho ou as botas. Agora, enquanto ela estava com a mão na porta de seu carro, o presente a atingiu novamente na cabeça. Onze vezes ela foi violentamente agredida.

— Maldição! — exclamou ela, pois ouvir um relógio bater pode ser um grande choque para o sistema nervoso; tanto que, por algum tempo, não se pode dizer nada dela, a não ser que franziu levemente o cenho, mudou de marcha com notável habilidade e gritou, como sempre: — Olhe por onde anda! Não sabe o que quer? Por que não avisou antes? — enquanto o carro disparava, fazia curvas bruscas, espremia-se e deslizava pelas ruas, pois ela era uma motorista experiente, descendo a Regent Street, a Haymarket, a Northumberland Avenue, a Ponte de Westminster, virando à esquerda, seguindo em frente, à direita, em frente mais uma vez...

A antiga Kent Road estava muito cheia na quinta-feira, onze de outubro de 1928. As pessoas transbordavam da calçada. Havia mulheres com sacolas de compras. Crianças saíam correndo. Havia liquidações nas lojas

de tecidos. As ruas se alargavam e se estreitavam. Perspectivas amplas se comprimiam constantemente. Aqui havia um mercado. Aqui, um funeral. Aqui, uma procissão com faixas nas quais estava escrito em letras grandes "Ra——Un", e o que mais? A carne estava bem vermelha. Os açougueiros estavam parados à porta. As mulheres por pouco não perdiam os calcanhares. Amor Vin — estava escrito sobre um alpendre. Uma mulher olhava pela janela de um dormitório, profundamente contemplativa e muito quieta. Applejohn e Applebed, Undert ———. Nada podia ser visto por completo ou lido do começo ao fim. O que era visto iniciando — como dois amigos começando a atravessar a rua para se encontrar — jamais se via concluir. Depois de vinte minutos, o corpo e a mente pareciam pedaços de papel rasgado caindo de um saco e, de fato, o processo de sair rapidamente de Londres se assemelha tanto à fragmentação do corpo e da mente, que precede a inconsciência e talvez a própria morte, que é uma questão em aberto de que forma se pode dizer que Orlando existia naquele momento. Na verdade, já a teríamos considerado uma pessoa totalmente desfeita, se não fosse o fato de que, aqui, finalmente, uma tela verde foi estendida à direita, contra a qual pedacinhos de papel caíam mais lentamente; em seguida, outra tela verde foi estendida à esquerda, e ali era possível ver os pedaços separados rodopiando sozinhos no ar; e então telas verdes foram mantidas continuamente em ambos os lados, de modo que sua mente recuperou a ilusão de manter as coisas dentro de si e ela viu uma casa de campo, uma fazenda e quatro vacas, tudo exatamente em tamanho real.

Quando isso aconteceu, Orlando soltou um suspiro de alívio, acendeu um cigarro e fumou por um ou dois minutos em silêncio. Então ela chamou, hesitante, como se a pessoa que ela queria talvez não estivesse lá:

— Orlando?

Pois se há (por acaso) setenta e seis tempos diferentes, todos correndo na mente ao mesmo tempo, quantas pessoas diferentes não existem — que os céus nos ajudem — todas se alojando em um momento ou outro no espírito humano? Alguns dizem que são duas mil e cinquenta e duas. Portanto, é o mais corriqueiro que há uma pessoa dizer, quando está sozinha, "Orlando?" (se esse for o nome da pessoa), querendo dizer com isso: Vamos lá! Estou farta deste "eu" em particular. Quero outro. Daí resultam as mudanças surpreendentes que vemos em nossos amigos. Porém, essa também não é uma tarefa fácil, pois, embora alguém possa dizer, como disse Orlando (estando no campo e supostamente precisando de outro "eu"), "Orlando?", era possível que o Orlando de que ela precisava não viesse; esses "eus" dos quais somos construídos, um em cima do outro, como pratos empilhados na mão de um garçom, têm vínculos em outros lugares, afinidades, pequenas constituições e direitos próprios, chame-os como quiser (e para muitas dessas coisas não há nome), de modo que um só virá se estiver chovendo, outro a uma sala com cortinas verdes, outro quando a sra. Jones não estiver presente, outro se lhe prometer uma taça de vinho — e assim por diante; pois cada um pode multiplicar, a partir de sua própria experiência, os diferentes compromissos que seus diferentes "eus"assumiram com ele — e alguns são ridículos demais para serem mencionados em um texto impresso.

Então, Orlando, ao virar a curva do celeiro, chamou:

— Orlando? — com um tom de interrogação na voz e aguardou. Orlando não veio. — Tudo bem, então — disse Orlando, com o bom humor que as pessoas praticam nessas ocasiões; e tentou outro.

Pois ela tinha uma grande variedade de "eus" para invocar, muito mais do que conseguimos apresentar, já que uma biografia é considerada completa se apenas explicar seis ou sete "eus", enquanto uma pessoa pode muito bem ter milhares. Escolhendo, então, apenas os "eus" para os quais encontramos espaço, Orlando pode agora ter chamado o menino que cortou a cabeça do mouro; o menino que a amarrou novamente; o menino que se sentou na colina; o menino que viu o poeta; o menino que entregou à Rainha a tigela de água de rosas; ou ela pode ter chamado o jovem que se apaixonou por Sasha; ou o Cortesão; ou o Embaixador; ou o Soldado; ou o Viajante; ou ela pode ter desejado que a mulher viesse até ela; a Cigana; a Bela Dama; a Eremita; a jovem apaixonada pela vida; a Patrona das Letras; a mulher que chamava Mar (significando banhos quentes e fogueiras noturnas) ou Shelmerdine (significando açafrões em bosques de outono) ou Bonthrop (significando a morte que morremos diariamente) ou os três juntos — o que significava mais do que o espaço que temos nos permite escrever — todos esses "eus" eram diferentes e ela pode ter chamado qualquer um deles.

Talvez; mas o que parecia certo (pois agora estamos na região do "talvez" e do "parece") era que o "eu" de quem ela mais precisava se mantinha distante, pois, para ouvi-la falar, ela mudava de "eus" com a mesma rapidez que dirigia — havia um novo a cada esquina — como acontece quando, por alguma razão inexplicável, o "eu" consciente, que é o mais elevado e tem o poder de desejar, deseja ser nada além de um único "eu". Isso é o que alguns chamam de verdadeiro "eu" e, segundo dizem, é o conjunto de todos os "eus" que podemos ser; comandado e trancado pelo eu Capitão, o eu Chave, que amalgama e controla todos eles. Orlando certamente estava buscando esse "eu", como o leitor pode julgar ao ouvir sua conversa enquanto dirigia (e se é uma conversa desconexa, trivial, sem graça e, às vezes, ininteligível, a culpa é do leitor por ficar ouvindo uma dama falando consigo mesma; nós apenas copiamos suas palavras, como ela as disse, acrescentando entre parênteses o "eu" que, em nossa opinião, está falando, no entanto, quanto a isso, podemos estar errados).

— E depois o quê? Depois quem? — disse ela. — Trinta e seis anos; em um automóvel; uma mulher. Sim, mas um milhão de outras coisas também. Serei eu uma esnobe? A jarreteira no hall? Os leopardos? Meus ancestrais? Orgulho deles? Sim! Gananciosa, exuberante, cruel? Serei eu?

(Aqui entrou um novo "eu".) Não me importo nem um pouco se sou. Verdadeira? Acho que sim. Generosa? Ah, mas isso não conta (aqui entrou um novo "eu"). Deitada na cama de manhã, sobre lençóis finos; ouvindo os pombos; pratos de prata; vinho; criadas; lacaios. Mimada? Talvez (aqui entrou outro "eu"). Meus livros... — Aqui ela mencionou cinquenta títulos clássicos; que representavam, assim pensamos, as primeiras obras românticas que ela rasgou. — Fácil, superficial, romântica. Porém (aqui entrou outro "eu") uma desastrada, uma atrapalhada. Mais desajeitada eu não poderia ser. E... e... — Aqui ela hesitou em busca de uma palavra e, se sugerirmos "Amor", talvez estejamos errados, mas certamente ela riu, ruborizou-se e então exclamou: — Um sapo cravejado de esmeraldas! Harry, o arquiduque! Moscas azuis no teto! (Aqui entrou outro "eu".) Mas Nell, Kit, Sasha? — ela afundou na melancolia; lágrimas realmente se formaram, embora já tivesse desistido de chorar há muito tempo. — Árvores — disse. Estava passando por um grupo delas. (Aqui entrou outro "eu".) — Adoro árvores, árvores que crescem ali há mil anos. E celeiros. — Passou por um celeiro em ruínas na beira da estrada. — E cães pastores. — Aqui vinha um trotando pela estrada. Ela o evitou cuidadosamente. — E a noite. Mas as pessoas (aqui entrou outro "eu"). As pessoas? — repetiu como pergunta. — Tagarelas, rancorosas, sempre mentindo. — Aqui ela virou na High Street de sua cidade natal, que estava lotada, pois era dia de mercado, com fazendeiros, pastores e anciãs com galinhas em cestas. — De camponeses eu gosto. Entendo de colheitas. Mas (aqui outro "eu" surgiu em sua mente como o feixe de um farol). Fama! — Ela riu. — Fama! Sete edições. Um prêmio. Fotografias nas edições noturnas dos jornais. — Aqui alude à obra *O Carvalho* e ao prêmio Burdett Coutts, que ela ganhara; e devemos aproveitar este momento para observar o quão desconcertante é para o biógrafo que essa culminação, essa peroração nos sejam arrancadas assim, com uma risada casual; mas a verdade é que, quando escrevemos sobre uma mulher, tudo está fora de lugar; culminações e perorações; a ênfase nunca cai onde cai quando se trata de um homem. — Fama! — repetiu. — Um poeta; um charlatão; ambos, todas as manhãs, com a mesma regularidade do correio. Jantar; reunir-se; reunir-se, jantar; fama... fama! — Aqui ela teve que diminuir a velocidade para passar pela multidão no mercado. Contudo, ninguém a notou. Uma toninha em uma peixaria atraía mais as atenções do que uma senhora que ganhara um prêmio e que poderia, se tivesse escolhido, usar três coroas, uma em cima da outra, na testa. Dirigindo bem devagar, ela agora cantarolava algo, como se fosse parte de uma antiga canção: — Com meus guinéus comprarei árvores floridas, árvores floridas, árvores floridas e andarei entre minhas árvores floridas e contarei a meus filhos o que é a fama. — Assim cantarolou, e todas as suas palavras começaram a oscilar aqui e ali (outro "eu" entrou) como um colar bárbaro de contas pesadas. — E caminharei entre minhas árvores floridas — ela cantarolava — e verei a lua nascer devagar, os vagões partirem... — Neste ponto, ela parou de repente e olhou para a frente, atenta ao capô do carro, em profunda meditação.

"Ele estava sentado à mesa de Twitchett", pensou, "com a gorjeira suja... Foi o velho sr. Baker quem veio medir a madeira? Ou foi Sh——p——re?" (pois, quando falamos nomes que reverenciamos profundamente, nunca os pronunciamos inteiramente). Ficou olhando por dez minutos à sua frente, deixando que o carro parasse quase por completo.

— Assombrada! — gritou ela, pressionando o acelerador de repente. —Assombrada! Desde que eu era criança. Lá voa o ganso selvagem. Ele passa voando pela janela em direção ao mar. Eu pulei — ela agarrou o volante com mais força — e fui atrás dele. Mas o ganso voa rápido demais. Eu já o vi, aqui... lá... acolá... na Inglaterra, na Pérsia, na Itália. Ele sempre voa rápido para o mar e eu sempre lanço atrás dele palavras como redes — aqui simulou lançar algo com a mão — que se encolhem como já vi redes se encolherem quando são puxadas para o convés com apenas algas marinhas nelas. E, às vezes, há uma polegada de prata (oito palavras) no fundo da rede. No entanto, jamais o grande peixe que vive nos abismos de corais. — Neste ponto, ela inclinou a cabeça, ponderando profundamente.

E foi neste momento, quando ela havia deixado de chamar "Orlando" e estava imersa em pensamentos sobre outros assuntos, que o Orlando a quem ela havia chamado veio por sua própria vontade; como foi comprovado pela mudança que agora a acometeu quando passou pelos portões da casa de campo e entrou no parque.

Todo seu ser se escureceu e se acomodou, como quando se adiciona um elemento a uma superfície, conferindo-lhe um aspecto arredondado e sólido, tornando o raso profundo e o próximo distante; e tudo passa a ser contido como a água é contida pelas paredes de um poço. Assim, ela agora estava escurecida, imobilizada e transformada, com a adição desse Orlando, o que é chamado, correta ou incorretamente, de um único "eu", um "eu" real. E ela ficou em silêncio. Pois é provável que, quando as pessoas falam em voz alta, os "eus" (que podem ser mais de dois mil) estejam cientes da fragmentação e tentem se comunicar, mas, quando a comunicação é estabelecida, não há mais nada a ser dito.

Com maestria e agilidade, ela subiu pela estrada sinuosa entre os olmos e carvalhos, atravessando o gramado do parque, cujo declive era tão suave que, se fosse água, teria se espalhado pela praia com uma onda verde suave. Plantadas aqui e ali, em grupos solenes, estavam as faias e os carvalhos. Os cervos caminhavam entre eles, um branco como a neve, outro com a cabeça de lado, pois uma rede de arame havia ficado presa em seus chifres. Tudo isso, as árvores, os cervos e o gramado, ela observava com grande satisfação, como se sua mente tivesse se tornado um líquido que fluía ao redor das coisas e as envolvia completamente. No minuto seguinte, deteve-se no pátio, ao qual durante tantas centenas de anos ela havia chegado, a cavalo ou em carruagem de seis, com homens cavalgando à frente ou atrás; onde haviam balançado plumas, reluzido tochas e as mesmas árvores floridas, que agora deixavam suas folhas caírem, haviam sacudido suas flores. Agora ela estava sozinha. As folhas de outono caíam. O porteiro abriu os grandes portões.

— Bom dia, James — disse ela —, há coisas no carro. Poderia trazê-las?

Palavras sem beleza, interesse ou significado em si mesmas, é certo, mas agora tão recheadas de sentido que caíram como nozes maduras de uma árvore e provaram que, quando a pele enrugada daquilo que é comum está recheada de significado, satisfaz os sentidos de forma surpreendente. Isso era de fato verdadeiro agora para cada movimento e ação, por mais usuais que fossem; de modo que ver Orlando trocar sua saia por um par de calças de montaria e jaqueta de couro, o que ela fez em menos de três minutos, era ser arrebatado pela beleza dos movimentos, como se Madame Lopokova estivesse usando sua mais elevada arte. Em seguida, ela entrou na sala de jantar, onde seus velhos amigos Dryden, Pope, Swift e Addison a encararam discretamente, a princípio, como quem diz, "Aqui está a vencedora do prêmio!"; no entanto, quando perceberam que duzentos guinéus estavam em jogo, balançaram a cabeça assentindo. "Duzentos guinéus", pareciam dizer; "duzentos guinéus não são para se menosprezar". Ela cortou uma fatia de pão e de presunto, juntou os dois e começou a comer, andando de um lado para o outro na sala, despojando-se de suas boas maneiras em um segundo, sem pensar. Depois de cinco ou seis dessas voltas, virou uma taça de vinho tinto espanhol e, enchendo outra que levou na mão, atravessou a passos largos o longo corredor e uma dúzia de salas de visitas, iniciando assim uma ronda pela casa, acompanhada pelos elkhounds e spaniels que decidiram segui-la.

Isso também fazia parte da rotina do dia. Era tão impensável chegar à casa e não beijar sua avó quanto retornar e deixar de percorrer a casa. Imaginava que os cômodos se iluminavam quando ela entrava; que se mexiam, abriam os olhos como se tivessem cochilado durante sua ausência. Imaginava também que, por mais que os tivesse visto centenas e milhares de vezes, eles nunca pareciam iguais, como se uma vida tão longa quanto a deles tivesse armazenado uma miríade de humores, que mudavam com o inverno e o verão, com o tempo claro e o escuro, com sua própria sorte e com o caráter das pessoas que os visitavam. Sempre corteses com estranhos, mas um pouco cansados; com ela, eram totalmente abertos e descontraídos. Por que não, de fato? Eles já se conheciam há quase quatro séculos. Não havia nada a esconder. Ela conhecia suas tristezas e alegrias. Sabia a idade de cada parte deles e seus pequenos segredos — uma gaveta oculta, um armário encoberto ou talvez alguma imperfeição, como uma peça adaptada ou acrescentada mais tarde. Eles, por sua vez, a conheciam em todas as suas fases e mudanças. Nunca lhes ocultara nada; viera até eles como criança, como homem, chorando e dançando, pensativa e alegre. Foi naquele assento da janela que escrevera seus primeiros versos; naquela capela, havia se casado. E ali seria enterrada, refletiu, ajoelhada no parapeito da janela na longa galeria e bebendo seu vinho espanhol. Embora ela mal pudesse imaginar, o corpo do leopardo heráldico estaria fazendo poças amarelas no chão no dia em que ela fosse sepultada entre seus ancestrais. Ela, que não acreditava em imortalidade, não podia deixar de sentir que sua alma iria e viria para sempre, junto com os vermelhos nos painéis e os verdes no sofá. Pois o aposento — ela havia entrado no dormitório do embaixador — resplandecia como uma concha que ficou no fundo do mar por séculos e foi coberta por crostas e pintada com um milhão de tons pela água; era rosa e amarela, verde e cor de areia. Era frágil como uma concha, tão iridescente e tão vazia quanto ela. Nenhum embaixador jamais voltaria a dormir ali. Ah, mas ela sabia onde o coração da casa ainda batia. Abrindo delicadamente uma porta, ela parou na soleira para que (como imaginava) o cômodo não a visse e observou a tapeçaria subindo e descendo, com a eterna brisa fraca que nunca deixava de movimentá-la. O caçador ainda cavalgava; Daphne ainda fugia. O coração ainda batia, pensou ela, embora fraco, embora distante; o frágil e indomável coração do imenso edifício.

Agora, chamando sua tropa de cães, ela passou pela galeria cujo piso era revestido de carvalhos serrados transversalmente. Fileiras de cadeiras com todos os seus veludos desbotados estavam encostadas na parede, estendendo os braços para Elisabete, para Jaime, para Shakespeare, talvez, para Cecil, que nunca veio. A visão lhe causou melancolia. Ela soltou a corda que servia de proteção. Sentou-se na cadeira da Rainha; abriu um livro manuscrito que estava sobre a mesa de Lady Betty; deslizou os dedos pelas pétalas de rosas envelhecidas; escovou seus cabelos curtos com as escovas de prata do Rei Jaime; pulou para cima e para baixo na cama dele (nenhum Rei jamais dormiria lá novamente, apesar de todos os lençóis novos de Louise) e pressionou o rosto contra a desgastada colcha prateada que estava sobre ela. Entretanto, por toda parte, havia saquinhos de lavanda para impedir a entrada de traças e avisos impressos, "Por favor, não tocar", que, embora ela mesma os tivesse colocado ali, pareciam repreendê-la. A casa não era mais totalmente dela, suspirou. Agora pertencia ao tempo; à história; estava além do alcance e do controle dos vivos. Nunca mais se derramaria cerveja aqui, pensou (estava no quarto que havia sido do velho Nick Greene), nem se queimariam furos no carpete. Nunca mais duzentos criados viriam correndo e brigando pelos corredores, com aquecedores de cama e grandes galhos para as enormes lareiras. Nunca mais se fabricaria cerveja, nem se fariam velas, nem se moldariam selas ou se talhariam pedras nas oficinas do lado de fora da casa. Martelos e marretas estavam em silêncio agora. Cadeiras e camas estavam vazias; canecas de prata e ouro estavam trancadas em vitrines. As grandes asas do silêncio batiam para cima e para baixo na casa vazia.

Assim, ela se sentou no final da galeria, com os cães ao seu redor, na poltrona dura da Rainha Elisabete. A galeria se estendia até um ponto em que a luz quase desaparecia. Era como um túnel que adentrava profundamente o passado. Ao perscrutar sua extensão com os olhos, ela podia ver as pessoas rindo e conversando; os grandes homens que ela conhecera; Dryden, Swift e Pope; estadistas em colóquios; amantes namorando nos assentos das janelas; pessoas comendo e bebendo nas longas mesas; e a fumaça da lenha enrolando-se em suas cabeças e fazendo-as espirrar e tossir. Logo adiante, ela viu conjuntos de esplêndidos dançarinos formados para a quadrilha. Uma música frágil e delicada, mas ainda assim imponente, começou a tocar. Um órgão ressoou. Um caixão foi carregado para dentro da capela. Uma procissão nupcial saiu dela. Homens armados e usando capacetes partiram para as guerras. Trouxeram estandartes de Flodden e Poitiers e os pregaram na parede. A longa galeria foi se enchendo assim e, ao continuar contemplando mais longe, ela pensou que podia distinguir, bem no final, além dos elisabetanos e dos Tudor, alguém mais antigo, mais distante, mais sombrio: uma figura encapuzada, monástica, severa, um monge que andava com as mãos juntas, segurando um livro, e murmurava ——

Orlando atualmente

Como um trovão, o relógio do estábulo bateu quatro horas. Nunca um terremoto havia demolido de tal forma uma cidade inteira. A galeria e todos os seus ocupantes viraram pó. Seu próprio rosto, que estivera escuro e sombrio enquanto olhava, foi iluminado como por uma explosão de pólvora. Nessa mesma luz, tudo o que estava próximo a ela apareceu com extrema nitidez. Viu duas moscas circulando e notou o brilho azul em seus corpos; viu um nó na madeira onde estava seu pé e a orelha de seu cão se contraindo. Ao mesmo tempo, ouviu um galho rangendo no jardim, uma ovelha balindo no parque, uma andorinha gritando ao passar pela janela. Seu próprio corpo estremeceu e formigou como se, de repente, estivesse nua sob um rigoroso frio. No entanto, manteve, como não fizera quando o relógio marcou dez horas em Londres, uma total compostura (pois agora ela era uma só, e apresentava, talvez, uma superfície maior para o impacto do tempo). Levantou-se, mas sem precipitação, chamou os cães e desceu a escada com firmeza, mas com grande atenção aos movimentos, e saiu para o jardim. Ali, as sombras das plantas estavam milagrosamente distintas. Notou os grãos separados da terra nos canteiros, como se tivesse um microscópio colado ao olho. Viu a complexidade dos galhos de cada árvore. Cada lâmina de grama era distinta, assim como as marcas das veias e das pétalas. Ela viu Stubbs, o jardineiro, vindo pelo caminho, e cada botão nas suas polainas; viu Betty e Prince, os cavalos da carroça, e nunca antes havia notado com tanta clareza a estrela branca na testa de Betty, nem os três fios longos que caíam abaixo do resto na cauda de Prince. No pátio, as antigas paredes cinza da casa pareciam uma fotografia recém-revelada; ela ouviu o alto-falante condensando no terraço uma melodia de dança que as pessoas ouviam na casa de ópera de veludo vermelho em Viena. Fortalecida e sustentada pelo momento presente, ela também estava estranhamente assustada, como se toda vez que o abismo do tempo se abria e deixava passar um segundo, algum perigo desconhecido pudesse vir com ele. A tensão era implacável e rigorosa demais para ser suportada por muito tempo sem desconforto. Ela caminhava mais rápido do que gostaria, como se suas pernas se movessem por conta própria, atravessando o jardim e indo para o parque. Ali, ela se forçou, com grande empenho, a parar em frente à oficina do carpinteiro e ficar imóvel, observando Joe Stubbs fazer uma roda de carroça. Ela estava parada, com o olhar fixo na mão dele, quando o relógio bateu um quarto de hora. O som atingiu-a como um meteoro, tão quente que nenhum dedo poderia segurá-lo. Viu com uma vivacidade repulsiva que o polegar da mão direita de Joe estava sem unha, e que havia uma elevação de carne rosada onde a unha deveria estar. A visão era tão perturbadora que ela se sentiu quase desmaiar por um momento, mas nesse breve intervalo de escuridão, quando suas pálpebras piscaram, ela se viu livre da pressão do presente. Havia algo estranho na sombra que o tremeluzir de seus olhos projetava, algo que (como qualquer um pode verificar agora, olhando para o céu) está sempre ausente do presente — de onde vem seu terror, seu caráter indescritível — algo que se teme fixar no corpo com um nome e chamar de beleza, pois não tem corpo, é como uma sombra, sem substância ou qualidade própria, mas com o poder de transformar tudo o que se acrescenta a ela. Essa sombra, agora, enquanto ela piscava os olhos, na sua fraqueza na carpintaria, esgueirou-se e, ao se unir às inúmeras visões que ela vinha presenciando, agrupou-as em algo tolerável, compreensível. "Sim", pensou, soltando um profundo suspiro de alívio, enquanto se afastava da oficina do carpinteiro para subir a colina, "posso começar a viver novamente. Estou à beira do Serpentine", pensou, "o barquinho está subindo pelo arco branco de mil mortes. Estou prestes a entender..."

Essas foram suas palavras, ditas com muita clareza, mas não podemos esconder o fato de que ela era agora uma testemunha muito indiferente à verdade do que estava diante de si e poderia facilmente ter confundido uma ovelha com uma vaca, ou um velho chamado Smith com alguém que se chamava Jones, que não era seu parente. Pois a sombra do desmaio que o polegar sem unha havia lançado se aprofundara, na parte posterior de seu cérebro (que é a parte mais afastada da visão), em um poço onde as coisas habitam em uma escuridão tão profunda que mal conseguimos saber o que são. Ela agora olhou para esse poço ou mar, no qual tudo se reflete — e, de fato, alguns dizem que todas as nossas paixões mais violentas, a arte e a religião são os reflexos que vemos na cavidade escura de trás da cabeça, quando o mundo visível fica obscurecido por um tempo. Ela olhou ali agora, por muito tempo, intensa e profundamente, e de imediato o caminho coberto de samambaias, que subia a colina ao longo da qual ela andava, deixou de ser inteiramente um caminho, mas tornou-se, em parte, o Serpentine; os arbustos de espinheiro eram em parte damas e cavalheiros sentados com estojos para cartões de visita e bengalas com detalhes em ouro; as ovelhas eram em parte altas casas de Mayfair; tudo era, em parte, algo diferente, e tudo ganhava um estranho poder de movimento com essa união de si mesma com algo que não era ela, de modo que, com essa mistura de verdade e falsidade, sua mente se assemelhava a uma floresta na qual tudo se movia; luzes e sombras mudavam, e uma coisa se tornava outra. Exceto quando Canute, o elkhound, perseguiu um coelho e lhe lembrou de que seriam por volta das quatro e meia — na verdade, faltavam vinte e três minutos para as seis —, ela se esquecera do tempo.

O caminho coberto de samambaias levava, com muitas curvas e voltas, cada vez mais alto até o carvalho, que ficava no topo. A árvore havia se tornado maior, mais robusta e com mais nós desde que ela a conhecera, por volta do ano de 1588, mas ainda estava no auge da vida. As pequeninas folhas de bordas afiadas ainda se agitavam densamente em seus galhos. Ao se jogar no chão, ela sentiu os ossos da árvore saindo como costelas de uma espinha dorsal para um lado e para o outro abaixo dela. Ela gostava

de pensar que estava cavalgando nas costas do mundo. Gostava de agarrar-se a algo sólido. Quando ela se jogou no chão, um livrinho quadrado, encadernado em tecido vermelho, caiu do peitoral de sua jaqueta de couro — seu poema *O Carvalho.* "Deveria ter trazido uma pá", refletiu. A terra estava tão rasa sobre as raízes que parecia difícil que ela pudesse fazer o que pretendia, que era enterrar o livro ali. Além disso, os cães o desenterrariam. Achava que a sorte nunca comparecia a essas celebrações simbólicas. Talvez, portanto, seja melhor dispensá-las. Tinha, na ponta da língua, um pequeno discurso sobre o livro que pretendia pronunciar quando o enterrasse. (Era uma cópia da primeira edição, assinada por autora e artista.) "Enterro isto como um tributo", era o que pretendia dizer, "um retorno à terra do que a terra me deu", mas, meu Deus! Quão tolas soam as palavras quando se começa a pronunciá-las em voz alta! Lembrou-se do velho Greene subindo em uma plataforma um dia desses, comparando-a com Milton (exceto pela cegueira desse autor) e entregando-lhe um cheque de duzentos guinéus. Pensou então no carvalho, aqui, em sua colina, e o que uma coisa tem a ver com a outra?, perguntou-se. O que o elogio e a fama têm a ver com a poesia? O que sete edições (o livro já havia sido publicado em nada menos do que isso) têm a ver com o valor da poesia? Não seria escrever poesia uma transação secreta, uma voz respondendo a uma voz? De modo que toda essa conversa e elogios, e culpas, e encontros com pessoas que nos admiravam e encontros com pessoas que não nos admiravam eram tão inadequados quanto poderiam ser para a coisa em si — uma voz respondendo a uma voz. O que poderia ter sido mais secreto, pensou, mais lento e parecido com a relação dos amantes, do que a resposta gaguejante que ela dera durante todos esses anos à velha canção dos bosques, e das fazendas e dos cavalos marrons parados no portão, lado a lado, e da ferraria e da cozinha e dos campos, tão laboriosamente produzindo trigo, nabos, grama, e dos jardins que sopravam íris e fritilárias?

Então, ela deixou seu livro caído no chão, não enterrado e desgrenhado, e contemplou a imensidão à sua frente, que variava como o fundo de um oceano naquele fim de tarde, com o sol iluminando-a e as sombras escurecendo-a. Havia um vilarejo com uma torre de igreja entre olmos; uma casa senhorial com cúpula cinza em um parque, uma faísca de luz acesa em alguma estufa, uma fazenda com pilhas de milho amarelas. Os campos eram marcados por aglomerados de árvores pretas e, além dos campos, estendiam-se florestas intermináveis, e havia o brilho de um rio e, em seguida, colinas novamente. Ao longe, os penhascos de Snowdon se destacavam brancos entre as nuvens; ela viu as colinas escocesas distantes e as marés selvagens que se agitavam nas Hébridas. Ouviu o som do disparo de armas no mar, mas não — era somente o vento que soprava, não havia guerra hoje. Drake havia partido; Nelson havia partido. "E aquilo", pensou ela, deixando que seus olhos, que estavam olhando para aquelas distâncias longínquas, caíssem mais uma vez para a terra abaixo dela, "já foi minha terra: aquele castelo entre as colinas era meu; e toda aquela campina que desce quase até o mar era minha". Aqui a paisagem (deve ter sido algum truque da luz que se esvaía) tremeu, amontoou-se, deixou que toda aquela carga de casas, castelos e bosques deslizasse por suas encostas em forma de tenda. As montanhas nuas da Turquia estavam diante dela. Era um meio-dia escaldante. Ela olhou diretamente para a encosta da colina ressequida. As cabras pastavam entre os tufos de areia a seus pés. Uma águia voava acima dela. A tempestuosa voz do velho Rustum, o cigano, coaxou em seus ouvidos:

— O que representam sua antiguidade, sua raça e suas posses comparadas a tudo isso? Para que servem quatrocentos quartos, tampas de prata em todos os pratos e empregadas tirando o pó?

Neste momento, o relógio de uma igreja badalou no vale. A paisagem em forma de tenda desmoronou e caiu. O presente derramou-se mais uma vez sobre sua cabeça, mas agora a luz estava se dissipando, mais suave do que antes, não chamando a atenção para nenhum detalhe, nada pequeno, apenas campos enevoados, luzes nas janelas das casas de campo, o volume adormecido de um bosque e uma luz em forma de leque empurrando a escuridão à sua frente ao longo de alguma pista. Se eram nove, dez ou onze horas, ela não saberia dizer. A noite havia caído — a noite que sempre amara, a noite na qual os reflexos no poço escuro da mente brilham de forma mais clara do que durante o dia. Não era necessário desmaiar agora para olhar profundamente a escuridão, onde as coisas se moldam, e ver no poço da mente ora Shakespeare, ora uma jovem em calças russas, ora um barco de brinquedo no Serpentine, e depois o próprio Atlântico, onde ele se agita em grandes ondas, passando pelo Cabo Horn. Lá estava o brigue

de seu marido, subindo até atingir a crista da onda! Subia, e subia e subia. O arco branco de mil mortes se erguia diante dele. Oh, homem imprudente, oh, homem ridículo, sempre navegando, tão inutilmente, ao redor do Cabo Horn em meio a um vendaval! Contudo, o brigue havia atravessado o arco e saído do outro lado; finalmente estava a salvo!

— Êxtase! — ela gritou — Êxtase! — E então o vento diminuiu, as águas se acalmaram; e ela viu as ondas ondulando pacificamente à luz da lua. — Marmaduke Bonthrop Shelmerdine! — bradou, de pé ao lado do carvalho.

O belo e brilhante nome caiu do céu como uma pena azul-aço. Observou como caía, girando e contorcendo-se como uma flecha que desce lentamente e corta as profundezas do ar lindamente. Ele estava vindo, como sempre vinha, em momentos de calma mortal; quando a onda se propagava e as folhas manchadas caíam lentamente sobre os pés dela nos bosques de outono; quando o leopardo estava quieto; a lua estava sobre as águas e nada se movia entre o céu e o mar. Era então que ele vinha.

Tudo estava calmo agora. Era quase meia-noite. A lua subia lentamente sobre o campo. Sua luz erguia um castelo fantasma sobre a terra. Lá estava a grande casa com todas as suas janelas revestidas de prata. De parede ou substância, não havia nada. Tudo era fantasma. Tudo estava quieto. Tudo estava iluminado como para a chegada de uma Rainha morta. Olhando para baixo, Orlando viu plumas escuras agitando-se no pátio, tochas tremeluzindo e sombras se ajoelhando. Uma Rainha, mais uma vez, descia de sua carruagem.

— A casa está à sua disposição, senhora — disse ela, fazendo uma reverência profunda. — Nada foi mudado. O falecido Lorde, meu pai, a conduzirá para dentro.

Imediatamente, soou a primeira badalada da meia-noite. A brisa fria do presente roçou-lhe a face com seu leve sopro de medo. Ela olhou ansiosamente para o céu. Agora estava escuro, com nuvens. O vento rugia em seus ouvidos. Porém, em meio ao rugido do vento, ela ouviu o rugido de um avião se aproximando cada vez mais.

— Aqui! Shel, aqui! — gritou ela, apontando o peito para a para a Lua (que agora se mostrava brilhante), de modo que suas pérolas brilhavam como os ovos de uma imensa aranha lunar. O avião emergiu das nuvens e se deteve acima de sua cabeça. Pairou sobre ela. Suas pérolas ardiam como um clarão fosforescente na escuridão.

E quando Shelmerdine, que agora era um belo capitão do mar, saudável, de faces coradas e alerta, saltou para o chão, surgiu sobre sua cabeça um único pássaro selvagem.

— É o ganso! — gritou Orlando — O ganso selvagem...

E a décima segunda badalada da meia-noite soou; a décima segunda badalada da meia-noite, quinta-feira, onze de outubro de Mil Novecentos e Vinte e Oito.

Índice

A

B

C

D

E

F

G

H

P

R

S

T

V

W

Sobre a autora

Virginia Woolf (1882–1941) foi uma das escritoras mais influentes do século XX e uma das principais figuras do modernismo literário em língua inglesa. Nascida em Londres, em uma família de tradição intelectual, Woolf teve acesso desde cedo à literatura e ao pensamento crítico. Apesar de não ter frequentado uma universidade — privilégio reservado aos homens de sua época —, ela foi autodidata e cresceu em um ambiente cercado por escritores, artistas e filósofos, o que alimentou sua inquietação intelectual.

Sua produção literária rompeu com os moldes narrativos tradicionais. Em obras como *Mrs. Dalloway* (1925), *Ao Farol* (1927) e *As Ondas* (1931), Woolf inovou ao explorar o fluxo de consciência, técnica narrativa que mergulha no pensamento íntimo e fragmentado das personagens. Essa abordagem permitiu uma representação mais complexa e subjetiva da experiência humana, especialmente das emoções, do tempo e da memória.

Virginia Woolf também foi uma pensadora feminista fundamental. Em seu ensaio *Um Teto Todo Seu* (1929), ela defende que, para escrever com liberdade, uma mulher precisa de independência financeira e de um espaço próprio, uma crítica contundente à exclusão das mulheres dos meios intelectuais. Ao longo de sua vida, Woolf denunciou a opressão de gênero e propôs novas formas de entender a identidade feminina e o papel da mulher na sociedade e na literatura.

Além de escritora, Woolf participou ativamente do grupo Bloomsbury, um círculo de intelectuais e artistas progressistas que discutia arte, política, filosofia e sexualidade, desafiando convenções sociais da Inglaterra vitoriana. Sua vida, porém, também foi marcada por crises emocionais e episódios de depressão profunda, agravados por traumas da infância. Em 1941, após uma nova recaída, ela tirou a própria vida.